풍운고월조천하

풍운고월조천하 4
금강 新무협 판타지 소설

초판 1쇄 찍은 날 § 2009년 10월 9일
초판 1쇄 펴낸 날 § 2009년 10월 15일

지은이 § 금강
펴낸이 § 서경석

편집장 § 문혜영
편집 § 정서진 · 서지현

펴낸곳 § 도서출판 청어람
등록번호 § 제1081-1-89호
등록일자 § 1999. 5. 31

주소 § 경기도 부천시 원미구 심곡2동 163-2 서경B/D 3F (우) 420-822
전화 § 032-656-4452 팩스 § 032-656-4453
http://www.chungeoram.com
E-mail § eoram99@chollian.net

ⓒ 금강, 2009

ISBN 978-89-251-1961-8 04810
ISBN 978-89-251-1957-1 (세트)

※ 파본은 구입하신 서점에서 교환하여 드립니다.
※ 저자와 협의하여 인지를 붙이지 않습니다.
※ 이 책은 도서출판 청어람과 저작자의 계약에 의해 출판된 것이므로,
　무단 전재 및 유포 · 공유를 금합니다.

第九章	청천벽력(靑天霹靂)	235
第十章	한세지총(恨世之塚)	269
第十一章	용집봉회(龍集鳳會)	297
第十二章	신주대협(神州大俠)	323
第十三章	금검지존(金劍至尊)	347
第十四章	군림천하(君臨天下)	369
第十五章	풍운.고월.조천하(風雲.孤月.照天下)	387
後記		406

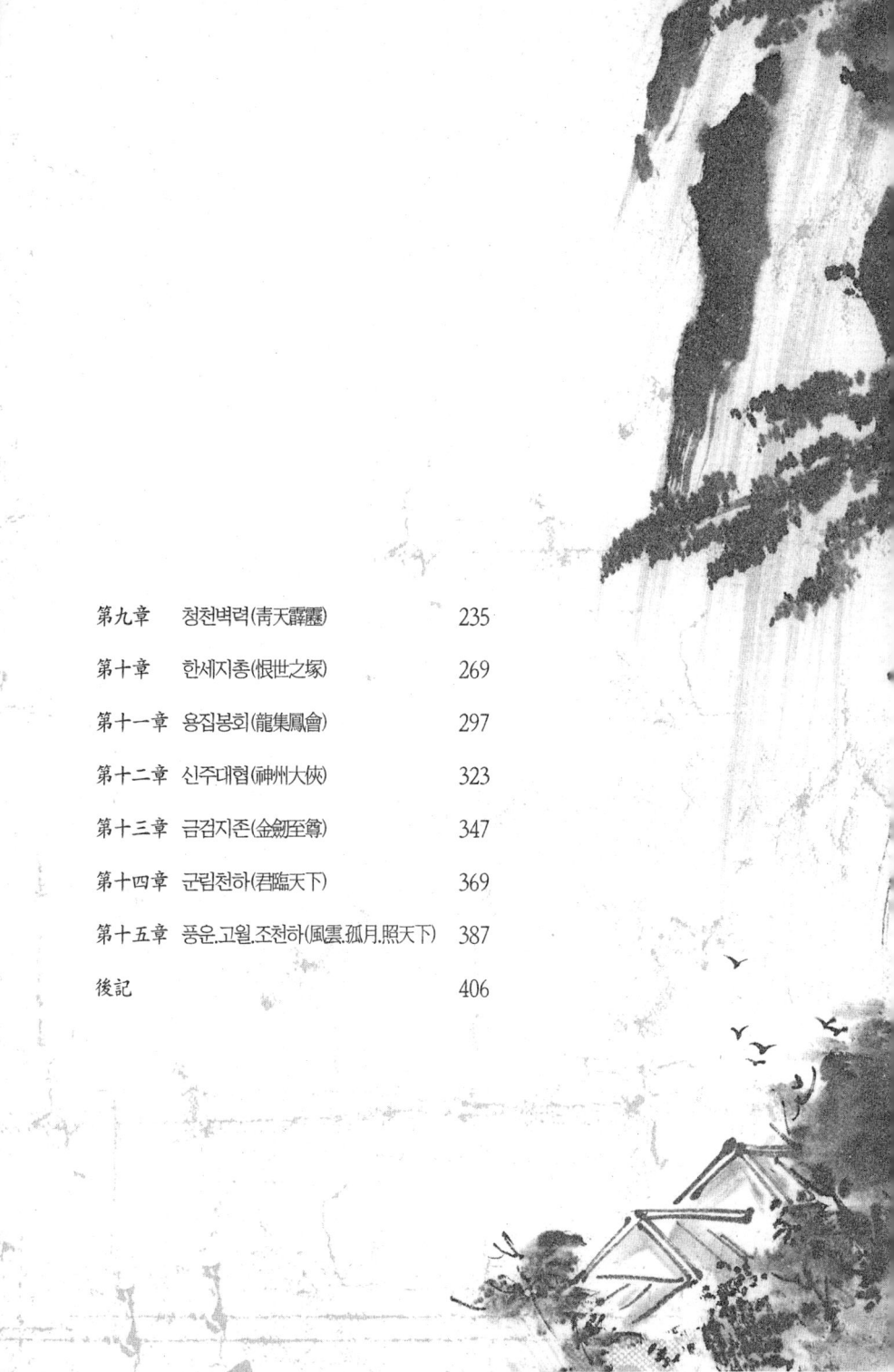

第一章

무림대회(武林大會)
―드디어 결성된 무림맹 결전의 날은 다가오고…….

풍운고월
조천하

　오후가 되면서부터 쏟아지기 시작한 비는 폭우로 변하여 좀체로 그칠 것 같지가 않았다.
　비가 낙양 일대에만 퍼붓는 것이 아닌 듯 낙양 주위를 흘러가는 황하와 그 지류인 이수, 낙수 등의 강물은 갑자기 유량이 불어나 세찬 소용돌이를 일으키며 넘실거렸다.
　황하는 천하에서 토사(土砂)가 가장 많이 섞인 강인지라 강 주위에는 유난히 섬[三角洲]들이 많아 사람의 키를 덮을 듯 자란 갈대들이 강변은 물론 강물과 섬까지를 덮기 일쑤였다.
　"허어…… 고약한 날씨로다. 금년에는 황하가 넘치지 않았다 하였는데 설마 시월이 되어서야 넘칠 생각이란 말일까?"
　아미파의 장문 대사인 용하 상인(龍夏上人)은 쏟아지는 빗속에 서서 출렁이는 누런 강물을 보며 고개를 흔들었다.

그는 한 척의 날렵하게 생긴 도선을 타고 있었으며 그 배는 틈도 없이 빽빽한 갈대 사이를 교묘하게 전진하고 있는 중이었다.

"장문 사형, 선창의 안으로 들어가시지요. 비바람이 매우 셉니다. 대체 이 사람들이 무슨 생각으로 대회일을 내일로 두고 이렇듯 사람을 오라 가라 하는지 알 수가 없군요!"

용하 상인의 곁에 서 있던 그는 사제인 용현 존자가 못마땅한 듯 툴툴거렸다.

용하 상인은 성미 급한 사제를 보며 너그러이 웃어 보였다.

"아미타불…… 자네는 아직도 그 성미를 누그러뜨리지 못하는군. 그러게 사(寺)에 그냥 있으라 하지 않던가? 내일이 대회일이거늘, 은밀히 사람을 보내어 우리 아미파만을 초청한 것에는 간단치 않은 뜻이 있을 터. 이까짓 비 좀 맞는 것이 무에 그리 대수이겠는가."

그는 소림장문 만공 대사의 은밀한 초청에 거처를 떠나 아미의 복호 존자(伏虎尊者) 다섯을 대동한 채 약속 장소로 가고 있는 것이다.

배가 갈대를 비집고 어디로 가고 있는지 용하 상인은 도저히 알 수 없었다. 갈대가 일 장 이상이나 자라 사방을 분간할 수가 없었던 것이다.

쏴아…….

비바람은 여전히 세차 금세라도 도선을 엎어버릴 듯했다.

잠시 입을 다물고 있던 용현 존자는 황하의 누런 흙탕물이 몸부림을 치면서 자신에게 덤벼들자 참지 못하고 다시 투덜거렸다.

"그 구양 시주가 비록 신기제일이라는 구양세가의 대공이라 할지라도 아직은 홍안의 청년일진대, 우리 구대문파가 그의 말 한 마디에 좌지우지되는 것은 옳지 못합니다. 할말이 있다면 본인이 올 것이지 어찌 감히 존장이신 장문 사형을 오라 가라 할 수 있습니까?"

부드러운 얼굴이었던 용하 상인이 안색을 굳히며 그를 꾸짖었다.

"남의 험담을 함부로 함은 출가인의 본분이 아니야! 지난날 천기수사 구양 대협이 강호에 나타났을 때에도 수많은 사람들이 그를 그렇게 생각했었지만 그 결과는 어떠했던가? 그리고 그 구양 대공의 말에 구대문파가 따르고 있는 것은 그 말이 옳기 때문이지, 다른 의미는 아무것도 없는 것이네. 명분(名分)에 얽매임은 출가인의 근본 자세가 아님을 잊어서는 아니 될 것이야! 그 명분이야말로 탐(貪:불가 三毒의 하나)하는 마음이며, 세상을 혼탁하게 만들고 있는 욕심의 근본이 아니겠는가."

성미 급한 용현 존자는 꿀 먹은 벙어리가 되고 말았다.

그사이에 배는 갈대를 뚫고 한곳에 도달했다.

겉보기에는 여전히 갈대밭인데 배를 댈 수 있도록 판목을 이용하여 선창이 만들어져 있는 곳이었다.

"어서 오십시오. 갑자기 비가 쏟아지는 바람에 접대에 소홀함을 용서하여 주셨으면 합니다. 소생은 구양세가의 경위대장인 팔비운룡 경중추입니다."

일신에 우의(雨衣)를 걸친 청년 한 사람이 나타나 그들을 맞았다.

"그러신가? 소림의 만공 도우와 세가의 구양 시주는 지금 어디에 계신가?"
　용하 상인의 물음은 당연했다.
　부교(浮橋) 비슷하게 건설된 판목이 갈대 사이로 뻗어 있을 뿐 사람이 있을 만한 곳은 보이지 않았던 것이다.
　용하 상인의 물음에 팔비운룡 경중추가 허리를 굽혀 보였다.
　"지금 안에서 장문인의 왕림을 기다리고 계십니다. 어서 안으로 드시지요."
　그 순간에 마치 천막과 같이 생긴 것을 여덟 명의 장한들이 받쳐 들고 나타나 용하 상인 등의 머리 위를 차단했다.
　우지(雨紙)로 만들어져 물이 새지 않도록 된 그것은, 넓이가 일 장에다 길이가 삼 장이나 되어 거대한 우산이 펼쳐진 듯 용하 상인 등에게 쏟아지던 비를 막아주었다.
　쏟아지는 빗줄기는 바람을 동반하여 무엇으로도 그것을 막기 어려웠는데, 그들의 이 거대한 우산은 용하 상인을 따라가면서 들이치는 비까지 막아주고 있어 이동식 천막 안에 들어 있는 듯했다.
　용하 상인은 그 거대한 우산을 들고 자신을 따라오는 장한들이 비를 맞으면서도 늠름하고 그 걸음이 안정되고 빠름을 보고는 내심 감탄했다.
　'비에 대한 준비가 없었을 텐데도 이와 같은 물건을 만들어내다니 과연 신기제일가답군……'
　그들이 십여 장을 그렇게 달려갔을 때 돌연 맑은 음성이 빗소리를 뚫고서 들려왔다.
　"죄송하지만 존자께서는 그 우산 하에서 이탈하지 말아주십시오. 이 일대에는 이미 본 가가 설치하여 둔 십면매복이 발동하고 있는 중이라서 함부로 움직이신다면 곤란한 일이 일어날는지도 모릅니다."

용하 상인이 보니 다른 네 명의 존자는 묵묵히 자신의 뒤를 바짝 따르고 있는데 호기심 많은 용현 존자가 주위를 두리번거리고 있었다.

용현 존자는 용하 상인과 눈이 마주치자 머쓱해져서 얼른 제자리로 돌아왔으며 그와 동시에 그들의 앞에 백의청년 한 사람이 나타나 있음을 보게 되었다.

백의청년은 용하 상인을 향해 포권하여 보였다.

"구양가의 천상이 아미파 장문 대사의 존가를 맞이함이 늦었음을 사과드립니다."

그의 포권에 용하 상인이 마주 합장해 보였다.

"별말씀을, 아미타불…… 이 우중에 직접 마중을 나와주셨으니 송구하기 그지없소이다."

"안으로 드시지요. 다른 분들이 기다리고 계십니다."

구양천상의 말에 용하 상인의 안색이 조금 변했다.

"만공 도우 외에 또 다른 분들이 계시오?"

구양천상이 다시 포권을 해 보였다.

"죄송한 말씀을 뭐라고 드려야 할지 모르겠습니다. 사실은 구대문파의 회맹은 바로 오늘입니다."

용하 상인의 눈이 커졌다.

"그게 무슨 소리요?"

"죄송합니다. 비밀을 유지하기 위해서 부득이 아홉 분 장문인들을 다 속이게 되었습니다. 구대문파의 비밀 회동은 이미 비밀이 아니라 적의 이목에 노출이 되어 있는 상황이라서 부득불 이러한 하책을 동원케 되었으니 너무 꾸짖지 말아주십시오."

"무슨 이런······."

용현 존자가 눈을 부릅뜨고 입에 거품을 물려고 했다.

그것을 용하 상인이 손을 저어 저지하며 물었다.

"말은 들었소만, 상황이 진정 그처럼 엄중한 것이오?"

"그렇습니다."

"만공 도우는······."

"그 어른께서도 여기 오셔서야 오늘이 바로 본 회동이라는 것을 아셨습니다. 그전까지는 예비 회담이 있을 걸로만 말씀을 드렸었습니다."

"허허······."

용하 상인은 머리를 저었다.

구양천상은 빗속에 조용히 서 있었다.

비를 맞고 서 있는 그의 모습은 고요하고 굳건하였으며, 또한 고독해 보였다.

용하 상인은 한 걸음 나서서 그의 손을 잡았다.

"아미타불······ 미안하오. 오늘에서야 우리 늙은이들이 그간 너무도 안일하게 세월을 보내고 있었음을 알겠소."

"겸사의 말씀이십니다. 이해하여 주신다니 감사할 따름입니다. 안으로 드시지요."

구양천상의 인도로 용하 상인 등은 다시 십여 장을 더 나아가 한곳에 이르게 되었다.

갈대로 뒤덮인 그곳은 상당히 넓은 공지였으며 놀랍게도 거기에는 십여 채의 작지 않은 규모의 목조 건물이 세워져 있었다.

"이곳은 소생이 대회를 위해 임시로 마련한 곳입니다. 낙양에 있는 본 가의 기업(基業) 중 하나이기도 합니다."

그중 가장 큰 건물로 들어서면서 구양천상이 설명하자 용하 상인은 그저 놀랄 따름이었다.

그는 솔직히 지금 갈대밭 밖으로 나갔다가 다시 이곳을 찾아올 자신이 없었다.

'과연 대단하구나! 이러한 곳에 이런 근거를 마련해 놓다니 상상도 못할 일이로다…….'

그는 고개를 젓다가 생각이 미친 듯 물었다.

"비로 인해 강물이 많이 불어나고 있는데 상관이 없을 듯하오?"

구양천상은 담담히 웃었다.

"황하는 토사로 인해 강바닥이 높아 항상 사방으로 흘러넘쳐 피해를 줍니다. 이곳은 바로 그러한 토사가 퇴적되어 만들어진 섬입니다. 소생의 계산으로는 대홍수가 일어나 낙양이 잠기는 일이 일어난다면 모를까, 그렇지 않다면 십 년 안에는 영향이 없을 겁니다."

용하 상인은 입을 다물었다.

할말이 없어졌다고 해야 할 것이었다.

문 앞에 나온 만공 대사의 영접을 받은 용하 상인은 안으로 들어가 무당, 곤륜 등 이미 도착해 있는 나머지 칠대문파의 장문인들과 인사를 하고 회동에 들어가기 시작하였다.

회담은 진지하고도 엄숙했다.

구양천상의 보고는 그들 모두를 놀라게 하고 남음이 있는 것이었다.

비록 그것들이 구양천상이 아는 모든 것이 아니라 할지라도 그들을 놀라게 하기에는 충분했다.

열띤 토론은 그로부터 시작되었다.

"……그렇게 들은 바와 같이 구양 대공이 홀로 고심함은 너무도 커 우리 구대문파는 기실 유명무실한 존재가 되었다 하여도 과언이 아닌 상태요. 그의 부친이신 구양 대협께서 실종되어 생사불명되신 이래, 얼마 전에는 그의 동생이며 당대 구양세가의 가주인 신산룡 구양 가주마저 무림을 위해 고군분투하다가 다시 생사를 모르게 되었소……"

화산파의 장문인 매화신검수 육청풍은 격앙된 음성으로 열변을 토하고 있었다.

그는 구양천수를 직접 겪어보았던 사람인지라 그의 실종에 가장 안타까워하는 사람이기도 했다.

자리는 점점 숙연히 변하고 있었다.

구대문파라는 이름은 가장 강대한 힘을 가진 아홉 개의 문파라는 뜻이다. 그것을 뒤집으면 그들 아홉 개의 기둥이 무림을 받쳐야 한다는 말도 되었다.

하지만 그 아홉 개의 기둥은 너무도 강한 개성을 가지고 있었으며 천하를 위하기보다 자존(自尊)과 명분(名分)에 너무 얽매이는 경향이 있었다.

그것은 세월의 잘못이기도 하였다.

그 분위기를 대변하듯 뒤를 이어 입을 연 곤륜파의 장문인 함령 진인(涵靈眞人)의 말 또한 침중하고 단호했다.

"근 백 년 이래 천하무림은 수많은 겁난을 겪어왔었지만 그 해결의 주역은 언제라도 우리 구대문파가 아니었소이다. 지금까지도 항상 무림을 어지럽히는 자들의 주된 목표가 되어왔을 뿐, 그들을 저지하는 데에는 언제나 무력하였었소이다. 그렇게 해서 봉황곡의 모용세가가 오대의 가주들이 피로써 무림을 지키고, 그 뒤를 이어 구양세가가 고군분투하다가 부자 이대가 생사불명이 되었소……. 언제까지 이렇게 있을 수만 없다는 것이 바로 오늘 이 모임의 취지라고 빈도는 생각을 하오이다!"

그는 가슴까지 드리워진 반백의 수염을 손으로 훑어 내리면서 좌중을 둘러보았다.

"지난날의 구대문파는 자만하되 힘이 없었지만, 오늘날의 구대문파는 힘이 있소이다! 이 힘을 뭉칠 수 있다면, 구중천의 힘이 아무리 강하다 한들, 천도문의 책략이 제아무리 교활하다 한들 어찌 지금과 같이 이처럼 숨어서 모임을 가질 정도의 궁지에 몰리는 일이 일어나겠소이까?"

그와 눈길이 마주치자 구양천상은 송구한 빛으로 그에게 포권을 해 보였다.

"내일의 모임을 오늘 이 자리로 돌연 변경한 것은 오로지 구양천상의 독단이었습니다. 이는 적의 준동을 사전에 방비코자 함이었지만 결례를 면치 못함을 잘 알고 있기에 죄송한 마음을 금할 길이 없습니다."

함령 진인은 천만의 말씀이라는 듯 머리를 설레설레 저었다.

"그것이 어찌 구양 대공의 잘못일 수가 있겠소? 화산의 육 도우의 말씀대로 그간 우리가 구양 대공에게 너무 큰 짐을 지워두었다는 것을 실감할 수 있어 오히려 우리 구대문파는 미안한 마음을 금할 길이 없소이다……."

그의 말에 아홉 명 장문인은 다 같이 고개를 끄덕였다.

올해 나이 육십여 세.

평소 과묵하기로 알려진 함령 진인은 일단 입을 열자 그 언변은 도도한 흐름을 보는 듯하였으며, 사람을 선동하는 힘이 있었다.

그것은 설득력이라 불리며 많은 사람을 거느리는 지도의 위치에 있는 사람에게는 필요불가결한 것이라 할 수 있었다.

그는 다시 말했다.

"본 장문인은 외람되지만 감히 이 자리를 빌어 우리 구대문파가 모든 사심을 버리고 무림을 위하고 정의를 위하여 진실로 힘을 바칠 수 있는 연맹의 창설을 제의코자 합니다! 이는 오늘 이 자리를 만난(萬難)을 무릅쓰고 만든 소림 만공 도우와 구양 대공의 뜻이기도 할 것이며 이 자리의 모든 분들의 생각이기도 할 것이라고 믿는데, 어떻습니까?"

장바닥과 같은 함성이 일어난 것은 아니었다.

하지만 그에 호응하는 박수의 소리는 실로 가슴을 치는 거대한 울림이라 할 수 있었다.

구대문파는 더 이상 이름만의 아홉 기둥이 아니고자 하는 것이다.

여기에 반대할 사람은 아무도 없었다.

함령 진인은 구양천상을 보았다.

"연맹이 앞으로 어떠한 길을 가야 할 것이며, 또 체제를 어떻게 가져야 할 것인지 그 상세한 것에 대해서는 우리보다는 구양대공이 많은 연구를 하였으리라 생각되는데 빈도는 그 생각을 듣고 싶소."

그가 말을 하고 자리에 앉음을 보고 사람들은 그를 다시 한 번 보게 되었다.

어려울 때 그 사람의 진면목이 나타난다고 하였다.

오늘의 이 모임은 그가 주최한 것인 듯, 그는 명쾌하기 이를 데 없는 솜씨로써 가장 거대한 안건을 결정해 놓고서 그 세부적인 것을 구양천상에게 넘긴 것이다.

그것은 모든 사람들로 하여금 강렬한 인상을 받도록 하고도 남았으며 구양천상에게도 마찬가지였다.

구양천상은 깊은 눈으로 그를 한번 보고는 일어나 말을 하기 시작하였다.

"소생이 조직에 대한 것을 말씀드린다는 것은 외람된 바 있지만 일단 의견을 개진코자 하니 들으시고 논의해 주시면 좋겠습니다……."

그의 음성은 쏟아지는 빗소리 가운데 낭랑히 울리기 시작하였다.

"소생이 생각건대 지금 현재 존재하는 무림맹은 이미 유명무실하여 그 힘을 상실하고 있기 때문에 이 구대문파의 연합은 따로이 구성되어야 한다고 봅니다. 그리하여 이 힘이 강력하게 된 후, 무림 각파를 참여시키는 방안이 논의되어야 할 것으로 생각이 됩니다."

용하 상인이 물었다.

"그렇게 된다면 기존의 무림맹에 가입하였던 여러 문파들이 반발하는 일이 일어나지 않겠소?"

구양천상은 담담히 대답했다.

"그것은 각오하여야 할 일 중의 하나입니다. 그리고 그러한 상황에 대비하여 소생은 이미 다른 조치를 취해두었기 때문에 구대문파의 결속이 다져지고 난 다음이면 그 문제 또한 큰 무리 없이 해결될 수 있을 것으로 압니다."

"그것이 무엇인지 말할 수 있으시오?"

청성파의 장문인 상청자(上淸子)가 참지 못하고 물었다.

그의 나이는 사십대로 오늘 이 자리에 참석한 구대문파의 장문인 중 가장 젊고 성미도 급하다 할 수 있었다.

"그것은 바로······."

구양천상이 입을 열려고 할 때 빗소리를 뚫고서 바깥에서 새가 우는 듯 이상한 소리가 들려왔다.

그리고, 팔비운룡 경중추가 날듯이 달려들어 와 구양천상에게 무엇인가 귓속말을 하여 그의 말은 중단되고 말았다.

그것은 무엇인가 의외의 일이 일어났음을 의미하는 것이라 구대문파의 장문인들은 일제히 구양천상을 주시하였다.

팔비운룡 경중추가 다시 달려나가고 난 후에 구양천상은 구대문파의 장문인들을 돌아보며 말했다.

"방금 려산 봉황곡에서 모용세가의 사람들이 도착하였다고 합니다."

"모용세가?"

좌중에 일진의 소요가 일어났다.

근 이십 년 이래 모용세가가 강호상에 모습을 드러낸 일은 없다고 하여도 과언이 아니다.

더구나 이곳은 그들 모두가 온 다음에야 알 정도로 비밀스러운 곳인데 모용세가가 도착하였다는 것은 실로 의외였던 것이다.

구양천상은 고개를 끄덕여 보였다.

"모용세가가 오는 것은 바로 지금 소생이 설명드리려던 조치라 할 수 있습니다. 우선은 소생이 마중을 나가야 되겠기 때문에 설명은 다녀와서 드리는 것으로 하겠습니다."

그가 정의당을 나서자 만공 대사가 나서서 그가 모용세가에 다녀왔음을 설명했다.

공동파의 장문인 현도 진인(玄都眞人)이 어이없다는 듯 말했다.

"그렇다면 모용세가에서 지금 이곳에 봉황령기(鳳凰令旗)를 보내온 것이란 말이오?"

만공 대사는 고개를 끄덕였다.

"바로 그러하오이다. 구양 시주는 혹여 있을 사태를 대비하여 모용세가의 봉황령기를 교섭하여 두었었소이다. 봉황령기는 지난 이십 년 이래 무림의 서약과 같은 것이라 구대문파의 결속은 물론, 이후 다른 무림 각파를 참여시킴에 결정적인 힘이 될 수 있을 것이오."

"과연······."

"신기제일가로구나!"

사람들이 참지 못하고 감탄을 했다.

임시로 정의당(正義堂)이라 이름한 대회장을 나선 구양천상은 예의 천막과 같은 우산의 호위를 받으며 다가오고 있는 여인들을 보게 되었다.

쏟아지는 빗속에 조용한 걸음걸이로 다가오고 있는 여인들……

앞장선 여인을 본 구양천상의 눈에 뜻밖이라는 빛이 스쳐 갔다.

녹의를 입은 중년의 그 아름다운 부인이야말로 그가 모용세가에서 만났던 모용세가 마지막 가주인 모용비룡의 미망인 새서시 이봉의였던 것이다.

이봉의는 구양천상이 모습을 나타내자 기품있는 미소를 지어 보였다.

"너무 늦지 않았나 모르겠군요? 조금 일이 있어 지체되었는데 설마 오늘이 회담 당일일 줄은……."

구양천상이 정중히 포권의 예를 행하면서 답했다.

"이 우중에 이처럼 먼 길을 오시게 하여 죄송하기 이를 데 없습니다. 적의 이목이 워낙 날카로운 데다가 심상치 않은 일들이 있어 이러한 편법을 사용케 되었으니 너무 나무라지 마십시오. 자, 여러분들이 기다리고 계시니 안으로 드시지요."

구양천상은 말을 하다가 그녀의 바로 뒤에 한 사람의 절세미인이 자신을 바라보고 있음을 발견하게 되었다.

'능소화…… 모용아경……!'

천만의외에도 그 미인은 바로 구양천상이 모용세가에서 보았던 능소화 연자경, 아니, 이제는 천하제일가의 마지막 후예로 그 신분이 밝혀진 모용아경이었던 것이다.

하늘빛 푸른 옷을 입은 그녀는 여전히 눈부시게 아름다웠으며 그 호수와 같은 눈은 가느다란 떨림으로써 구양천상을 보고 있었다.

'과연 그녀는 그날 어떻게 된 것이었을까……'

구양천상은 그녀를 보았으나 보는 것만으로 알 수는 없는 일이었다.

그녀의 뒤에는 아름다운 소녀 둘과 중년 부인 둘이 따르고 있었으며 마지막에는 굽은 등임에도 불구하고 보통 사람보다 키가 커 보이는 위맹한 모습의 백발노인이 우뚝 서 있는데, 바로 모용세가 전대의 구대 가장 중 유일한 생존자인 철배창룡 문화평이었다.

구양천상의 눈길을 느낀 새서시 이봉의는 반걸음쯤 옆으로 몸을 비키더니 모용아경을 구양천상에게 소개하였다.

"경아, 이분이 바로 구양세가의 대공 구양 상공이시다. 대공, 이 아이는 본 가의 마지막 혈육인…… 아경이에요. 나의 딸이기도 하지요. 많은 보살핌이 있기를 바라요."

"그러십니까? 전부터 많은 말씀을 들은 바 있었는데 이렇게 뵙게 되니…… 자, 안으로 드시지요."

구양천상은 그녀를 향해 정중히 인사를 하였다.

백화원에서 만났던 일을 지금에 이르러 밝히거나, 아는 체할 수는 없는 일이었다.

모용아경은 그런 구양천상을 향해 가볍게 고개를 끄덕여 보였을 뿐이었다.

이봉의가 다시 말하였다.

"원래는 이 아이 혼자만 보내려 하였었지만…… 상황이 그렇지 못하여 이 몸이 이곳까지 따라왔어요. 노태태께서 안부를 전하시면서 친동생과 같이 많이 도와주라고 말씀하셨습니다. 봉황령은 이 아이에게 맡겨졌어요."

"그러십니까……."

구양천상은 그녀가 하는 말의 의미를 깨닫게 되었다.

그녀는 오늘 이 자리에 참석하는 주인이 자신이 아니라 자신의 딸임을 확인시켜 주고 있는 것이다.

바로 그때였다.

만공 대사를 위시한 구대문파의 장문인들이 문인들을 거느리고 나타났다.

천하제일가(天下第一家)!

구대문파가 친히 마중을 나와야 될 정도로 이 이름은 아직도 막강한 영향력을 가지고 있었다.

그것은 의무가 아니라, 가문 오 대의 희생에 대한 최소한의 예의라 할 수 있었다.

새서시 이봉의와 구대문파 장문인들 사이에 인사가 오갔다.

하지만 그 인사는 워낙 요란하게 몰아치는 비바람 때문에 어쩔 수 없이 정의당의 안으로 들어가서야 정식 인사가 가능했다.

이 정의당이 자리하고 있는 곳은 갈대섬으로서 그 가운데 있는 정의당은 비밀 유지를 위해서라도 당연히 그 면적이 넓을 수가 없었다.

거기에 구대문파를 비롯하여 지난날 천하제일가인 모용세가와 오늘날의 구양세가 등이 한데 모이게 되자 이것은 실로 수십 년래 처음 보는 무림의 일장 대성회(大盛會)였다.

그러나 응당 좁게 느껴져야 될 정의당의 안은 교묘한 좌석의 배치로 말미암아 가족이 모인 듯 안온한 분위기를 자아내고 있어 주최측이 얼마나 세심한 배려를 하였는가 내심 감탄한 사람들은 다시 한 번 구양천상을 보게 되었다.

인사가 교환되고 사람들이 모두 제자리에 앉게 됨을 보고 구양천상은 새서시 이봉의 일행에게 지금까지의 회의 진행 상황을 설명하여 주었다.

설명을 다 들은 이봉의는 군웅들을 돌아보며 말하였다.

"무림의 안녕을 좀먹는 자들이 준동하고 있는 마당에 조금 늦은 듯하지만 이러한 모임을 가지고 뜻을 같이하게 됨은 실로 무림의 복이 아닐 수 없다고 생각이 됩니다. 제가 봉황곡을 떠나올 때 노태께서는 무림평화를 위해서라면 본 가의 남은 힘이나마 조금도 아끼지 않겠다는 말씀을 하시면서 기꺼이 봉황령기를 보내셨습니다."

그녀가 말을 하자 모용아경이 조용히 몸을 일으켜 하나의 깃발을 펴들었다.

가로 두 자 아홉 치, 세로 한 자 아홉 치.

붉은 바탕에 날개를 활짝 펴고 금방이라도 살아날 듯 생동감

넘치는 한 쌍의 봉황이 금사(金絲)로 수놓아져 있으며 좌우로 무림제일(武林第一), 막감부종(莫敢不從)이라는 여덟 글자가 새겨져 있다.

무림의 제일이니 누가 감히 좇지 않으랴…….

그러한 의미 가운데에는 령(令) 자가 둥근 원 속에 존재하니 이것이야말로 이십 년 전 봉황곡 절세모용가가 다시금 이대에 걸친 가주의 목숨을 바쳐 천축 신성유가문을 물리침에 감격한 전체 무림이 헌증한 봉황령기인 것이다.

앉아 있던 모든 사람이 분분히 일어나 봉황령기에 대한 예를 갖추었다.

당대 최고의 신분인 구대문파의 장문인들과 장로들이 하나 남김없이 봉황령기에 최고의 예를 표하는 것을 보면 이 령기가 가지는 위력은 알고도 남음이 있었다.

이봉의가 계속하여 말했다.

"노태태께서 이 봉황령기를 사용하는 것은 이번 무림겁난뿐이며 겁난이 평정된 다음에는 단지 상징적인 의미로서만 본 가에 보관하고, 그 권위는 박탈하겠다고 말씀을 하셨습니다."

"하아……."

은은한 탄성이 좌중에 번져 갔다.

봉황령기가 가지는 권위는 엄청나다 할 수 있다.

봉황령기의 뒷면에는 봉황령기를 헌증한 문파의 이름이 기록되어 있는데, 그들 문파에 대해서는 어떠한 요구를 하더라도 그것이 아주 천리를 벗어나는 일이 아니라면 들어주도록 되어 있는 것이다.

물론 그것은 봉황령기에 서명한 문파에만 유효하지만 그 권위는 서명치 않은 문파라 할지라도 인정치 않을 수 없음이 현실이었다.
 더구나 지금에 있어 어느 정도 세력이 있는 문파치고 그 당시에 봉황령기에 서명치 않은 문파는 없다고 해도 과언이 아니었다.
 그러한 봉황령기의 권위를 박탈하겠다는 선언은 이번의 일을 모용세가가 얼마나 크게 보고 있는가를 의미하기도 하였으며 또한 무림 정의를 위한 대용단(大勇斷)이기도 한 것이었다.
 어느 누구라 할지라도 이번 한 번뿐인 봉황령기의 명을 거역할 수 없을 것이기 때문이다.
 그 한마디로 봉황령기의 권위는 더 강력하게 변했다 할 수 있었다.
 비록 그것이 한 번이라는 시한이 붙긴 하지만…….
 이봉의는 계속하여 말하였다.
 "그때까지 봉황령을 관리하고 지킬 사람은 바로 이 아이입니다. 모용아경! 본 가의 마지막 혈육입니다."
 "아!"
 "그런 일이……!"
 탄성이 사방에서 잇달아 터져 나왔다.
 모용세가에 후예가 있음에 대한 말은 들어본 사람이 거의 없었기에 그녀에 대한 소개는 군웅들에게는 놀람일 수밖에 없었다.
 모용세가의 후예!
 이것이야말로 천하제일의 후광(後光)이라 할 수 있었다.

그리고 그 일은 사람들에게 있어 또 하나의 감동이기도 하였다.

모용세가의 마지막 혈육은 딸이다.

그럼에도 그들은 무림 정의를 위하여 그 딸마저 내보내었다.

모용아경은 무림 사상 가장 화려하게 그 이름을 등장시킨다 할 수 있었다.

모용아경은 봉황령기를 든 채 맑고 청아한 음성으로 입을 열었다.

"저는 봉황령의 제일대 영주이자, 마지막 영주입니다. 이 무림은 저의 아버님과 할아버님께서 목숨 바쳐 지키고 사랑하시던 곳입니다. 미거하고 아직 많이 모자라지만, 그분들에게 누가 되지 않도록 최선을 다해 노력하겠습니다!"

아무도 시키지 않았지만 박수 소리가 쏟아지는 빗줄기가 놀라 도망갈 정도로 크게 일었다.

그것은 감동의 물결이었다.

'과연 대단한 분이로구나. 대회장으로 사람을 보내겠다는 데에는 그러한 속셈이 있었던가…….'

구양천상은 박수를 치면서 속으로 모용세가의 노태태 우문기영에 대해 감탄을 금할 수 없었다.

그녀는 과연 여걸이었다.

그러나 구양천상의 그 복잡한 심중을 헤아리는 사람은 아마도 이곳에는 없는 듯하였다.

곤륜파의 함령 진인이 껄껄 웃으며 말했다.

"무량수불…… 무량수불…… 이렇게 되고 보니 이제는 거리낄 것이 아무것도 없소이다. 무엇을 더 주저하겠소? 바로 이 자리에서 맹(盟)을 탄생시키고 맹주를 뽑아 무림 평화를 좀먹는 자들을 몰아내도록 합시다!"

반대하는 사람이 있다면 아마 맞아 죽을 것이었다.

이렇게 하여 무림 이래 가장 강력한 구파연맹의 장은 열리게 되었다.

만공 대사는 일이 이처럼 잘 풀려 나가자 한시름 던 듯 흡족한 표정이었다.

구양천상은 열기가 조금 진정되는 듯 보이자 입을 열었다.

"맹의 이름은 일단 구파연맹으로 가칭해 두기로 하고 먼저 맹주를 결정하고 각자의 역할을 분담하도록 함이 좋겠습니다. 그리고……"

그는 주위를 둘러보았다.

"이 연맹은 강력히 적과 대치하기 위해서 강한 통제력을 발휘할 수 있어야 합니다. 그러기 위해서는 맹주는 구파를 호령할 수 있는 권위를 부여받아야 한다는 것을 먼저 말씀드리겠습니다. 여기에는 약간의 위험이 따름이 사실이지만 지금으로서는 이것이 최선이니 동의해 주시기를 바랍니다."

다른 때라면 이의를 다는 사람이 있을 수 있겠지만 지금에 이르러 이의를 다는 사람은 아무도 없었다.

구양천상은 덧붙여 계속해 설명했다.

"물론, 그 권위가 남용되지 않도록 제도적인 보완은 하겠습니다만…… 맹주의 힘이 강력하지 않으면 현재의 적과는 싸울 수가 없기 때문에 그 권위를 인정하여야만 하고, 그런 만큼 믿을 수 있는 분을 맹주로 선출해야 합니다!"

"어떤 식으로 맹주를 선출하려고 하시오?"

무당파의 구양자가 오랜만에 입을 떼었다.

"신임이 가장 중요한 것이니 여러분의 추천을 받아 가장 많은 호응을 얻는 분으로 하였으면 합니다."

그 말은 가장 공감을 얻을 수 있는 것인지라 여기저기에서 후보를 추천하는 목소리가 들려오기 시작했다.

만공 대사가 거론되고 무당의 구양자가 추천을 받았다.

하지만 구양천상이 이 대회를 준비하면서 전혀 예상치 못했던 일은 후보 문제였다.

가장 강력하게 추천을 받고 있는 두 사람은 바로 구양천상 자신과 곤륜파의 함령 진인이었던 것이다.

구양천상의 일처리와 좀 전에 보여주었던 함령 진인의 움직임이 그런 예상치 못한 일을 생기게 한 듯하였다.

구양천상은 자신의 이름이 강하게 떠오르자 말했다.

"소생은 구대문파의 사람이 아닐뿐더러 나이조차 어려 도저히 대임을 맡을 수가 없습니다. 더구나 이 일은 구대문파를 통제하는 최초의 일인지라 반드시 구대문파 내의 사람이 되어야 한다고 믿습니다."

듣고 보니 그 말도 옳은 듯한지라 군웅들은 숙고에 들어갔다.

구양천상이 강력히 사퇴하자 대신 부상된 것은 소림의 만공 대사였다.

그의 인품은 천하가 아는 것이라 인화(人和)에는 가장 적격자로 믿어지는 것이다.

게다가 그는 천 년이라는 역사를 가진 무림의 북두(北斗) 소림사의 장문인이라 누가 보아도 모든 자격 요건이 갖추어졌다 할 수 있었다.

하지만 그에 못지않도록 강력한 경쟁자는 곤륜파의 함령 진인이었다.

추천은 이 두 사람으로 압축되는 듯 보였다.

하지만 마지막 순간에…

"빈도는 아직 맹주의 위(位)를 맡을 만한 자질을 갖추지 못하였음을 스스로가 잘 알고 있소이다. 맹주는 당연히 소림의 만공 도우께서 맡으셔야 합니다!"

그런 겸사의 말은 이미 만공 대사도 한 바 있다.

하지만 함령 진인의 사퇴는 구양천상만큼이나 강력하여 결국 만공 대사는 사양사양하다가 맡을 사람이 없다는 결론 때문에 억지로 승낙하게 되었다.

말이 억지지 만장일치였다.

만공 대사는 난처한 빛이 되어 말했다.

"아미타불…… 능력이 없는 사람이 이런 막중한 직책을 맡게 되니 이것참…… 어쨌든 여러 도우들의 의견이 이러하시니 노납이 잠시 대임을 맡기로 하겠습니다."

맹주가 결정되자 나머지 직책은 거의 문제가 없었다.

그중에서도 압도적인 만장일치는 구양천상이 맹의 군사(軍師)를 맡는 것이었다.

전원 추천에 전원 찬성이었다.

그다음이 별도의 직책으로서 모용세가를 위한 것이었으니 바로 봉황령주였다.

군사와 비견되는 영주의 지위가 하나 추가된 셈이었다.

그렇게 진행되어 갈 때 상황을 지켜보고 있던 이봉의가 조심스레 한마디를 하였다.

"외람될지는 모르지만…… 혹여 맹주께 무슨 변고가 발생하였을 때나 자리를 비웠을 때, 그 직책을 대리하거나 맹주를 승계할 수 있는 분을 정해둠이 좋을 것 같은데 어떻게 생각을 하시는지요?"

옳은 말이었다.

그것을 위해 따로이 부맹주라던가 하는 직책을 둘 필요 없이 군사에게 그 권리를 부여함이 어떤가 하는 의견이 있었지만 결국은 부맹주를 두는 것으로 낙착이 되었다.

그리고, 부맹주로는 거의 만장일치에 가깝게 곤륜파의 함령 진인이 결정되었다.

그렇게 요직은 하나하나 결정지어지고 있었다.

맹이 탄생하고 있었다.

쏟아지는 빗속에서…….

第二章

신외화신(身外化身)
―맹주의 목을 노리는 검은 손 그러나
그 손을 노리는 손도 있으니…….

풍운고월
조천하

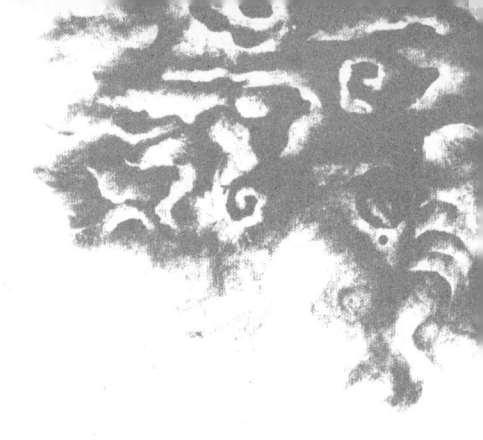

 폭우가 되어 쏟아지던 비는 바람에다, 밤이 되기 시작하면서부터 천둥번개까지 가세하여 명실공히 삼박자를 고루 갖추어 대지를 을러대기 시작하였다.
 강한 바람을 동반한 뇌우는 밤새 대지를 공격하였으며, 황하는 그 기세를 등에 업고 한 마리 노한 황룡(黃龍)이 되어 미친 듯 꿈틀거렸다.
 비는 새벽이 되어서야 겨우 그 세력을 덜기 시작하였다.
 하지만 아직도 하늘은 어두웠으며 비는 완전히 그친 것이 아니었다.
 우르르…… 우르르…….
 천둥번개는 아직 세찬 바람과 경쟁을 하듯 하늘에서 놀다가 땅으로 떨어지곤 했다.

그때마다 하늘은 갈기갈기 찢겼으며 땅은 놀라기에 바빴다.

동심맹(同心盟)으로 이름이 결정된 구대문파의 연맹이 구체적인 모습을 갖추게 된 것은 바로 그 뇌우가 잦아들기 시작하는 새벽녘이었다.

휴식을 위해, 정리를 위해 일단 산회가 되었다.

정오에는 장문인들 간에 마지막 회동이 있을 예정이었다.

긴 여정이었으되, 밤을 꼬박 새우고 정의당을 나서는 모든 사람들의 눈에 넘치는 생기(生氣)는 이 모임이 얼마나 보람된 것이었는가를 의미하고 있는 것 같았다.

쏴아아…… 휘이잉…….

빗줄기는 가늘어졌다고 하지만 바깥은 아직도 강한 바람이 불고 있었다.

"상쾌한 바람이로군……."

어두운, 그러나 곧 밝아질 것으로 보이는 하늘을 올려다보며 곤륜파의 장문인 함령 진인이 미소했다.

"맹이 결성됨과 함께 비바람이 자는 것을 보니 동심맹의 출발과 함께 강호의 겁운(劫運)도 다 날려갈 듯싶습니다."

그와 나란히 걷던 청성파의 상청자가 거들었다.

그들은 각자의 숙소로 안내를 받아 가고 있는 중이었다.

구대문파의 숙소는 정의당을 중심으로 하여 원형으로 배치가 되어 있는데 각자 좁기는 하지만 독립적인 위치가 확보되어 있어 거기에도 상당히 신경을 쓴 것을 알 수 있었다.

상청자의 숙소는 곤륜파의 숙소보다 조금 가까운지라 상청자가 먼저 인사를 하고 문하 제자들과 안으로 들어가는 것을 보고 뒤따르던 곤륜육자(崑崙六子) 중 넷째인 함허 진인(涵虛眞人)이 입을 열었다.

"장문 사형께서 오늘 동심맹의 부맹주 위에 무당파를 제치고 오르셨으니 마침내 우리 곤륜파가 소림, 무당을 제치고 무림을 영도할 날이 멀지 않은 모양입니다. 어찌 선사영령들의 보살핌이라 하지 않겠습니까!"

그의 말에 함령 진인은 막 숙소로 들어가려던 걸음을 멈추고 굳어진 얼굴로 함허 진인을 쳐다보았다.

함허 진인이 움찔, 입을 다무는 순간에 함령 진인이 준엄한 어조로 꾸짖었다.

"자네의 그와 같은 생각 때문에 오늘날까지 구대문파가 제 역량을 다 발휘하지 못하고 이러한 처경에 이르러 남의 도움을 받게 된 걸세! 정의를 지킴에 있어 그것이 무슨 아전인수의 망발인가? 그러한 생각을 가지고 있는 한 본 파는 언제까지라도 구대문파의 영수가 되기는 글렀네."

험허 진인은 입이 들어붙고 말았다.

비를 맞았음인가, 그의 이마에는 빗방울이 송골송골 맺혀 흘러내리고 있었다.

험허 진인은 나직이 탄식하며 그의 어깨에 손을 올렸다.

"자네의 모든 것은 다 좋은데 너무 좁게 본 파의 이익만을 생각함이 문제일세. 좀 더 시야를 대국적으로 가지도록 해보게나. 모용세가가 오늘날에 이르러 천하제일가로서 추앙을 받는 것이 무엇 때문인지 생각해 보았는가? 그들이 자파의 이익만을 생각했었다면 결코 오늘날⋯⋯."

그는 말을 하다가 입을 다물었다.

팔비운룡 경중추가 나는 듯 다가오고 있음을 보았던 것이다.

"무슨 일이오?"

그는 팔비운룡 경중추가 다가와 예를 올림을 보고 그가 자신을 찾아왔음을 알고 물었다.

경중추는 말했다.

"맹주께서 부맹주를 잠시만 뵙고자 하십니다."

"나를?"

"그렇습니다. 지금 정의소청(正義小廳)에서 기다리고 계십니다."

의아한 빛이던 함령 진인이 물었다.

"구양 군사께서는 지금 어디에 계시는가? 맹주와 같이⋯⋯."

"아닙니다. 대공⋯⋯ 군사께서는 주위를 돌아보시기 위해 외곽으로 순찰을 나가시어 지금 이곳에는 계시지 않습니다. 아마 잠시의 시간이 필요할 걸로 압니다. 지난밤 쏟아지는 비로 매복이 망가졌을는지도 몰라 점검을 하신 다음에 돌아오시겠다고 하셨기에⋯⋯."

함령 진인은 아, 하듯 고개를 끄덕이었다.

"다른 사람들은 다 쉬라고 하고서 혼자서 순찰을 나가다니 참으로 수고가 많으시군⋯⋯. 미안하고 부끄러운 일일세. 정의소청이 어딘지 안내를 해주시겠나? 내 맹주를 만나 뵙고 다시 군사를 만나도록 하겠네."

"앞장서겠습니다."

팔비운룡 경중추가 앞서 나가기 시작하자 함령 진인은 험허 진인을 비롯하여 문하 제자들을 보고 말했다.

"이 일은 여러 사람이 움직일 성격이 아닌 듯하니 내가 돌아올 때까지 모두 휴식을 취하도록 해라. 오늘부터 눈코 뜰 사이 없이 바쁘게 될 것이니까……."

그들을 남겨두고 그는 팔비운룡 경중추의 뒤를 따르기 시작했다.

비는 많이 그쳤지만 바람은 여전히 드세고 이따금 우는 뇌성의 소리도 만만치만은 않았다.

정의당 일대는 공지가 있다 하더라도 조금만 벗어나면 키를 넘는 갈대들로 인해 사방을 분간할 수 없었다.

팔비운룡 경중추의 뒤를 따르던 함령 진인이 물었다.

"이곳의 은밀함은 가히 절세적이라 할 수 있겠지만…… 만에 하나라도 적이 불로써 공격을 해온다면 속수무책, 손을 쓸 길이 없어지지 않겠소?"

그의 물음에 경중추는 가볍게 웃어 보였다.

"본 가의 대공께서 어찌 그러한 점에 대해 대비를 하지 않으셨겠습니까? 이곳은 황하 강상인지라 물이 풍부하니 그러한 걱정은 않으셔도 됩니다."

'알 수 없군. 만약에 배를 타고서 사방에서 불화살을 쏘아댄다면 무슨 수로 막을 수 있단 말인가? 그때가 되면 황하의 물이 제 맘대로 돌아다니며 불을 꺼주기라도 한단 말인가?'

함령 진인은 이해할 수 없었지만 구양천상이 이미 대비를 해두었다니 믿지 않을 수도 없었다.

여기 온 후, 구대문파의 장문인들은 한결같이 구양천상에게만은 탄복을 금하지 못하고 있었던 것이다.

그러는 순간에 그들의 앞에 한 채의 작은 규모의 목조건물이 나타났다.

'정의소청'이라는 현판이 걸린 목조건물은 은밀하였으며, 이 일대의 가장 중심이 되는 정의당의 지붕이 갈대 사이로 저 멀리 보이고 있었다.

"소생은 손이 모자라 이만 돌아가 보겠습니다. 그럼……."

팔비운룡 경중추가 포권을 하여 보이고 사라졌다.

정의소청 앞에는 만공 대사의 제자인 대승(大勝)과 대광(大匡)이 서 있다가 함령 진인을 향해 합장배례하여 보였다.

"아미타불…… 안으로 드시지요. 맹주께서 기다리고 계십니다."

대승의 말과 함께 함령 진인은 안으로부터 은은한 염불 소리가 들려옴을 들을 수 있었다.

그것은 아미타불만이 반복되는 오회염불(五會念佛)로서 마음을 진정시키는 탁월한 효능이 있는 것이었다. 전하건대 서천 극락정토(極樂淨土)에 울리는 소리라고 하던가.

안으로 들어서자 함령 진인은 은은한 향 냄새를 느낄 수 있었다.

소청의 형식으로 꾸며진 건물의 안은 넓이가 사 장여로 그리 좁다고 할 수 없는 편이었다.

집기들은 간단하였고 만공 대사는 바닥에 앉은 채 불상을 모신 듯 휘장을 내려놓은 앞에서 등을 보이고 앉아 있었다.

나직한 아미타불의 소리는 그에게서 끊임없는 음조를 이루며 흘러나오고 있었다.

"부맹주 함령이 맹주의 부르심을 받고 왔습니다."

함령 진인의 말과 함께 만공 대사의 입에서 흘러나오던 염불소리가 뚝 끊어졌다.

그리고 그는 몸을 돌렸다.

"아니……?"

그의 얼굴을 본 함령 진인의 눈은 경악으로 인해 금방이라도 찢어질 듯 커졌다.

정말 믿을 수 없게도 그는 만공이 아니라 구양천상의 얼굴을 하고 있었던 것이다.

"어서 오시오……."

만공, 아니, 구양천상은 머리에 쓰고 있던 인피를 벗었다.

그 속에 감추어 두었던 검은 머리가 흘러내려 그의 어깨를 덮었다.

몸에 걸친 승포가 구양천상의 몸으로부터 벗겨져 나갔지만 함령 진인을 바라보는 구양천상의 눈은 조용할 뿐이었다.

함령 진인은 말이 나오지를 않았다.

"이…… 이게 무슨…… 무슨 짓이오?"

얼떨떨하여 중얼거리듯 말하던 함령 진인은 다음 순간에 노기를 드러냈다.

"맹주의 권한을 사칭하여 빈도를 놀리다니! 이 무슨 짓이란 말인가? 빈도가 그대를 잘못 보았다!"

그가 두 눈을 부릅뜨고 금방이라도 일장을 쳐낼 듯하건만 구양천상의 안색은 조용할 뿐, 미동도 없었다.
 그는 말했다.
 "나는 이곳에서 한 가지 일을 증명하기 위해 부맹주를 불렀소. 만에 하나 잘못된 일이 있다면 그때에 사과를 드리고 벌을 청하겠소."
 구양천상에게는 나이답지 않은 깊음의 무게가 있다.
 어느 누구라도 그와 마주치게 되면 그 무게로 인해 그를 경시할 수가 없었다.
 두 눈을 부릅뜨고 구양천상을 쏘아보던 함령 진인은 얼음 같은 얼굴이 되어 말했다.
 "맹주도 이 일을 알고 있는가?"
 구양천상은 고개를 저었다.
 "그분은 지금 쉬고 계시니 당연히 이 일은 알 수가 없소. 밖에 있는 두 사람은 미안하지만 본 가의 사람이 변장을 한 것이오. 내가 맹주로 변하듯……."
 함령 진인이 천천히 자세를 가다듬으며 물었다.
 "무엇을 증명하고 싶은 것인가?"
 그는 냉철히 주위를 살피고 있었다.
 그는 구양천상이 얼마나 매사에 치밀한가를 이미 알고 있었기 때문에 그가 자신을 이곳으로 불렀을 때에는 완벽한 준비를 했을 것임을 보지 않아도 알 수 있었다.
 그래서 그는 일단 노기를 눌러두는 것이다.
 딱……!
 구양천상은 옆으로 한 걸음 물러나더니 손뼉을 쳤다.

그러자 그의 앞에 늘어져 있던 휘장이 누가 잡아당기듯이 좌우로 갈라졌다.

그리고 그 안에는 의외에도 한 사람의 흑의여인이 등을 보이고 앉아 있었다.

"여인? 설마 내가 저 흑의여인과 어떤 관계라도 있다는 말인가?"

구양천상은 조금도 망설이지 않고 고개를 끄덕였다.

"바로 그렇소! 오늘의 이 자리는 저 여인과 당신과의 관계를 증명하려는 것이오."

참으로 어이없다는 빛이 함령 진인의 얼굴에 달려갔다.

"빈도는 나이 다섯에 곤륜에 입문하여 도반(道伴)이 되었거늘 어찌하여 하필이면 여인과…… 구양천상! 너는 맹을 어찌하려고 이러는 것이냐?"

함령 진인이 갑자기 호령했다.

"맹을 정비하려는 것이지!"

그의 호령에 대한 대답은 구양천상에게서 나온 것이 아니라 등을 보이고 있는 흑의여인에게서 나왔다.

함령 진인이 차고 맑은 여인의 음성에 그녀를 쏘아보다가 침중히 물었다.

"그대는 누구인가?"

그러자 폐부를 찌를 듯 찬 음성과 함께 흑의여인이 몸을 돌렸다.

"내 모습은 알아보지 못한다 하더라도 나의 목소리까지 잊어버렸단 말인가요. 칠좌?"

창백한 가운데 깎은 듯 아름다운 얼굴이 빛을 뿜고 있는 듯 보였다.

'윽……!'

그녀의 얼굴을 본 함령 진인의 전신에 거의 보이지 않을 듯한, 그러나 강한 떨림이 전율과 같이 꿰뚫고 지나갔다.

꽝! 꽈르르…….

그 순간에 돌연 거대한 뇌성벽력이 천지를 진동했다.

그것은 어제까지도 태음천주라고 불리던 임옥병의 얼굴이었다.

함령 진인은 그녀를 쏘아보더니 차게 말했다.

"여시주는 누구이기에 빈도를 아는 척한단 말인가? 구양천상, 그대가 의도하는 것이 무엇인지 어디 말해보아라!"

구양천상은 임옥병의 앞쪽에 선 채 조용히 말했다.

"나의 의도는 매우 간단하오. 당신이 바로 구중천의 제칠천인 금성천(金星天)의 천주임을 확인코자 할 뿐이오."

"내가, 빈도가 구중천의 천주란 말인가?"

분노에 의한 격한 떨림이 함령 진인의 전신에서 일어났다.

그러나 구양천상에게서는 조금의 동요도 없었다.

여전히 침착하고 조용할 뿐이었다.

그는 말했다.

"당신은 나와의 만남이 오늘 처음인 것으로 생각할지 모르지만 사실은 그렇지가 않소. 우리는 이미 한 번 만났었소. 그것이 어디인지 아시오?"

"……"

함령 진인은 말없이 그를 쏘아보고 있었다.

"그것이 귀보에서였소."

"귀보?"

구양천상은 함령 진인의 눈빛이 흔들림을 보았다.

그는 함령 진인의 오른쪽 뺨에서부터 목에 이르는 검상의 흔적을 보며 담담한 웃음을 얼굴에 떠올렸다.

"그때·나는 당신의 얼굴에 일검을 선물한 적이 있었는데 그 흔적은 아직도 당신의 얼굴에 생생히 남아 있……!"

"닥쳐라!"

함령 진인이 소리쳤다.

아니, 그가 소리치기 전에 그의 손은 어깨에 달린 검자루를 잡고 있었으며 소리침과 동시에 검은 전광석화와 같은 속도로 구양천상의 가슴을 찔러왔다.

그와 구양천상과의 거리는 불과 일 장 정도에도 미치지 못한다.

검이 일단 발동되자 그 기세는 놀랍기 이를 데 없었다.

검빛은 벼락을 치는 듯했으며 그 기세는 폭풍과 같이 구양천상의 전신을 뒤덮었다.

그의 이 일검은 이미 준비되었던 것인지라 보는 사람의 심금이 떨릴 정도였다.

"조심해요!"

임옥병이 놀라 소리쳤다.

순간이다.

차앙—!

격렬한 부딪침의 소리가 일어나더니 신음과 함께 함령 진인이 잇달아 뒤로 물러났다.

그의 검은 이미 반 동강이 되어 있었으며 검을 쥔 오른쪽 가슴에서는 선혈이 분수처럼 솟아나고 있었다.
"찰칵……."
구양천상이 검을 거두는 것을 믿을 수 없는 듯 보고 있던 함령 진인이 울부짖듯 소리쳤다.
"무슨 짓을 한 것이냐?"
구양천상은 담담히 말해주었다.
"이 방에 들어설 때부터 당신은 이상함을 느껴야 했소. 아직도 당신이 호흡하고 있는 이 향기……."
"……산공향(散功香)?"
함령 진인의 안색이 흙빛이 되었다.
구양천상은 고개를 끄덕였다.
"대체로 비슷하지만 완전히 맞은 것은 아니오. 이것은 안락향(安樂香)이라고 하는 것으로, 중독되면 온몸이 마비되고 공력이 흩어지면서 정신을 잃게 되지만 몸에 해는 없소."
"비열한…… 구양세가가 이와 같은 짓을 하다니……."
그가 이를 갈자 구양천상은 흔들림없이 말했다.
"무엇이 비열하오? 이러지 않았다면 당신은 더 심한 반항을 하였을 것이니, 그렇게 되면 당신이 입은 상처는 더 컸을 것이오."
함령 진인은 사나운 빛으로 구양천상과 임옥병을 쏘아보더니 마침내 더 이상 서 있지 못하고 등을 벽에 기대며 쓰러졌다.
"이렇게 해서…… 내가…… 사라진다고 해결이 될 줄 아느냐? 이렇게 되면…… 내가 사라지고 나면…… 동심맹은 혼란이 일어나게 되고 서로의 불신……."

그는 굳어지는 혀로 억지로 말을 하다가 방 안에 다시 들어서는 사람을 보고는 놀라 입이 굳어지고 말았다.

"안녕하신가? 쯧쯔…… 물어볼 것도 없이 안녕치 못할 것 같군. 세상에 피를 흘리는데 안녕한 사람은 없으니……."

그를 향해 고개를 끄덕이는 사람은 믿을 수 없게도 또 하나의 완벽한 함령 진인이었던 것이다.

"지독…… 하군. 그러나…… 모습만 같다고 나로 화신할 수는 없을 것…… 이다……."

억지로 눈을 부릅뜨고 중얼거리던 함령 진인, 아니, 구중천의 금성천주는 마침내 정신을 잃고 말았다.

구양천상은 그가 정신을 잃자 새로이 나타난 함령 진인을 향해 가볍게 웃어 보였다.

"그가 노선배의 정체를 알았다면 보다 안심을 하고 단잠을 잘 수 있었을 텐데……."

"빌어먹을…… 차라리 거꾸로 되는 게 낫지! 이제부터 이 고리타분한 도사 노릇을 해야 되다니…… 대체 어떻게 하다가 이 모양이 된 것인지……."

함령 진인은 잇달아 쩝쩝거리며 입맛을 다셨다.

임옥병이 그 모양을 보고 말했다.

"금성천주는 구중천 내에서도 가장 날카로운 사람이며 과묵한 편이에요. 그렇게 말을 많이 하다가는 쉽게 들통나고 말 거예요."

함령 진인은 코웃음 쳤다.

"그렇게만 된다면 언제라도 이 가짜 노릇을 집어치울 수 있으니 얼마나 편할까!"

"가짜 노릇을 집어치우기 전에 목이 먼저 달아날걸요?"

혐령 진인은 그녀를 쏘아보다가 혀를 찼다.

"다 죽어가는 주제에 입만 살았군. 그렇게 사사건건 종을 달고 나서면 흐흐흐…… 하강하던 월하노인(月下老人:남녀 사이를 맺어 준다는 사람)이 갑자기 하늘로 되올라가는 수가 있다."

웃음소리에 이어진 뒷말은 전음입밀로 행하여졌으며, 그 소리에 창백하던 임옥병의 얼굴에는 미미한 홍조가 떠올랐다.

"……!"

그녀는 사납게 함령 진인을 쏘아볼 뿐 더 이상 아무 말도 하지 않았다.

함령 진인이 의미심장하게 웃고 있으나 구양천상은 영문을 알 수가 없었다. 그는 두 사람을 보다가 무거운 어조로 말했다.

"오늘의 일은 만부득이한 일이었습니다. 동 노선배께서 함령 진인으로 가장하는 것 또한 위험을 무릅쓴 것인 만큼 각별히 조심해 주십시오. 만에 하나라도 이 일이 알려지게 되면 곤륜파와의 사이에는 심각한 문제가 일어납니다. 아직은 곤륜파 내부가 어느 정도로 이떻게 되어 있는지 제대로 알 수가 없는 상태라서……."

"네가 또 한 번만 더 사기 치는 일에 대해서 훈계를 할 생각이라면 나는 당장 이 옷을 벗어버리겠다! 제기랄, 그날 일만 생각하면……."

그는 떨떠름한 얼굴로 구양천상의 손에 들려 좀 전에 함령 진인, 금성천주의 일검을 막아내면서 그를 일패도진시킨 보천신검을 훔쳐보았다.

이 가짜 함령 진인이야말로 지난날 귀보에서 구양천상과 만났던 천하제일의 사기꾼 만박편조 동일사였다.

그가 여기에 와 있음을 볼 때 구양천상은 이미 금성천주에 대해 만반의 준비를 하고 있었음이 분명했다.

구양천상은 만박편조 동일사의 말에 가볍게 웃어 보였다.

그리고 그는 무거운 어조로 입을 열었다.

"이 일은 대단히 중요합니다. 쉬운 일이었다면 그처럼 어렵게 노선배를 모시고 오지 않았을 것이고, 이처럼 힘들여 일을 꾸미지도 않았을 것입니다."

그는 쓰러져 있는 금성천주에게 다가가 그의 가슴에서 솟구치는 선혈을 멈추게 하면서 계속해 말을 이었다.

"구중천은 오래전부터 구대문파의 장악을 꿈꾸어왔습니다. 그러나 무슨 까닭인지 근래에 들어 그 움직임은 모두 암중으로 숨어버려 표면상으로는 전혀 드러나지 않게 되었습니다. 오늘의 회동에서조차 그들은 전혀 눈치를 채지 못한 듯, 이 근처에는 얼씬조차 하지 않았습니다."

"구중천의 이목이나 모든 것을 생각할 때 이것은 그냥 흘려 버릴 문제가 아니죠. 그 안에는 분명히 다른 책동이 암중에 진행되고 있을 테니까요."

임옥병이 말했다.

그녀는 어제 지나친 출혈을 하여 아직 정상의 몸이 아니었다.

"저는 그것이 무엇인가 있을 수 있는 모든 가능성을 연구했었지만 회동이 있기 전까지는 과연 그들이 무엇을 기도하고 있는지 단정할 수가 없었습니다. 하지만…… 맹이 결성되면서 비로소 그들의 의도를 알 수 있었습니다."

그들은 가장 간단하고도 무서운 방법을 선택했다.

금성천주가 맹의 결성을 적극적으로 지지하여 그 수뇌가 되는 길이었다.

동심맹은 구대문파를 호령할 수 있는 실질적인 권한을 가지게 되었다. 동심맹주가 된다면 구대문파는 그 사람의 수중에 든 것과 마찬가지가 되는 것이다.

금성천주는 맹을 결성하면서 모든 사람들에게 강력한 인상을 심는 데 성공했다.

그것은 맹주가 된 만공 대사보다 훨씬 더 강한 것이었다.

그는 한 걸음 더 나아가서 맹주가 될 수 있음에도 불구하고 초연히 부맹주로 물러나 더욱더 중인들의 인망을 얻었다.

맹주에게 문제가 생긴다면, 그는 사람들의 전폭적인 지지를 받으면서 동심맹의 맹주 자리에 오를 수 있을 것이다.

"일이 이렇게 되어 소생은 이 일을 더 이상 미룰 수 없다고 판단하고는 위험을 무릅쓰고서 이처럼 급박하게 일을 처리한 것입니다. 이자들이 언제 만공 대사를 암해할지 알 수 없기 때문입니다."

만공 대사가 맹주가 되고, 함령이 부맹주가 된 순간부터 만공 대사의 생명은 이미 풍전등화와 같다고 할 수 있었다.

"이제 모든 것은 노선배께 달려 있습니다. 구중천이 어떠한 움직임을 보일 것인가에 대해……. 하여튼 제가 알려 드렸던 것을 제외한 모든 것들은 노선배께서 본신의 능력으로써 타개해 나가셔야 할 겁니다. 구중천 내부에 대한 것은 이 임 소저가 좀 더 상세히 말씀을 드릴 것이고 제가 금성천주에게서 알아내는 대로 또 알려 드리도록 하겠습니다."

구양천상은 생각이 미친 듯 다시 말했다.

"곤륜파의 장문인이 잠입한 적의 수뇌였다는 것은 아직 알려져서는 아니 될 일입니다. 이 일은 아는 사람이 적으면 적을수록 좋다고 사료되어…… 여기 있는 우리 세 사람 외에는 아직 아무도 이 일을 알지 못합니다."

"소림의 만공도 그러한가?"

"그렇습니다."

구양천상의 말에 만박편조 동일사는 그를 물끄러미 바라보더니 그의 어깨를 툭툭 쳤다.

"좋아! 내 이 일을 생애 마지막 사기라 생각하고 멋지게 그 군주란 놈을 속여보지!"

"부탁드리겠습니다."

구양천상이 그를 향해 정중히 읍을 했다.

"그놈의 깍듯한 예절 하고는……."

만박편조 동일사는 근엄한 얼굴을 하였다.

그 모습은 곤륜파 함령 진인과 조금도 다르지 않았다.

날은 조금씩 밝아오고 있지만 불어오는 바람은 아직도 그 힘을 잃지 않고 있었다.

이제 시작이었다.

第三章

신세내력(身世來歷)
―의혹은 확신으로 바뀌었으되
그 무거움은 점점 더 하고…….

풍운고월
조천하

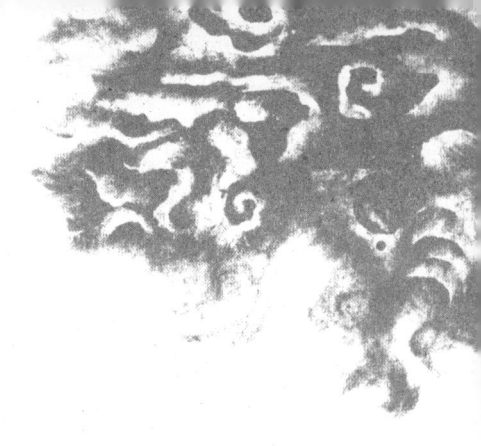

간밤에 불던 바람이라는 말이 있다.
오늘이 그러했다.
지난밤 내내 그처럼 몰아치던 비바람, 번개가 태양이 떠오르면서 그야말로 자취도 없이 사라져 버린 것이다.
꿈틀거리며 이따금 몸부림치는 황하의 물결만이 어제의 흔적을 조금이나마 가지고 있을 뿐이었다.
그 출렁이는 황하 위에 한 척의 도선이 사람을 기다리고 있었다.
갈대섬.
배가 바라보이는 그곳에 일단의 여인들이 서 있다.
이봉의가 있고 모용아경의 모습도 보였다.
이봉의가 그들의 앞에 서 있는 구양천상에게 말하였다.

"그만 들어가도록 하시오. 대공은 이제 동심맹의 군사라는 막중한 책무를 지니고 있으니 전과 같이 막후에서 움직이는 몸이 아니지 않소? 어차피 나는 이 아이를 대공에게 데려다 주기 위해 여기 온 것이라 해도 과언이 아니니 마음 쓸 것이 없소."

"그렇다 하여도 이처럼 말도 없이 떠나신다면 정오에 모일 여러 장문인들께서 섭섭해하실 것입니다."

구양천상의 말에 이봉의는 기품있는 미소를 지었다.

"경아가 있지 않소? 마음이 놓이지는 않으나, 아마 짐이 되지는 않을 것이니 잘 부탁하오. 그분들께는 갑자기 바쁜 일이 있어 떠났다고 전해주오. 휴식을 방해하고 싶지 않아서 그냥 떠난다고 하더라고……."

그녀는 고개를 끄덕여 보이고는 곁에 서 있는 모용아경에게 말했다.

"어떠한 일이 있더라도 네가 모용세가의 마지막 핏줄이라는 자긍(自矜)을 잊지 말도록 하고 문 할아버지께서 너를 도와주실 것이니 처신만 잘하면 대과는 없을 것이다!"

"명심하고 있습니다."

모용아경이 조용히 머리를 끄덕였다.

그녀는 내내 별로 말이 없었다.

"부탁하오, 구양 군사."

이봉의는 말과 함께 나비와 같이 몸을 날려 삼 장 밖에 떠 있는 도선 위에 올라섰다.

하지만 그녀는 그 순간에 자신과 거의 동시에 도선 위로 내려서고 있는 구양천상을 발견할 수 있었다.

"여쭐 말이 있습니다."

구양천상은 그녀의 눈을 보고 미리 말했다.

이봉의는 그의 눈빛에서 거부할 수 없는 의지를 보았다.

"장소가 좋지 않은 듯한데, 다음 기회를 봄이 어떠하오?"

그녀의 말에 구양천상은 간단히 고개를 저었다.

"그러시다면 잠시 내려 시간을 내어주십시오."

그의 말에 이봉의는 할 수 없다는 듯 고개를 끄덕였다.

"정 그렇다면 우선 선창 안으로라도 들어가도록 합시다."

선창 안은 사람들의 시선을 피할 뿐이었다.

두 사람은 전음입밀의 방법으로 이야기를 나누기 시작했다.

"제가 왜 이렇게 무례히 행동하는지 알고 계시겠지요?"

구양천상의 물음에 이봉의는 나직이 탄식하더니 고개만 끄덕이며 대답했다.

"그것이 군사의 목에 걸린…… 지난날 세가에서 내가 보았던 목걸이 때문이라면 모른다고 할 수 없을 것이오."

구양천상은 그 목걸이를 보였다.

"이것이 그분의 것이 맞습니까? 모용…… 운지, 부인의 시누이가 되는 그분의 목걸이가 틀림없습니까?"

이봉의는 묵묵히 고개만 끄덕였다.

구양천상이 암중에 신음했다.

하지만 그는 겉으로는 아무런 표정도 드러내지 않고 다시 물었다.

"제가 듣기로 그분은 이십 년 전 모용세가 내에서 홀연히 종적을 감추셨다고 하는데 그때 그분이 그 목걸이를 지니고 계셨습니까?"

"그래요. 그것은 시아버님께서 시누이의 생일 선물로 북해(北海)에서 구해다 주신 것이라 내가 알고 있기로는 한시도 시누이의 몸을 떠난 적이 없어요."

운지……!

구양천상의 귀에 절규하며 자신의 앞에서 죽어가던 모용세가의 경위대장 사자철장 도기룡의 목소리가 들리는 것 같았다.

"사자철장 도기룡과 그분과의 관계는 어떻게 됩니까?"

이봉의가 눈살을 찌푸렸다.

"그 일은 굳이 입에 올리고 싶지 않아요. 더구나 그는 이미 죽었어요. 그와 군사와는 아무런 상관이 없어요."

구양천상은 잠시 망설이다 물었다.

"제 아버님과 그분과의 관계를 알고 싶습니다."

어두운 그늘이 이봉의의 미간에 드리워짐을 구양천상은 보았다.

이봉의는 한참을 묵묵히 있더니 입을 열었다.

"두 사람의 관계가 어떠했는지에 대해서는 나도 잘 알지 못해요. 당시…… 강호사미는 어떤 정도이든지 그대의 부친과 조금씩의 관계가 있었어요. 그중 그와 결혼한 사람은 이옥환이었지만……."

그녀의 말에는 묘한 의미가 깃들어 있었다.

"……."

구양천상은 그녀를 쳐다보았다.

이봉의는 자신이 말을 잘못한 것을 느낀 듯 약간 빠른 어조로 말했다.
 "하지만 모든 것은 이미 지나간 일들이에요. 과거는 흐르는 물과 같아 어떤 사람이라 해도 돌이킬 수 없어요."
 지난날 그녀와 천기수사 구양범과의 사이에 어떤 일이 있었다 하더라도 그것은 지금의 구양천상이 알아야 할 일이 아니다.
 "말씀해 주십시오. 그분이 왜 모용세가를 떠나게 되었는지를! 불편하신 점이 있다 하더라도 이 일은 알아야겠습니다. 왜 제가 지난번 모용세가에 갔을 때 이 목걸이를 보고 그러한 말씀을 하셨었는지……."
 이봉의는 더 이상 망설이지 않았다.
 "당시 시누이는 임신 중이었어요. 그녀는 시집을 가지 않은 상태였는지라 이 일은 실로 세가의 위신이 걸린 문제였어요. 호된 추궁을 받게 되자 시누이는 몰래 세가를 빠져나갔고…… 그날 밤 사자철장 도 대장도 뒤따라서 모습을 감추었지요. 그래서 강호상에는 실종이라는……."
 "그분이 어떻게 되었는지, 그 이후의 일에 대해서는 들은 바 없으십니까? 그 임신 중인 아이는……."
 이봉의는 망설임 없이 말했다.
 "목걸이로 보나, 그대의 나이로 보나…… 내 비록 그 뒤의 일은 들은 바 없지만 시누이가 임신하고 있었던 아이는 그대가 틀림이 없어요! 다른 것은 다 제쳐 두고서라도 그대의 그 깊은 눈은 시누이를 대단히 닮아 있어요. 그녀의 눈은 매우 독특한 품격이 있어 세상 사람들은 그녀를 일러 경화일미라 하였던 거예요."
 "음……!"

구양천상의 입으로부터 무거운 신음이 흘러나왔다.
"목걸이를 보는 순간에 나는 그것을 느낄 수 있었기 때문에 그것을 세가 사람들에게 보이지 말라고 했었던 거예요. 그 사실이 알려지는 것이 그대를 위해서 좋을 것이 없다고 생각되어졌기 때문에요. 노태태의 성미는 그때나 지금이나 거의 달라지지 않으셨기 때문에……."
구양천상은 아무 말이 없었다.
더 이상 무슨 말을 하겠는가.
그가 듣고 싶었던 말은 다 들었다고 할 수 있었다.
그의 신세 내력은 이제 거의 확실히 밝혀졌다 할 수 있는 것이다. 비록 어머니를 만나기 전까지는 단정하지 못한다 하더라도…….
구양천상은 말할 수 없이 마음이 무거워졌다.
'만에 하나라도…… 천도문의 말대로 모용세가가 구중천을 조종하는 원흉이라면 나는 이제부터 외가를 상대로 싸워야 된단 말인가?'
끔찍한 일이었다.
그러한 일은 일어나지 말아야 했다.
"그분의 소식은 모르십니까?"
"알지 못해요. 알았다면 노태태께서 지금까지 그냥 두었을 것 같은가요?"
구양천상은 무겁게 탄식하고는 물었다.
"노태태께서는 요즘 어떠십니까?"
"전과 다름없이 지내고 계세요. 더 좋아지지도 않고 더 나빠지지도 아니하고……. 이번에 나는 그분이 쓰실 약재도 구할 겸 해서 강호에 나온 거예요."

"그러십니까."

구양천상은 입을 다물었다.

흑막이 있다면 묻는다고 말해줄 리가 없을 것이다.

그때 이봉의가 말했다.

"생각대로라면 경아와 그대는 외사촌 오누이가 돼요. 잘 보살펴 주기를 바라요. 잘못된 점이 있더라도……."

"……."

구양천상은 말없이 고개만을 끄덕였다.

이봉의를 태운 도선은 갈대 사이를 헤치며 이내 모습을 감추었다.

그 모습을 구양천상과 모용아경은 어깨를 나란히 한 채 바라보고 있었다.

도선이 시야에서 사라지자 모용아경은 천천히 신형을 돌렸다.

구양천상은 그녀를 보았다.

하늘빛 옷을 입은 그녀는 여전히 아름다웠다.

어딘지 차가운 빛이 흐르는 얼굴은 수척해진 듯도 했지만 더욱 수려하였다.

"의외겠지요?"

그의 시선을 느낀 듯 모용아경이 뒷모습을 보인 채 입을 열었다.

철배창룡 문화평은 모용아경을 시중하기 위해 남은 두 시녀를 데리고 뚜벅뚜벅 걸어 먼저 숙소로 돌아가고 있었다.
"의외가 아니라고 한다면 더욱 이상할 것이오."
구양천상이 말을 받았다.
"천하의 모용세가…… 그 후인이 왜 기녀 노릇을 했는지 듣고 싶은가요?"
"말해준다면 사양하지 않겠소. 영주의 신분을 처음 알고 난 후 나는 참으로 많은 의혹을 가졌기 때문에……."
모용아경은 몸을 돌렸다.
그녀에게서는 싱그러운 냄새가 풍기고 있었다.
그녀는 깊은 눈으로 구양천상을 보더니 말했다.
"내가 누구인지 알고 있었던 것이지요? 어제 우리가 만나기 전부터……."
그녀의 물음에 구양천상은 묵묵히 고개만 끄덕였다.
모용아경은 머리를 흔들더니 몸을 돌려 걸어가기 시작했다.
잠시 그녀의 뒷모습을 바라보던 구양천상은 가볍게 몸을 날려 그녀를 따랐다.
그녀가 갑자기 속도를 빨리했다.
구양천상이 안색을 굳히며 소리쳤다.
"그쪽으로 가면 아니 되오! 그곳은 매복……!"
그는 말을 하다 말고 번개처럼 모용아경을 덮쳐 갔다.
모용아경이 바람과 같은 신법으로 날아가다가 갑자기 무엇에 걸린 듯이 비틀거리더니 쓰러지고 있었던 것이다.
"영주!"
그녀를 땅에 쓰러지기 전에 부축하던 구양천상은 얼떨떨해져 그녀를 보았다.

그녀가 눈을 빤히 뜨고 구양천상을 올려다보고 있었던 것이다.

그녀는 구양천상에게 안긴 채 물었다.

"지난날 당신과 약속했던 것은 유효인가요? 아직도……?"

구양천상이 말없이 고개를 끄덕여 보이며 그녀를 일으켰다.

"소저는 지금부터 동심맹의 봉황령주라는 것을 인식하여 지금과 같이 함부로 행동하는 일이 없도록 해야 할 것이오. 여기에는 우리만 있는 것이 아니오."

웃음이 모용아경의 얼굴에 스쳐 갔다.

"비슷한 소리예요, 너는 이러한 사람이니 이렇게 하지 말라는 그 말과……. 그렇게 굳이 해야 한다면 그다지 어려울 것도 없는 일이죠."

그녀는 벌떡 몸을 일으켰다.

그리고 그녀는 뒤도 돌아보지 않고 걸어가기 시작했다.

전이나 지금이나 추측할 수 없는 여인이었다.

'무엇인가 달라진 것 같다. 그때는 변화무쌍하다 하였어도 어딘지 밝은 빛이 있었는데 지금은 어딘지 꼭 집을 수 없게 어두운 그늘이 드리워져 있는 것 같다…….'

그날 밤, 자신의 거처에서 은밀히 도주하던 모용아경의 모습이 떠올랐다.

그리고 철배창룡 문화평과 마대랑이라는 흑의노파와의 대화. 어쩌면 무엇인가 바람직하지 못한 일이 그녀의 신상에 일어난 것인지도 몰랐다.

'무엇을 요구하기 위해서 약속이 유효한가를 물어본 것일까?'

구양천상이 생각에 잠기며 천천히 걸어가고 있을 때 모용아경의 앞쪽에서 팔비운룡 경중추가 달려오더니 구양천상의 앞에 이르렀다.

"맹주께서 정의당에서 군사를 찾으십니다."

"곧 찾아뵙겠다고 전해라."

팔비운룡 경중추가 나는 듯 사라지자 모용아경이 구양천상을 한번 돌아보고는 번쩍하는 듯하더니 구양천상의 시야에서 사라졌다.

그것을 보고 놀란 빛이 구양천상의 눈에 떠올랐다.

'대단한 신법이다!'

구양천상은 그녀가 사라진 곳을 한참 쳐다보고 있다가 나직한 탄식과 함께 몸을 날렸다.

그의 마음은 실로 무겁지 않을 수가 없었다.

그가 진 마음의 무게는 그 어떤 사람보다 실로 무거운 것이었다.

그가 사라지고 난 다음, 그 자리에 존재하고 있는 것은 철썩, 쿠르르…… 하는 황하의 포효 소리와 키를 덮을 듯 이리저리 흔들리고 있는 갈대 무리뿐이었다.

第四章

대붕전시(大鵬展翅)

―때가 다가오고 있다 이제 승부는 시작되었다
그가 아직도 이 세상에 존재한다면 존재하는 사람이라면
나의 안배를 벗어나지 못하리라…….
<어느 사람의 독백(獨白) 중에서>

풍운고월
조천하

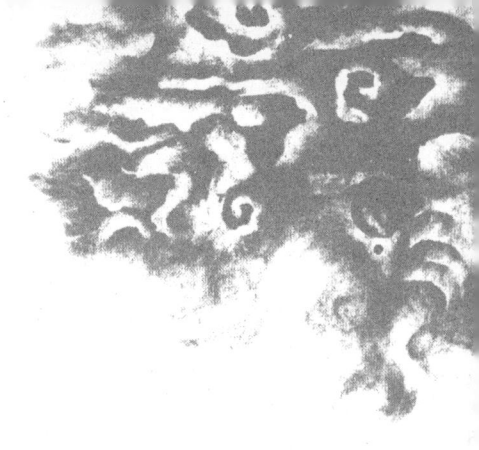

　계절이 바뀜에 따라 해도 바뀐다.
　천자만홍(千紫萬紅)의 단풍이 조락(凋落)하여 앙상한 가지만을 남겨 매서운 북풍에 추워 떨 때, 사람들은 또 한 해가 갔음을 실감할 수 있게 된다.
　유정지(劉廷芝)는 그를 일러 '년년세세화상사(年年歲歲花相似) 세세년년인부동(歲歲年年人不同)'이라고 하여, 해마다 꽃은 서로 같지만 그것을 보는 사람은 같지 않다고 세월의 흐름과 인생의 덧없음을 탄식하였다.
　해가 바뀌었다.
　폭죽이 귀가 따갑도록 울려대는 가운데, 집을 떠났던 사람들이 모두 돌아와 가족과 화락하던 원단(元旦:설날)의 흥청거림은 상원(上元:정월 대보름)까지 이어진다.

즐겁고 들뜬 분위기가 천하에 가득 찬 듯하였다.

그것은 사실이었다.

하지만 그 사실은 무림이라는 세계를 모르는 일반인들에게만 국한된 것이라 할 수 있었다.

구중천(九重天)의 존재는 이제 비밀이 아니었다.

그들의 치밀함과 무서움으로 인해 전무림은 숨죽이고 있었다.

흡수, 병탄……

그리고 배신(背信)과 암습(暗襲)!

그들의 이름이 드러나는 곳에 일어나는 것은 피보라였으며 스러지는 것은 사람의 목숨과 그들의 평생을 바쳐 이룩한 기업이었다.

그들의 움직임은 지금까지 있었던, 강호상에 존재했었던 그 어떤 방파와도 달랐다.

신속하고 비밀스러운 가운데 잔인하고도 교활했다.

과연 누가 구중천의 사람인지 알 수가 없었다. 그것은 뒤집어 말한다면 바로 자신의 옆에 있는 사람이 구중천의 사람일 수도 있다는 말이기도 했으며, 실제로 그러한 일은 도처에서 일어났다.

사람들은 피를 뿌리고 쓰러지는 그 순간에야 누가 구중천의 사람인가를 알 수 있었다.

자신의 아들인지, 제자인지, 아니면 친구인지…….

그러한 일들은 사람들로 하여금 구중천의 존재를 더욱 신비스럽고 공포스럽게 여기도록 하기에 족했다.

그처럼 구중천의 모든 움직임은 그 이름이 천하에 알려지고 난 후에도 철저한 비밀 속에 유지되고 있었다. 흡사 이름만 존재하고 실체는 없는 허깨비인 양……

구중천은 정녕 아홉 겹 하늘인 듯했다.

누구도 그 내부를 들여다볼 수 없는…….

*   *   *

〈관제총(關帝塚)〉

낙양에서 그리 멀리 떨어지지 않은 낙수와 이수의 중간. 약 십오 리 정도 떨어진 곳에, 그 옛날 조조가 관운장의 수급(首級)을 장례한 곳이 있다.

이름하여 관제총!

거대한 능묘 앞에는 웅위장려한 관제묘(關帝廟)가 있으며, 그 앞뒤로는 관림(關林)이라 이름하는 수백 년 이상 묵은 잣나무들이 하늘을 가릴 듯 무성하였다.

가히 삼엄한 기상이라 할까.

이 유명한 고적은 명절이 되면 더욱 붐빈다.

복을 비는 사람들과 점을 치는 사람, 놀이꾼들…….

밤낮을 가리지 않고 고막을 울려대는 폭죽 소리…….

그 흥청거림은 밤낮없이 계속되다가 조금 조용해지는가 싶을 때 상원이 되면서 다시 절정이 된다.

내일 모레면 상원이다.

밤바람이 매섭게 몰아치자 그처럼 시끄럽던 관제묘 일대도 정적을 회복하는 듯했다.

관제총은 어제 내린 눈으로 인해 마치 은빛의 산이 된 듯 어둠 속에서 흰빛을 뿜어내고 있었다.

눈 덮인 관림은 더 장관이다.

하늘을 가리는 관림에 묻힌 관제묘 후원.

달도 숨어들어 매서운 바람만이 몰아치는 속에 한 사람의 그림자가 유령과 같이 그 관제묘 후원으로 날아들었다.

처마를 스쳐 지나면서도 쌓인 눈마저 떨어뜨리지 않는 신법의 회의인은 허공에서 운리번신(雲裏翻身)의 신법으로 몸을 뒤집으며 한곳으로 내려섰다.

순간이다.

그의 앞에 소리도 없이 회의에 복면을 한 자들이 나타났다.

하지만 그들은 회의인이 손을 쳐들어 무엇인가를 보이자 나타날 때처럼 소리도 없이 사라져 버렸다.

회의인은 망설임없이 눈앞에 있는, 일좌의 어딘가 퇴락해 보이는 전당(殿堂)의 안으로 들어섰다.

"어서 오시오, 칠좌!"

회의인이 들어서자 어둠에 잠긴 안으로부터 말소리가 들려왔다.

전당은 밖에서 보듯 관제묘 안의 기물들을 쌓아두는 곳인 듯했으며 여러 가지 제사 용품이 가득 쌓인 가운데 한 사람이 등을 보이고 서 있었다.

"이좌?"

회의인이 그를 보고 나직이 중얼거리자 등을 보이고 서 있던 황의인이 몸을 돌려 그를 보았다.

회의인과 마찬가지로 복면을 한 황의인의 눈은 복면 속에서 싸늘한 빛을 뿜고 있었으며 털옷을 걸치고 있는 그의 헌칠한 체구에서는 무형의 기세가 주위로 퍼져 나가고 있는 것 같았다.

"오랜만이군."

회의인을 본 황의인이 담담히 말하자 회의인이 약간 망설이는 듯하더니 말했다.

"만난 지 한 해…… 아니, 이미 두 해가 지난 듯하군요. 무양하십니까? 하좌는 전갈을 받고도 설마 하였었는데……."

황의인이 간단히 그의 말을 잘랐다.

"본좌는 군주각하의 영유(令諭)를 전달코자 왔소. 그렇다고 긴장할 필요는 없소. 군주각하의 전령사자가 오지 않고 본좌가 온 것은 한 가지 일을 처리하기 위해 이곳에 파견된 김에 이 임무를 겸한 것뿐이니까."

"그러십니까."

회의인의 말소리가 평온을 되찾았다.

그야말로 구중천의 제칠천인 금성천주였으며 그와의 대화로 추측컨대 황의인은 구중천의 두 번째 천주인 열숙천주(列宿天主)가 틀림없었다.

단순한 대화인 듯했지만 그들 사이에 오가는 말로 미루어보아 구중천에서 구천군주가 차지하고 있는 위력이 어떠한 것인지는 웅변되고 있었다.

겨울 밤에 부는 바람은 자못 차다.

마치 눈꽃이 핀 듯 관림을 이루고 있는 잣나무 위에 올라앉아 있던 눈송이들이 그 바람에 진저리를 치며 떨어져 내리는 가운데 시간은 흐르고 밤은 점점 더 깊어가고 있었다.

어느 순간인가,

회색 그림자 하나가 비조와 같이 전당의 안에서 솟구쳐 나와 어둠 속으로 사라져 갔다.

그리고 얼마 되지 않아 황의에 털옷을 받쳐 입은 열숙천주가 모습을 드러내더니 차가운 눈길로 주위를 쓸어보는 한차례 발을 구름과 동시에 그 자리에서 사라졌다.

그가 몸을 날려 담장을 넘어가자 사방에서 회색 그림자들이 날아올라 그가 사라지는 방향으로 멀어져 가기 시작했다.

마치 회색빛 썰물이 빠져나가는 듯하였다.

회색빛 그림자는 관제묘를 벗어나자 마치 나는 듯이 일신의 경공을 유감없이 발휘하여 몸을 날리고 있었다.

어둠 속인 데다 눈이 쌓여 있는 관림에서 그의 회의는 일종의 보호색과 같아 눈에 잘 띄지 않았다.

그때, 돌연 그의 앞으로 흰 그림자[白影] 하나가 나무 위에서 날아내렸다.

백영은 회의인, 금성천주가 달리는 기세를 조금도 멈추지 않은 채 손을 쳐들어 자신을 공격해 옴을 보고 한 걸음 옆으로 물러서며 나직이 소리쳤다.

"소생입니다!"

그의 외침과 함께 금성천주는 손을 거두며 가볍게 몸을 비트는 사이에 신형을 멈추며 그 자리에 섰다. 그러한 신법 하나만으로도 가히 절정이라 할 수 있었다.

"조심성이 없군! 누가 보면 어쩌려고!"

금성천주가 번개처럼 주위를 쓸어보며 꾸짖자 백의인은 담담히 웃었다.

"관제묘에서부터 이곳까지 노선배를 따르는 사람은 아무도 없었으니 염려하지 않으셔도 됩니다. 괜찮으셨습니까?"

묻는 그의 얼굴은 맑고 조용하며 침착했다.

바로 구양천상인 것이다.

구양천상의 물음에 금성천주로 화신(化身)한 만박편조 동일사는 고개를 끄덕였다.

"제아무리 날고 기는 놈이라 한들 노부에게서 파탄을 발견해 낼 수야 없지. 그렇지만 놈은 과연 수뇌답게 보통이 아니라 지금까지 만난 놈들과는 차원이 달랐다."

"구중천의 제이 천주이니 당연하겠지요. 하지만 그가 혹 어떤 파탄을 노선배에게서 발견했다 하더라도 그것을 구천 군주에게 보고할 시간은 없을 겁니다."

말속에 뼈가 들어 있음을 직감한 만박편조 동일사는 구양천상을 보았다.

"무슨 짓을 하려는 것이냐? 설마 그놈을?"

구양천상은 가볍게 고개를 끄덕였다.

"아마 그는 무사히 왔던 곳으로 돌아가지 못할 겁니다."

만박편조 동일사의 안색이 굳어졌다.

"그자를 암격할 셈이란 말이냐? 말도 아니 되는 소리를…… 나와 만난 놈을 암산하면 그 혐의가 누구에게 가리라는 것은 뻔한 일인데 무슨 그런 어리석은 것을……."

그의 어조가 아무리 다급해도 구양천상은 침착했다.

"그 일과 그가 무사히 돌아가지 못하는 일과는 다릅니다. 그를 습격하는 사람들에게는 명분이 있으니까요."

"명분이라고? 그건 또 무슨 소리냐?"

그가 어리둥절하는 순간이었다.

꽝—!

관제충 건너 그들과 반대쪽에 있는 관림에서 갑자기 밤하늘을 뒤흔드는 폭음 소리가 터져 나왔다.

폭음의 진동은 상당하여 하늘을 찌를 듯 솟아 있는 잣나무 위에 내려와 있던 눈송이들이 갑자기 사태가 난 듯 아래로 와르르, 쏟아져 내렸다.

구양천상의 얼굴에 담담한 미소가 어렸다.

"시작한 모양이군요."

세찬 폭풍!

매캐한 화약 연기는 날아오르는 흙먼지와 휘날리는 눈보라에 뒤섞여 사방을 뒤덮고 있었다.

"이…… 이런 일이……!"

황의의 열숙천주는 갑자기 눈앞에 전개된 참경(慘景)에 얼굴을 일그러뜨렸다.

찰나간에 몸을 피했다고는 하지만 그가 얼굴에 쓰고 있던 복면은 돌연한 폭발에 걸레가 되어 머리에서 펄럭거리고 있었으며, 몸에 걸치고 있던 그 탐스럽던 털옷 또한 누렇게 그슬려 황의와 묘한 조화를 이루고 있었다.

그러나 그와 같이 어깨를 나란히 하다시피, 그에 앞서 좌우로 달리고 있던 그의 친위대원들은 갑작스러운 폭발로 인해 팔다리가 날아가고 핏덩이가 된 내장 부스러기가 폭풍에 날려 밑동에서부터 꺾여져서 쓰러져 있는 잣나무 여기저기에 빨래처럼 걸려 흔들리고 있으니, 그 광경이야말로 피가 곤두서는 목불인견(目不忍見)의 참상이었다.

돌연히 날아든 검은 물체로 인한 폭발…….

그로 인해 열숙천주를 호위하는 친위대 십팔 명 중 열 명 이상이 보이지 않았다.

무려 십 장 이내가 박살나는 대폭발!

그 폭발로 인한 폭풍이 일대를 눈보라로 휘감는 가운데 우렁찬 웃음소리가 사방을 흔들며 들려왔다.

"으하하하…… 과연 열숙천의 천주답군! 서역 진천뢰의 폭발에서도 도주할 수 있다니……."

"어떤 자냐?"

들려오는 웃음소리에 열숙천주가 주위를 쓸어보면서 이를 갈며 소리쳤다.

그가 소리침과 함께 휘날리는 눈보라 속으로 검은 그림자들이 다가옴이 보였다.

열숙천주는 일대가 모두 그들에 의해 둘러싸였음을 직감하고는 괴이한 빛을 떠올렸다.

'마치 내가 여기를 지날 것을 알고 기다린 듯하지 않은가?'

그의 눈은 그러하면서도 검은 그림자들이 아니라 그들의 앞에서 다가오고 있는 흰색 비단 장삼을 입은 중년대한을 향하고 있었다.

형형한 빛을 쏟아 내고 있는 그의 눈빛을 본 열숙천주에게서는 의혹의 빛이 흘러갔다.

"천도문의 북후(北候)?"

그의 중얼거림에 흰 비단 장삼의 중년대한은 껄껄 웃었다.

"보잘것없는 이 몸을 그처럼 알아주시니 고맙군!"

'천도문에서 어찌 나의 행적을 알고 길목을 지키고 있단 말인가? 지금의 상황에서……'

열숙천주의 눈빛이 침잠해 갔다.

"그럼 천도문에다가 그놈의 행적을 누설했단 말이냐?"

만박편조 동일사의 물음에 구양천상은 말없이 고개만 끄덕였다.

"흠……"

만박편조 동일사는 알겠다는 듯 머리를 끄덕였다.

그렇다면 문제가 달랐다.

근래에 들어 천도문의 존재는 강호상에서 사라진 것과 다름이 없었다.

구중천이 전력을 기울여 그들을 상대하는 데다가 모용세가에서마저 그들의 배후를 공격하고 있기 때문이다. 그것은 가히 사면초가(四面楚歌)의 상황이라, 그들은 숨도 제대로 쉬지 못하고 있는 형편이었던 것이다.

그러한 그들이니 모용세가와 구중천에 대해 이를 갈고 있을 것은 당연한 일이었다.

천도문이 돌아가는 열숙천주를 공격했다고 그 일을 금성천주와 연관시킬 사람은 없을 것이다.

"교활한 녀석……."

혀를 차던 만박편조 동일사는 갑자기 안색을 굳혔다.

"일이 급하게 되었다. 네 짐작대로 드디어 맹주 살해 명령이 떨어졌다."

구양천상의 안색도 굳어졌다.

"결국은……."

만박편조 동일사는 머리를 저었다.

"그것뿐만이 아니라 그를 살해하고 내가 맹주로 취임하여 동심맹을 장악하는 모든 일을 앞으로 삼 일 안에 반드시 마무리해야 된다는 단서가 붙어 있고, 놈들은 그 촉박한 과정에서 파생될지도 모르는 의혹을 불식하기 위해서 맹주 살해뿐만 아니라, 맹 내 중요 인물에 대한 암살을 연달아 시차를 두고 같이 기도하여 동심맹을 일거에 혼란 속에 빠뜨리려 하고 있다."

그의 말을 듣고 있던 구양천상이 고개를 끄덕였다.

"위기감을 조성시켜 맹주 취임을 빨리 하도록 하고, 그것을 토대로 구중천에 대항한다는 구실을 붙여 맹주의 권한을 강화시킬 의도가 숨어 있는 것 같군요."

'과연 귀신같은 놈이로군!'

만박편조 동일사는 속으로 혀를 내둘렀다.

기실 이와 같은 사태는 이미 구양천상의 의중에 있었다 할 수 있었다.

위기감이 조성되면 동지의식이 생겨나고 결속이 강화된다. 그것은 개인의 희생을 가능케 함과 동시에 일사불란한 움직임과 조직을 가능케 하여 결국은 동심맹을 강력하게 만들게 된다.

구중천에서 어찌 그것을 모르랴.

하지만 맹주의 권한이 강화되면 구대문파가 그들의 수중에 든 것과 마찬가지가 되기 때문에 그들은 오히려 동심맹이 강화되도록 암중에서 조장(助張)하고 있는 것이다.

그러나, 그 모든 것들이 구양천상이 내심 바라는 바임을 누가 짐작이라도 할 수 있겠는가.

"암살 대상자에는 노선배님도 포함이 되어 있겠군요. 물론 실패를 하겠지만······."

"족집게로군! 맞다. 하지만 그중에는 하나 이상한 것이 있다."

그의 말에 구양천상은 미간을 찡그리는 듯하더니 물었다.

"혹 그 암살 대상에서 소생이 제외되어 있기라도 합니까?"

얼떨떨한 빛이 만박편조 동일사의 눈에 떠올랐다.

"어떻게 알았느냐?"

"충분히 있을 수 있는 일이지요. 중요 인물 하나를 골라서 상대와의 사이에 위화감을 조성시키는······ 저만을 빼놓아 다른 사람들로 하여금 의혹을 느끼게 하려는 속셈일 수도 있을 겁니다."

"그럴 수도 있지! 나도 처음에는 그렇게 생각을 했었으니까. 하지만 열숙천주란 자의 말에 의하면 당분간은 네게 어떠한 위해(危害)도 가할 수 없도록 구천군주가 수뇌부에 지령을 내렸다고 하는데, 그건 어떻게 생각을 하느냐?"

"구천군주 본인이 말씀입니까?"

"그렇다. 열숙천주의 말로는 무엇인가 다른 의도가 있는 것도 같은데, 그자도 모르는 것 같았다."

"……."

과연 이것은 무슨 뜻일까.

멀리서는 은은히 고함 소리와 병장기가 부딪치는 소리가 바람을 타고 전해진다.

열숙천주가 천도문의 함정에 빠져 사력을 다해 싸우고 있을 것이다.

누가 이기든 상관은 없다.

하지만 열숙천주를 빠져나가게 해서는 안 된다.

구중천의 힘은 줄여야 하며, 그런 의미로 천도문은 보호되어야 한다.

구양천상은 의혹을 묻어두고서 말을 돌렸다.

"맹주의 권한을 강화하여, 그처럼 빠른 시일 내에 맹을 장악하려 함에는 무엇인가 까닭이 있을 텐데 무엇 때문입니까?"

"내가 동심맹을 장악한 후에 가장 먼저 해야 될 일은 동심맹의 주력을 무산으로 보내는 것이다. 무산으로 몰려드는 천하의 군웅들을 막으라는 것이 군주란 자의 영유다."

"무산으로?"

"이유를 모르겠느냐?"

구양천상은 생각도 하지 않고 답했다.

"무산에 있다고 해서 당금 천하를 뒤흔들고 있는 천고지궐 때문이겠지요. 그렇다면, 얼마 전에 받은 보고가 사실인 모양이군……."

말하는 구양천상의 얼굴이 미미하게 흐려졌다.

"무슨 보고?"

만박편조의 물음에 구양천상이 설명했다.

"천고지궐의 문이 곧 열린다는 소문이 강호상에 유포되고 있습니다. 소생이 저녁 무렵에 받은 보고는 무산이노(巫山二老)가 천고지궐의 안에 들어가 거기에서 한옥마(寒玉馬) 한 쌍을 가지고 나왔다는 겁니다."

"한옥마?"

"그렇습니다. 그들은 원래 기관진식과 매복에 관해 조예가 있는 편이라 무산에 천고지궐이 있다는 소문에 천신만고 끝에 인연이 닿아 그 안으로 들어가는 데 성공했던 모양입니다. 그러나 들어가기는 했지만 기관에 걸려 한 사람은 죽고, 한 사람만이 겨우 탈출해 나왔으나 그도 상처를 견디지 못하고 죽었다고 합니다."

"한세도왕이 만든 기관이니 당연히 지독했겠지……."

군침이 도는 듯한 만박편조의 중얼거림에 구양천상은 계속해서 말했다.

"소생이 받은 보고로는 천고지궐을 빠져나온 것은 무산이노의 노대인 무산초은(巫山焦隱)인데, 그가 죽으면서 남긴 말로 인해 문제가 일어난 것 같습니다."

"그가 천고지궐의 문이 열린다고 했더란 말인가?"

"대강 그런 셈입니다. 그는 천고지궐의 문이 상원 전후하여 열릴 것인데, 자신들은 그것을 못 참고 억지로 뚫고 들어갔다가 변을 당했다고…… 게다가 그가 빠져나온 곳의 위치가 이미 노출되어…….”

"눈에 불들을 켜고 있겠군!"

만박편조 동일사가 흥미롭다는 듯 턱을 쓰다듬었다.

"관심이 있으십니까?"

눈알을 굴리고 있던 만박편조 동일사는 구양천상의 물음에 어색하게 웃었다.

"흐흐…… 견문생심(見聞生心)이라. 한세도왕은 평생 동안 절세기진이라 이름 붙을 자격이 없는 것은 거들떠보지도 않았는데 당연한 일이지. 쯧쯧…… 안 들으니만 못하다. 어쩌다 늘그막에 족쇄를 차서 오도 가도 못하고 있으니…….”

그가 입맛을 다시면서 혀를 차고 있음을 보고 구양천상은 화제를 돌렸다.

"구천군주가 그러한 명령을 내렸다면 그는 힘들이지 않고서 이중으로 어부지리(漁父之利)를 보겠다는 속셈인 듯하군요.”

만박편조 동일사도 정색을 하고 고개를 끄덕였다.

"나도 그렇게 생각한다. 당대 강호 중에선 구중천의 존재야말로 공포 그 자체라 할 수 있지! 힘의 무력감을 느낀 무림인들은 당연히 강해지고 싶어할 테니, 그들은 아마 천고지궐의 소문을 듣자마자 앞뒤, 물불 가리지 않고 무산으로 달려가게 될 것이다. 만에 하나라도 한세도왕의 장보를 얻을 수 있다면 그 순간부터 그는 일세를 풍미할 수 있을 테니까.”

그의 말을 증명이라도 하듯 현재 강호상에서 활동하던 무림인들은 물론이고, 심산유곡에 은거했던 전배고수(前輩高手)들마저도 속속 모습을 드러내어 무산으로 가고 있는 중이었다.

그들의 앞을 동심맹이 나서서 저지하려 한다면, 필연코 충돌이 일어나게 될 것이다.

그렇게 된다면 구중천은 힘 하나 들이지 않고 군웅과 동심맹을 견제할 수 있을 것이고, 그 둘이 싸우는 틈을 타서 천고지궐 내의 것을 챙길 수 있는 여유를 얻을 수 있을 것이었다.

만박편조 동일사는 눈살을 찌푸렸다.

"놈들은 지금과 같은 상황하에서 구중천 등 적에게 천고지궐의 장보를 넘겨주게 된다면 돌이킬 수 없는 결과가 된다는 명분을 걸고 그 일을 단행하라고 하는데, 할 수도 없고 안 할 수도 없으니 보통 문제가 아니다."

그의 고민에도 구양천상의 태도는 침착했다.

"신경 쓰실 필요 없습니다. 맹주의 위에 오르시고 나면 그들의 말대로 시행을 하십시오. 일단 무산에 도착하면 제게 생각이 있습니다."

"무슨 생각?"

구양천상은 아무 일도 아닌 듯 말했다.

"저는 무산으로 가서 동심맹의 주력으로써 과연 누가 이러한 조작극을 꾸미고 있는지 조사해 볼 작정입니다."

"그건 또 무슨 소리냐? 조작극이라니? 그럼 무산에 있는 천고지궐이 가짜라도 된다는 말이냐?"

만박편조 동일사가 눈을 번뜩이자 구양천상은 침착하게 말했다.

"잊으셨습니까? 천고지궐은 무명천고가 울 때에만 문을 연다는 것을……."

"음…… 그걸 잠시 잊었었군! 그러나, 무명천고는 얼마 전에 잠시 나타난 적이 있었으니까 혹 누군가가 그 비밀을 풀었는지도 모르지. 그렇다면 누군가가 이미 천고지궐에 들어갔을 수도 있겠는걸?"

그가 갑자기 흥분하자 구양천상은 간단히 고개를 저었다.

"그럴 가능성은 없습니다."

그가 한마디로 잘라 말하자 뱃속에 능구렁이가 천 마리는 들어앉아 있는 만박편조 동일사는 괴이한 빛으로 그를 보았다.

"뭔 빌미로 그렇게 단정을 할 수 있지?"

구양천상의 대답은 실로 간단했다.

"그 무명천고를 얻은 사람이 바로 저이기 때문입니다."

"뭐?"

제아무리 만박편조라 할지라도 입이 딱 벌어졌다.

"정말이냐? 정말 네게 무명천고가 있단 말이냐?"

구양천상이 고개를 끄덕임을 보고 만박편조 동일사는 기가 막힌 듯했다.

"이럴 때 보면 하늘은 대단히 불공평한 게 틀림없군그래! 도대체 그건 또 언제 챙긴 것이지?"

그가 자신의 허리춤에 걸린 보천신검을 보는 것을 보고 구양천상은 담담히 웃었다.

"어쩌다 보니 우연히 그렇게 되었습니다."

"또 우연이야? 빌어먹을! 기가 막힌 팔자로군……."

툴툴거리며 대뜸 곁에 있던 잣나무를 걷어찬 만박편조는 나무

위에서 눈더미가 쏴아, 쏟아져 내리자 아차 하여 뒤로 물러나더니 정색을 했다.

"그렇다면 정말로 이상하구나. 무명천고가 네 손에 있는데 어찌하여 그런 일이 일어난 것일까? 무산에 천고지궐이 있다는 것 자체가 모두 가짜란 말이냐?"

"그런 것 같지는 않습니다. 완전히 가짜라면 이런 혼란이 일어날 리는 없을 테니까요."

"어찌 된 거냐? 무명천고의 비밀은? 비밀은 푼 거냐?"

만박편조 동일사의 계속된 물음에 구양천상의 답은 여전히 담담하고 침착했다.

"대강 해득한 듯하지만 아직 천고를 울리지는 못했습니다. 일단은 가서 봐야 될 것 같습니다."

그가 말을 하는데 관림 저쪽 하늘 어둠을 뚫고 푸른빛 하나가 솟아오르는 듯하더니 사라졌다.

구양천상이 말했다.

"노선배께서는 먼저 가보도록 하십시오. 소생은 한 가지 일을 처리하는 대로 바로 뒤따라 맹으로 가겠습니다."

만박편조는 더 이상 묻지 않았다.

그는 시간이 갈수록 이 젊은 천재의 심중을 다 알기가 벅참을 절감하는 중이었다.

막 몸을 돌리려던 그는 물었다.

"암살 계획은 이미 발동이 되고 있다고 하는데, 괜찮겠느냐?"

구양천상은 고개를 끄덕였다.

"대상이 될 만한 분들에게는 대비가 되어 있을 걸로 압니다.

암습이 언제인지는 모르겠지만, 그들이 바라는 대로 되지는 않을 겁니다."

"됐다! 노부가 신경 써봐야 공연한 노파심이지. 하지만 자만하지 마라. 구천군주가 이미 강호에 나왔다고 하니까…… 먼저 가겠다."

만박편조 동일사는 바람과 같이 그 자리를 떠났다.

그가 사라짐을 보고 구양천상도 푸른빛이 솟아오른 곳을 향해 몸을 날리기 시작했다.

*   *   *

"으으……."

황의의 열숙천주는 이를 악물었다.

온몸이 피투성이였다. 그를 따르던 친위대는 이미 한 사람도 보이지 않았다.

전신이 피투성이라고는 하지만 관림의 잣숲을 벗어나 달리고 있는 그의 신형은 한줄기 질풍인 듯했다.

눈앞은 웅이산경(熊耳山境)이다.

뒤에서 들려오는 휘파람 소리와 호각 소리는 이제 거의 들리지 않았다.

'천도문이 지리멸렬했다는 것은 우리의 착각이었다! 북후란 놈의 능력도 예상외이고, 숨어 있다가 나를 요격한 공봉이라는 두 놈의 능력 또한……!'

내심 안도의 빛으로 방금 전의 험악한 상황을 분석하고 있던 열숙천주는 돌연 급급히 신형을 멈추었다.

그의 앞에는 숲이 있었다.

웅이산 일대를 덮고 있는 잡목림이다. 그 숲 또한 어제 내린 눈으로 인해 백(白)의 세계가 되어 있었는데, 막 그 숲으로 들어선 열숙천주는 한 사람이 나무에 기대서서 날아드는 자신을 보고 있음을 발견하고는 놀라 걸음을 멈춘 것이다.

나무에 기대선 사람은 흰 복면에다가 흰 비단으로 된 바람막이를 걸쳐 드러난 것이라고는 차게 빛나는 두 눈밖에 없었다.

그가 그처럼 백색 일색으로 눈 속에 있으니 열숙천주는 지척에 이르러서야 비로소 그를 발견할 수 있었던 것이다.

백의복면인은 열숙천주가 걸음을 멈춤과 동시에 그를 향해 다가왔다. 그 거리는 불과 일 장여였다.

"누구냐?"

열숙천주는 상대에게서 무형의 기세를 느끼고는 절로 긴장하여 낮게 외쳐 물었다.

그러나 백의복면인은 대답 대신 돌연 바람막이 속에 넣고 있던 손을 꺼내 번개처럼 그를 쳐왔다.

그 준비된 일장은 하늘이 무너져 내리는 듯 갑작스럽고도 놀라운 위력을 가지고 있었다.

"태음신공장!"

흰빛이 번뜩이는 속에 푸른색 기류가 돌아가고 있음을 본 열숙천주가 놀란 듯 외쳤다.

하지만 불과 일 장여의 거리에서 그처럼 무서운 속도로 공격해 오고 있는 그 가공할 장세를 피할 재간은 없다.

열숙천주는 거세게 진기를 한입 들이마시며 마주 일장을 밀어냈다. 그 또한 평생을 장(掌)의 연마에 바쳐 온 사람이었다.

꽝!

두 손이 마주치며 맹렬한 굉음이 터져 나왔다.

경력이 회오리쳤다. 열숙천주는 답답한 신음을 흘리며 비틀, 한 걸음 물러났다.

그 순간, 차가운 웃음소리와 함께 백의복면인은 이미 다시금 덮쳐 오고 있었다.

"임옥병! 감히 네가 군주를 배반하다니!"

열숙천주가 노호하며 양손을 하나로 모아 백의복면인을 향해 내쳤다. 가공할 경력이 쏴아쏴아…… 소리를 일으키며 백의복면인을 덮어갔다.

그것은 마치 죽음을 각오한 듯 엄청나 그 광경에 백의복면인은 절로 간담이 서늘해져 일순간 흠칫했다.

열숙천주의 개천장(蓋天掌)은 실로 하늘을 무너뜨리는 위력이 있다는 것으로 그가 천도문의 포위를 돌파하고도 그러한 위세를 보일 수 있음은 실로 의외였던 것이다.

한데 그때였다.

백의복면인이 멈칫하는 찰나간에 열숙천주는 쏟아내던 양손을 거두며 그 여세로 땅을 박차며 시위를 떠난 화살과 같이 옆으로 날아갔다.

'아차!'

백의복면인은 발을 굴렀다.

그리고 다음 순간에 그는 차갑게 코웃음 치며 열숙천주의 뒤를 따라 몸을 날리기 시작했다.

 그런데 거의 단숨에 십여 장을 쏘아 가던 열숙천주가 갑자기 날벼락 같은 고함을 치면서 양손을 앞으로 밀어내는 듯하더니 요란한 소리와 함께 쿵쿵거리며 뒤로 후퇴하는 것이 아닌가!

 번갯불 같은 일장을 내밀어 열숙천주의 등을 후려갈겨 가던 백의복면인은 그의 등을 치려는 순간에 무엇인가 이상함을 느끼고는 장세를 거두며 그의 머리 위를 날아 넘어 내려섰다.

 열숙천주는 여전히 두 눈을 부릅뜨고서 그대로 있을 뿐, 그녀가 자신의 머리 위를 타 넘는데도 아랑곳하지 않았다.

 백의복면인은 한 손을 조금 내밀고 다른 한 손으로 가슴을 움켜쥐고 있는 열숙천주의 부릅뜬 두 눈에서 핏물이 고여 흘러내리고 있음을 보았다. 눈만이 아니라 코와 귀…… 칠공에서도 피가 흘러내리고 있었다.

 백의복면인은 첫눈에 열숙천주의 심맥이 막대한 타격을 견디지 못하고 가닥가닥 끊어져 그가 즉사하였음을 알아볼 수 있었다.

 '당금 천하에 어떤 사람이 열숙천주를 단 일격에 즉사시킬 능력을 가지고 있단 말이지?'

 백의복면인은 크게 놀라 주위를 돌아보았다.

 그리고 그는 백의인 한 사람이 숲으로부터 걸어나오고 있음을 볼 수 있었다.

 언제라도 가라앉은 물과 같은 고요한 분위기를 잃지 않는 그는 바로 구양천상이었다.

 "당신이었군요……."

 백의복면인이 머리에 썼던 복면을 벗으며 누그러진 음성으로 중얼거렸다.

 복면 속에 드러난 얼굴은 바로 지난날 태음천주였던 임옥병이었다. 그녀는 자신의 앞으로 와 선 구양천상을 보고 머리를 저으며 말했다.

 "당신의 능력은 하루가 다르게 달라지는군요. 천하의 열숙천주를 단 일장으로 즉사시켜 버리다니……."

 그녀의 말에 구양천상은 가볍게 고개를 저었다.

 "그가 잇단 타격으로 인해 본신의 능력을 발휘할 수 없었기 때문이오. 더구나 그는 도주하고 있었고 나는 그를 기다렸다가 전력을 다했으니 그로서는 견디기 힘든 것이 당연한 일이오."

 그는 말을 하다가 가볍게 미간을 찡그리더니 임옥병을 보았다.

 "천도문의 사람들이 오는 모양이오. 우리가 같이 있는 것을 보이면 좋을 것이 없으니 이곳을 떠나도록 합시다."

 "그러죠."

 임옥병은 서슴없이 구양천상의 손을 잡더니 같이 몸을 날렸다.

 지난 몇 달간 그들의 사이는 적지 않은 만남으로 매우 가까워졌다 할 수 있었다.

 그들의 사라짐을 열숙천주는 두 눈을 부릅뜨고 쏘아보고 있었다. 그 눈에서는 아직도 피가 흘러내리고 있었다.

 하지만 그는 여전히 서 있었다.

 밤바람은 차지만 그는 이제 그것을 느낄 수 없었다.

第五章

군자대도(君子大道)

—마침내 안배가 움직이기 시작했다
이제 아무도 이 일을 막을 수 없다
하늘이여…….
<어느 사람의 기도(祈禱) 중에서>

풍운고월
조천하

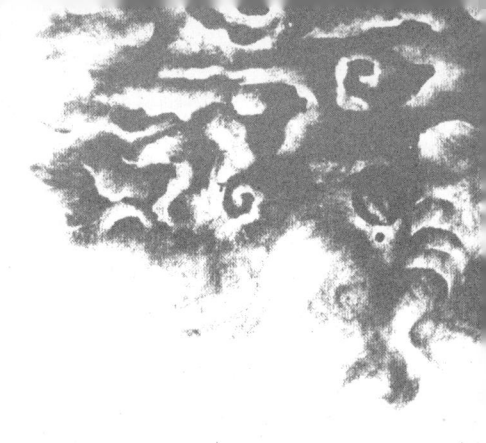

　근일 중으로 사형과 연결이 될 것 같아 나는 지금부터 그곳으로 떠나야 해요. 그를 만나는 즉시 연락을 할게요. 그리고 천도문에서는 오늘밤 열숙천주를 암격하는 것 외에 무엇인가 다른 일을 계획하고 있는 것 같아요. 그들의 움직임이 전과 같지 않은 듯 느껴져요…….

*　　　*　　　*

　임옥병과 헤어진 구양천상은 어둠을 뚫고서 이수(伊水)를 건너고 있었다.
　그처럼 도도히 출렁이던 강물도 유난히 매운 금년의 북풍을 견디지 못하고 십여 년 만에 처음으로 얼어붙었고 구양천상은 그

얼음 위를 날듯이 건너는 중이었다.
 너비 수십 장의 이수라 하지만 구양천상에게 있어 얼어붙은 강은 평지와 다름이 없었다. 비록 곳곳에 살얼음으로 돼 있다 해도……
 그가 향하고 있는 곳은 천대산(天臺山)이었다.
 하남 천대산은 숭산과 무당, 화산, 종남 등의 구대문파와 가장 연락하기 좋은 지점이라 구양천상은 그곳에 있는 금곡 노야의 별장을 동심맹의 임시 총타로 사용하고 있었다.
 이수를 건너 천대산으로 향하던 구양천상은 문득 강 저쪽에서 은은히 들려오는 호각 소리를 듣게 되었다.
 '저것은 천도문의 긴급 연락 신호이다. 열숙천주가 이미 죽고 없는데, 무슨 일로……?'
 그쪽을 바라보던 구양천상은 불현듯 임옥병이 그와 헤어지면서 하던 말이 떠올랐다.

 '……무엇인가 다른 일을 계획하고 있는 것 같아요.'

 '천도문은 근자에 들어 구중천과 모용세가의 집중 공격을 받고 강호 활동을 중단하다시피 하였는데 이처럼 공공연히 움직이다니?'
 그럴 수 있는 일이 있다면 그것은 대단히 중요한 일일 것이다. 구천군주가 강호상에 나왔다는 말과 천고지궐의 일 등, 산더미 같은 생각의 홍수가 구양천상의 뇌리를 스쳐 갔다.
 구양천상은 그쪽을 향해 몸을 날리기 시작했다.

'이것은?'

구양천상은 하나의 표식을 발견하게 되었다.

동심맹에는 맹주 아래에 부맹주와 군사 한 명, 영주 한 명이 있으며 그와 어깨를 나란히 하는 일곱 명의 장로가 있으니, 바로 구대문파의 장문인들이었다.

그 열한 명이야말로 동심맹의 핵이라 할 수 있는데 그가 발견한 표식은 그 열한 명만이 쓸 수 있는 것이었고, 그것이 의미하고 있는 것은 일신상의 위험이었다.

'이상하군! 천도문에서 동심맹을 공격할 리가 없는데 어찌하여 이러한 일이……'

그의 의문은 당연했다.

동심맹과 천도문은 지난 몇 달 동안 겉으로 드러나지 않게 상호 동맹을 지속해 왔다. 구중천이 존재하고 있는 한, 그것은 지켜질 것이었다. 구중천에 대한 공동 대처는 그와 천도문주와의 약속이기도 하여 암중 협력자인 동심맹의 요인(要人)을 그들이 공격할 리 없는 것이다.

있다면 봉황령주인 모용아경일 테지만 그녀는 구양천상의 부탁에 의해 천고지궐의 일을 조사하기 위해서 무산으로 떠난 지 이미 보름 이상이 되어 지금 여기에 없었다.

싸움의 흔적이 발견되기 시작했다.

처음의 흔적은 격렬하였고 이수를 건너갔던 그 흔적은 마침내 진로를 바꾸어 외방산(外方山) 쪽을 향하고 있었다.

적의 저지가 강력하였거나 부상을 입고 쫓기고 있든지, 둘 중의 하나이겠지만, 남겨진 표식으로 볼 땐 후자일 가능성이 높았다.

 그때 멀리서 호각 소리가 은은히 들려왔다. 그러자 구양천상과 얼마 떨어지지 않은 곳에서 그에 호응하는 소리가 들려왔다.

 구양천상은 조금도 망설이지 않고 그 소리가 들려온 곳으로 덮쳐 갔다.

 거리는 십여 장이었으나 그가 전력을 다해 몸을 날리자 그의 눈앞에는 이내 두 사람의 흑의인들이 나타났으며, 그들이 놀란 눈으로 구양천상을 보는 순간에 그들은 구양천상에 의해 제압되고 말았다.

 구양천상은 그들의 입에서 오늘의 일을 지휘하고 있는 것이 신기당주이며, 이 일로 인해 다섯 명의 총당호법이 출동한 것을 알아낼 수 있었다.

 그들이 쫓고 있는 사람은 한 사람의 여인이라 하였다.

 천도문 순찰당 휘하 고수들인 그들은 그녀의 이름을 알지 못했지만 구양천상은 그들이 쫓고 있는 여인의 생김을 들은 순간에 그녀가 모용아경임을 직감했다.

 '알 수 없는 일이다. 어떻게 하여 그녀가 여기 있을 수 있단 말인가?'

 모용아경이 무산으로 간 것은 만약의 경우를 위한 구양천상의 안배였으며, 얼마 전 만박편조 동일사에게 말한 천고지궐에 대한 말 또한 그녀의 전신(傳訊)이었던 것이다.

 그런데 그녀가 어찌 여기에 있을 수 있단 말인가.

　　　　　＊　　　　＊　　　＊

　외방산은 따로이 육혼산(陸渾山)이라고도 불리며 근원을 따지자면 숭산의 일맥이라 할 수 있고 웅이산과 마주 붙어 있는 곳이다.
　눈 덮인 산세는 여느 때보다 더 험했으며 바람은 눈보라를 동반해 더욱 찼다. 얼마 전부터 쏟아지기 시작한 눈은 인적을 덮어 버렸으며, 세찬 바람은 눈보라가 되어 악천후로 변하는 중이었다.
　이러한 상황하에서 사람의 흔적을 찾는다는 것은, 더구나 산중에서는 어림도 없는 일이었다.
　그 눈보라 속에 암벽에 기대 세워져 있는 초막 하나가 자리했다. 초막이라기보다는 흙벽과 짐승 가죽으로 엮어진 것으로 보아 아마도 사냥꾼들이 사용하는 곳인 듯하였다.
　그 초막은 눈으로 덮여 눈에 잘 띄지 않았는데, 구양천상은 바로 그 초막을 보고 있었다.
　'오 리 정도 밖에서 마지막으로 발견한 표식으로 미루어……그녀가 심한 상처를 입은 상태라면 이쪽으로밖에는 갈 데가 없다. 상세가 심하지 않았다면 이미 눈보라를 뚫고 능선을 넘어 천대산으로 돌아갈 수 있었을 테지…….'
　잠시 생각에 잠겨 있던 구양천상은 가볍게 몸을 날려 그 초막의 앞에 가 섰다.
　암벽에 기대 세워진 초막은 문이 따로 있는 것이 아니라 몇 장의 짐승 가죽으로 바람을 막고 있었다.

'숨소리가 있다. 매우 불규칙하고 급한, 억눌려 있긴 하지만 이것은 상세로 인한 숨소리가 아닌 것 같은데?'

잠시 귀를 기울여 보던 구양천상은 기이한 빛이 되었다가 입을 열어 물었다.

"안에 누가 있습니까?"

대답이 없다.

"지나던 사람입니다. 잠시 눈보라를 피하고자 하는데 대답이 없다면 주인이 계시지 않은 것으로 생각하고 들어가겠습니다."

역시 대답이 없다.

구양천상은 문을 두텁게 막고 있는 가죽을 들치며 안으로 들어섰다.

순간, 어둠 속에서 빛 한 줄기가 번개처럼 그의 가슴을 찔러왔다. 속도와 노림의 정확함은 보통 솜씨가 아니었다.

하지만 구양천상이 천기미리보를 밟는 순간에 그의 가슴을 찔러오던 단검은 허공을 가르고 말았고 구양천상은 자신을 공격해 온 사람을 알아볼 수 있었다.

"모용 소저!"

그의 소리침에 그를 습격한 사람은 흠칫하더니 그를 알아본 듯 갑자기 단검을 버리고는 뒤로 물러서며 소리쳤다.

"여…… 여기에서 나가요…… 어서!"

떨리는 음성을 억누르는 그 사람은 정말로 봉황령주인 모용아경이었다.

소리치는 그녀의 옷차림은 정상이 아니었다.

피투성이라던가 하는 것이 문제가 아니라 속옷까지도 반쯤은

찢겨져 흰빛을 뿜어내고 있는 맨살이 드러나 있었던 것이다.
 그녀가 구양천상임을 확인하자 단검을 버린 것은 바로 드러난 자신의 가슴을 가리기 위한 것이었다.
 하지만 그럼에도 거의 다 찢겨져 나간 치마 사이로 드러난 그 늘씬한 다리를 숨길 수는 없는 일이었다.
 "모용 소저! 어찌 된 일……!"
 구양천상은 문득 무엇인가가 발에 걸림을 느꼈다.
 시체였다.
 중년인 듯한 사내로서 사냥꾼 차림에 얼굴이 희고 상당히 잘생긴 모습이었는데 두 눈이 뽑히고 가슴이 으스러져 참혹한 상태로 죽어 있었다. 그러나 그 으스러진 가슴팍 부근 옷에서 흘러나온 약병과 일그러진 구리학(銅鶴)을 보는 순간에 구양천상은 그가 누군지 알 수 있었다.
 분면랑군(粉面郎君) 화풍류(花風流)!
 십여 년 전부터 강간, 약탈을 일삼다가 강호의 공분을 사, 근래에 들어서는 종적이 묘연했던 자이다.
 "으음……!"
 구양천상이 그의 신분을 짐작하는 순간에 모용아경은 나직한 신음을 흘리며 그 자리에 웅크리고 앉았다.
 어둠 속에 드러난 백옥 같은 팔과, 웅크리게 되자 팽팽하게 빛을 뿜어내는 허벅지와 종아리의 선이 눈부시다.
 '화풍류의 무공이 제아무리 일류였다고는 하지만 모용 소저의 상대는 아닌데…….'
 구양천상은 그 순간에 초막 안에 기이한 향 한 줄기가 남아 있음을 알게 되었다.

 공연히 가슴이 두근거리고 웅크린 모용아경의 허벅지 어림이 강하게 눈을 찔러왔다. 그의 수양으로 보아 있을 수 없는 일인지라 구양천상은 가슴이 철렁했다.

 '음약(淫藥)이다! 화풍류의 자오화합향(子午和合香)인 모양이구나!'

 급히 숨을 멈춘 구양천상은 놀란 시선으로 웅크린 채 전신을 가늘게 떨고 있는 모용아경을 보았다.

 설마 그녀가……

 상황은 불길하기 이를 데 없었다.

 "모용 소저!"

 그러나 구양천상이 모용아경을 불렀을 때 고개를 떨구고 있던 모용아경이 머리를 들자, 그는 그녀의 얼굴이 홍시와 같이 붉게 달아올라 있음을 볼 수 있었다.

 "가…… 요…… 더 이상 추한 꼴을 보이기 전에…… 제발……!"

 깨문 그녀의 붉은 입술에서는 그 붉음보다 더 붉은 선혈이 흘러내리고 있었다. 그녀의 눈빛은 한없이 흔들리고 있었다.

 구양천상은 그녀의 눈에서 강한 육체의 욕망을 읽을 수 있었다. 그렇다면 아직 무슨 일이 난 것은 아니었다.

 그러고 보니 또 난감하다.

 그녀의 말대로 이곳을 벗어날 수도 없는 일이 아닌가.

 그가 이곳을 벗어나 버린다면 모용아경은 육체의 욕망을 풀 길이 없어져 마침내는 전신의 혈관이 터져 죽음에 이르게 될 것이기 때문이다.

일반적인 음약은 사람을 성적으로 흥분시킬 뿐이다. 하지만 무림 중의 음약, 특히 자오화합향은 반드시 남녀가 교접을 해야만 해소가 되는 지독한 것으로 이름 높았다.

구양천상이 굳은 표정으로 서 있자 모용아경은 이를 악물며 떨리는 음성으로 소리쳤다.

"가요! 잊지 않았지요? 나와의 약속을…… 이제 요구하겠어요……. 이 자리에서 떠나줘요…… 제발…… 아아……!"

그녀의 얼굴이 더 붉게 달아오르고 가슴이 풀무질하듯 세찬 기복을 일으키기 시작했다.

구양천상은 천천히 그녀의 앞에 한쪽 무릎을 꿇으며 말하였다.

"제정신이 아닐 때의 요구는 듣지 않은 것으로 하겠소."

순간, 모용아경이 두 팔을 벌리며 와락 구양천상을 껴안았다.

"그, 그래요! 정정…… 정정하겠어요! 나를, 나를 안아줘요…… 나를…… 제발 어떻게 좀……!"

그녀는 찰거머리와 같이 구양천상을 껴안더니 앵두와 같은 입술을 구양천상의 입술에다 비비기 시작했다.

더운 입김이 사향과 같이 뿜어졌다.

구양천상은 나직이 한숨을 쉬더니 그녀의 등을 보듬으며 그녀의 입술을 받아들였다.

"아아……!"

고향에 찾아든 것인가.

안도의 신음 소리가 모용아경의 입으로부터 흘러나왔다.

세차게 구양천상의 등을 더듬던 그녀의 손길이 아래로 내려갔다. 그리고 한 손은 자신의 손에 걸려 있던 옷자락을 잡아 찢어 내려갔다. 백옥빛 젖무덤이 드러나고 아랫배가 어둠 속에서 빛을 발할 때 그녀의 손은 더 이상 아래로 내려가지 못하고 힘을 잃고 처지고 말았다.

"미안하오. 그 요구 또한 제정신일 때가 아니오……."

구양천상은 나직이 중얼거리며 그녀를 안아 뉘었다.

그의 손에 제압당한 모용아경은 모든 것을 아낌없이 드러내고 반듯이 누웠다.

흘러내린 수발은 물결이 치는 듯하고 아름다운 목에 탐스러운 젖가슴은 그저 출렁이는 듯하며, 대리석을 깎은 듯 매끄러운 아랫배에는 간신히 한쪽의 헝겊만이 걸려 마지막 안간힘을 다하고 있다.

희고 조용한 속에 놀라운 탄력이 숨쉬고 있을 그녀의 육체는 이미 눈을 뜨고 아우성치고 있었다. 붉게 달아오른 그녀의 육체는 끝없이 구양천상을 요구하고 있었다.

구양천상은 그녀의 입술을 다시 찾았다.

미묘한 반응이 모용아경의 전신에 번져 갔다.

그녀는 아직 완전히 정신을 잃은 것이 아니었다. 구양천상은 그녀를 제압하면서 반수반성(半睡半醒)의 상태로 만들어놓은 것이다.

구양천상의 입맞춤은 가뭄에 불타 갈라지고 있는 대지에 감로(甘露)가 내린 것과 같았다.

그의 손길이 그녀의 팔을 쓰다듬고 어깨로 올라가자 그녀의 입에서는 나직한 신음이 다시 흘러나왔다.

다음을 기다리며 그녀의 육체는 긴장되는 가운데에서도 이완되고 있었다. 절실한 욕망 가운데 당연히 올 것으로 생각되는 욕망의 해결을 기다리는 자세가 되고 있는 것이다.
 그때였다.
 그녀의 가슴을 쓰다듬어 내려오던 구양천상의 손이 돌연 빨라지더니 번개 같은 속도로 그녀의 전신을 누비기 시작했다.
 "으음!"
 모용아경의 온몸이 꿈틀거렸다.
 모용아경은 백옥으로 빚어낸 듯한 상반신을 온통 드러낸 채 책상다리로 앉아 있었다. 그녀의 등 뒤 명문에는 구양천상의 한 손이 붙어 있었으며 아랫배 단전에도 그의 손이 닿아 있었다.
 마치 모용아경을 싸안듯 하고 있는 구양천상은 엄숙한 얼굴로 두 눈을 감고 있는데, 그의 머리 위에는 하얀 김이 모락모락 피어오르고 있었다.
 그의 머리 위에 서리는 김이 짙어질수록 모용아경의 양지유가 엉긴 듯한 몸에서는 땀이 비 오듯 하며, 그처럼 욕망으로 붉게 달아올랐던 몸은 잿빛으로 화해갔다.
 어느 순간, 구양천상은 그녀의 몸에서 손을 떼고는 그녀의 숨소리가 고르게 안정되어짐을 확인하자 나직이 한숨 쉬고는 자신의 겉옷을 벗어 그녀의 어깨에 걸쳐 주었다.
 모용아경은 반수반성의 상태에서 제정신으로 돌아왔다.
 그녀가 처음 본 것은 구양천상의 넓은 등이었으며, 다음 순간에는 앞섶이 허전함에 아래를 내려다본 그녀는 자신이 구양천상의 겉옷을 걸치고 있음을 깨닫고 참괴(慙愧)한 빛이 되었다. 얼굴이 타는 듯 달아올랐다.

"음독의 대부분은 땀으로 배출되었고 여독은 회양(會陽)과 장강(長强)에 몰아두었소. 두 곳은 양회지처(陽會之處)이니 얼마 지나지 않아 여독도 사라지게 될 것이오."

구양천상의 음성이 들려왔다.

모용아경은 피가 나도록 다시금 입술을 깨물었다.

죽는다 한들 이 수치가 씻어지랴.

그와 같은 모습을 보이다니…… 나를 가져 달라고…… 창녀와 같이 그에게 매달리다니…….

죽음을 생각했다. 차라리…….

그때였다.

"경 매!"

구양천상의 조용한 부름은 모용아경의 전신을 떨게 만들기에 족했다. 죽음의 빛이 산산이 부서져 나갔다.

"영당으로부터 듣지 못했소? 우리들의 관계를……."

"……."

모용아경은 말이 없다.

"아직은 단정하지 못하겠소. 하지만 내가 경 매의 외사촌 오라버니가 됨은 아마도 틀림이 없을 것이오. 동생의 위급함을 보고 오라버니가 치료했다고 생각한다면 오늘의 이 일은 그리 크게 마음에 두지 않아도 될 것이오. 이 일을 본 사람은 아무도 없소."

구양천상의 조용한 음성에 모용아경이 고개를 쳐들며 말을 끊었다.

"어떤 여자라 할지라도, 당신을 단순히 오빠로 인정하고 싶어

하지는 않을 거예요. 더구나……."

그녀는 말끝을 흐리며 일어섰다.

공연히 눈물이 핑 돌았다.

이율배반(二律背反)이다.

차라리 그가 나를 가졌다면 이처럼 모든 것을 잃어버린 듯 텅 빈 가슴이 아니었을는지도 몰랐다. 그러면서도 저 목석 같은 사내의 존재는 더 크게 그녀의 가슴에 새겨진다.

그녀는 입술을 다시금 깨물었다.

"나는 운명이 더 이상 나를 희롱하지 않기를 바라요."

흠칫, 구양천상이 몸을 돌렸을 때는 그녀는 초막을 벗어나고 있었다.

"경 매!"

그녀는 구양천상의 부름에 답하지도 멈추지도 않고 한 마리 흰 토끼처럼 눈 덮인 산길을 달려가고 있었다.

구양천상은 나직이 탄식하며 그녀의 뒤를 따르기 시작했다.

그녀의 몸은 아직 정상이 아니었던 것이다.

그녀가 중상을 입은 상태가 아니었더라면 어찌 분면랑군 화풍류와 같은 자에게 당할 리가 있었겠는가.

그들의 모습이 사라져 갈 즈음.

초막이 기대 세워져 있는 암벽의 뒤에서 한 사람이 나타났다.

활처럼 휜 등에도 불구하고 보통 사람보다 머리 하나가 더 큰 듯 우람한 체구를 지닌 그 사람은 바로 모용세가의 전대 가신인 철배창룡 문화평이었다.

신광이 줄기줄기 쏟아지고 있는 눈가에는 세월이 깊은 주름을 만들어 그늘을 드리우고 있었다.

"그 아비에 그 자식이로다. 구양범은 용을 남겨두었구나. 너는 그 아이를 잘 보살펴 주어야 한다……. 그 아이는 모용가의 단 하나 남은 핏줄일 뿐만 아니라, 노태께서 이미 그 아이를 네게 맡기기로 작정을 하고 계시기 때문이다."

그는 두 사람이 사라진 쪽을 바라보고 있다가 그 뒤를 따르기 시작하였다.

상황은 참으로 미묘하였다.

원래 그녀는 예정보다 빨리 맹으로 돌아오게 되었으며, 돌아온 그녀는 구양천상이 맹 내에 없음을 알고는 그녀를 그림자처럼 따르는 철배창룡의 눈을 피해서 몰래 맹을 빠져나와 구양천상을 찾아 나섰던 것이다.

하지만 그가 천도문에서 그녀를 기다리고 있을 줄은 모용아경으로서는 상상도 하지 못한 일이었다.

천도문은 모용가문에 대해서는 이를 갈고 있기 때문에 전열을 재정비하여 그녀의 행적을 탐지하고 그녀를 노렸으나 그녀의 움직임이 예정보다 빠르자 헛물을 켠 꼴이었었는데, 느닷없이 쳐놓은 그물에 날아들자 이건 호박이 넝쿨째 굴러 들어온 셈이었다.

사투(死鬪)…….

모용아경은 중상을 입고 도주하기 시작했다.

그렇게 천신만고 끝에 찾아든 것이 바로 주인없어 보이는 버려진 초막이었다.

하지만 그곳이 강호에서 공적으로 몰려 신분을 숨기고 있는 분면랑군 화풍류가 몸을 피하고 있는 곳임을 그녀가 어찌 짐작이라도 할 수 있었겠는가.

외출에서 돌아온 분명랑군 화풍류는 선녀와 같은 모용아경이 운기조식하고 있음을 보고는 눈앞에 보이는 것이 없었다.

운기조식하고 있는 그녀를 자오화합향으로 중독시키는 것은 문제도 아니었다. 그러나 그는 모용아경이 자신보다 강한 고수라는 것은 꿈에도 몰랐고 그 한 번의 실수는 그의 생을 마감케 하였다. 욕정에 헐떡이던 모용아경은 한순간 정신을 차렸고 자신을 범하려는 분면랑군을 단숨에 쳐죽이게 되었다. 그것만으로 그녀의 분노가 진정될 리 만무였다.

그녀는 자신의 몸을 본 그의 눈마저 파내었다.

자오화합향은 지독한 춘약(春藥)이다.

남녀가 화합하는 길 외에는 분면랑군 화풍류조차도 해독할 수 없는 그 자오화합향에 중독된 그녀는 홀로 신음하다 구양천상을 만나게 된 것이다.

그러나 구양천상보다 그 자리에 먼저 도착한 사람은 원래 철배창룡 문화평이었다.

그는 모용아경이 춘약에 중독되었음을 알고는 속으로 고약하다를 수백 번 외치다가 구양천상이 나타남을 보고 안도의 한숨을 내쉴 수 있었다.

구양천상의 출현은 바로 해독제의 등장이었던 것이기에.

그렇지만 사태의 진전은 철배창룡 문화평의 예상을 벗어났다.

구양천상은 모용아경의 몸을 범하여 그녀의 상태를 해소한 것이 아니라 본신의 능력으로 해독약이 없는 음독(陰毒)을 그녀의 체내에서 몰아내어 버렸던 것이다.

이것은 믿지 못할 일이었다.

음약이라고 하는 것은 실제로는 독이 아니라 일종의 보약제로서 강력한 흥분작용을 일으키게 하는 것이라 그 흥분작용을 만족케 하는, 남녀화락의 길 외에는 해독의 방법이 없는 것이었다. 그것은 음약의 효력이 강하면 강할수록 더했다. 억지로 그것을 누르려 하거나, 해소를 시키지 못하면 중독된 사람은 전신의 모든 정혈(精血)이 고갈되고 체내의 혈관이 터져 죽음에 이르게 된다.

한데도 구양천상은 본신의 진원을 이용하여 그 음독을 모용아경의 체외로 배출시키는 기적을 이룩해 내었던 것이다.

이것은 구양천상이 아니라면 알아도 할 수가 없는 방법이었다.

모용아경과 같은 미녀의 몸을 뿌리친다는 것은 가히 불가능한 일이기 때문이다.

*　　*　　*

하남 천대산 기슭에는 한 채의 거대한 장원이 풍치(風致) 좋은 곳에 세워져 있었다.

청운장(青雲莊)이라 이름된 그 장원은 어느 부호의 피서지라고 알려져 있었지만 근래에 들어 청운장은 그야말로 용이 숨고 범이 엎드린 곳이 되었다.

동심맹의 임시 총타가 거기 세워졌기 때문이다.

동심맹의 결성 이후, 특별한 일이 있을 경우를 제외하고는 구대문파의 장문인 중 대여섯 명 이상이 상주하다시피 하는 이 청운장이야말로 당대 무림의 향배가 움직이고 있는 곳이라 할 만했다.

 관제묘의 일전 그 다음날 밤.

 눈이 내리고 있었다.

 눈이 내리는 밤은 조용함을 지나쳐 적요(寂寥)하다.

 비록 상원의 보름달이 구름에 가렸다고는 하지만 주위는 삼경의 시간답지 않게 훤하고 고요하였으며 부맹주인 함령 진인의 거처, 현극전(玄極殿) 또한 예외가 아니었다.

 그런데 어느 순간,

 "감히…… 누구냐?"

 돌연 현극전의 안으로부터 노해 외치는 소리가 터져 나오더니 사납게 싸우는 소리가 들려오는 것이 아닌가.

 청운장이 고요해 보인다 하나 기실 그 내부는 천라지망이 깔려 있다 해도 과언이 아니었으므로 그 소리와 함께 경보 소리가 찰나간에 청운장을 달렸으며 잠복하고 있던 고수들이 현극전으로 달려왔다.

 쾅! 와지끈!

 현극전 함령 진인 거처의 창문이 부서져 나가며 검은 그림자 하나가 번개처럼 튀쳐나왔다.

 "멈춰라! 웬 놈이냐?"

 숙위(宿衛)하고 있던 곤륜파의 고수 둘이 소리치며 그를 공격했다. 인영은 이미 상처를 입은 듯 비틀거렸으나 채 땅바닥에 내려서지도 않은 상태에서 수중에 들고 있던 검을 휘둘러 그들의 검을 튕겨내며 그 반동을 이용하여 지붕으로 올라가려 했다.

 "대담한 악도 같으니!"

싸늘한 호통 소리가 터지며 지붕 위에서 한 사람의 도인이 날아내리며 그를 공격했다.

"으악!"

인영은 거의 모든 힘을 다해 날아오르고 있었기에 설마 자신을 기다리는 사람이 지붕에 있을 줄은 몰랐던지 검을 쥔 팔이 단숨에 절단되며 땅으로 떨어져 내리고 말았다.

흑의에 복면을 한 그는 이미 고수들로 물샐틈없이 포위되었음을 보고는 온몸을 흔들더니 그대로 썩은 짚단처럼 픽 쓰러져 버렸다. 자결을 한 것이다.

공중에서 날아내린 도인은 그는 쳐다보지도 않고 창문으로 날아들어 갔다.

"장문 사형!"

침상에 기대 있는 함령 진인을 본 그가 안색이 변해 부르짖었다. 상반신은 완전히 피로 물들고 백지장 같은 안색으로서 두 눈을 부릅뜨고 있던 함령 진인은 사제인 함허 진인이 날아듦을 보고 나직이 한숨 쉬며 손에 들고 있던 보검을 내려놓으면서 눈을 감았다.

구양세가의 팔비운룡 경중추와 곤륜파의 고수들이 다급히 들어섰다.

경중추는 오늘 밤의 총순찰인지라 매우 당황한 모습이었다.

"어, 어떻게 되었습니까?"

경중추는 곤륜파 함령 진인의 상반신이 온통 피로 물들어 있음을 보자 안색이 대변해 물어왔다.

"순찰을 어찌 돌기에 이러한 일이 일어난단 말이오? 만약 본문의 장문인께 무슨 일이라도 일어난다면……!"

가뜩이나 성미 급한 함허 진인이 눈을 부릅뜰 때였다.

"그만둬라. 내가 입은 상처는 피육(皮肉)의 것일 뿐이다. 그보다 여기서 나간 자는 어찌 되었는가?"

눈을 감은 채 함령 진인이 경중추에게 물었다.

경중추가 대답했다.

"그자는 이미 검기에 내장이 상해 있었는데, 함허 진인의 일검에 당해 자신이 도저히 이곳을 벗어날 수 없음을 알고는 자결을 하고 말았습니다."

"자결을?"

"예."

함령 진인은 잠시 침음하는 듯하더니 눈을 뜨고는 다시 물었다.

"그자가 누군지 알 수 있겠는가?"

그때다.

"그는 구중천의 사람이었습니다."

침착한 음성이 들림과 함께 구양천상이 안으로 들어섰다.

그가 들어섬을 보고 경중추가 한 걸음 옆으로 물러서자 구양천상이 그를 보고 말했다.

"매복을 점검하고 비상경계를 하도록 해라. 침입자는 하나가 아닐 것이다. 수상한 자가 있다면 우리 측 사람이라 해도 무조건 나포하고 반항하면 무력을 사용해도 좋다."

경중추가 쏜살같이 나감을 보고 구양천상은 함령 진인에게 다가와 그를 보며 물었다.

"심하지는 않으십니까?"

그의 물음에 함령 진인은 미간을 찡그렸다.

"그자가 정녕 구중천의 사람이었소?"

"그렇습니다. 몸에서 이 신패가 나왔습니다. 금성천(金星天) 소속인 것으로 되어 있습니다."

함령 진인의 얼굴이 가볍게 일그러졌다.

"그렇다면…… 본 파 내에 적의 첩자가 있단 말인가?"

"무슨 말씀이십니까?"

함령 진인은 침중한 빛이 되어 약간 탁한 음성으로 말하였다.

"내가 침입자에게 당한 것은 중독이 되어 제대로 손을 쓸 수가 없었기 때문이오……."

"주, 중독이라니요?"

함허 진인의 눈이 화등잔만 해졌다.

함령 진인은 눈으로 넘어진 탁자와 함께 엎질러져 있는 차주전자를 가리키며 말했다.

"차 속에 독이 들어 있었다. 더구나 그자가 소리도 없이 나의 침거(寢居)까지 들어올 수 있었던 것을 보면, 이는 내부의 도움 없이는 이루어질 수 없는 일이다."

"그럼…… 본 파 내에 배신자가? 그럴 리가…… 그럴 리가……!"

함허 진인이 고개를 내젓고 있을 때였다.

삑삑, 하는 요란한 경적 소리가 북쪽으로부터 들려왔다.

"아미파가 있는 쪽인데……?"

구양천상이 신음하듯 중얼거리며 그쪽을 돌아보았다.

"이자들이 그동안 조용하더니 오늘 대공세를 취하는 것인가?"

함령 진인이 이를 갈며 벌떡 일어났다.

"사형!"

험허 진인이 놀라 그를 부축하며 소리쳤다.

"괜찮다. 이미 해독성 약을 복용했으니 잠시간 탈은 없을 것이다. 경보로 미루어보아 그쪽도 나와 같은 일을 당했을 공산이 크니 가보아야겠다!"

"괜찮으시겠습니까? 소생이 지금 바로 가보겠습니다."

구양천상의 물음에 함령 진인이 담담히 웃었다.

"이 정도에 자리를 보전하고 누워야 한다면 곤륜파는 오늘부로 문을 닫아야 할 것이오."

그는 험허 진인과 함상 진인 등 자신의 사제들을 보고 무거운 어조로 명을 내렸다.

"자네들은 여기에서 오늘 밤 경비를 누가 어떻게 서고 있었으며, 이 차를 누가 갖다놨는지를 조사하도록 하게."

구양천상과 함령 진인은 어깨를 나란히 하고 아미파 장문인 용하 상인이 묵고 있는 복호당(伏虎堂)을 향해 눈 위를 달렸다.

구양천상은 어깨를 나란히 한 채 앞을 보고 달리면서 전음입밀로 물었다.

"정말로 상처를 입으신 겁니까?"

함령 진인이 눈을 희번덕거리며 그를 쏘아보았다.

"이게 거짓말로 보여? 그놈의 검은 정말 매서웠다. 다행히 내가 정말로 중독이 되어 있질 않아서 망정이지······."

아무도 들을 수 없는 전음입밀의 대화가 그들 사이에 오갈 때 돌연, 예의 경적 소리가 이번에는 서쪽에서 급박하게 들려왔다. 종남파의 천하관(天河觀)이 있는 곳이었다.

멈칫 그쪽을 돌아보는 그들의 앞에는 아미파 복호당이 보이고 있었다.

"또란 말인가?"

함령 진인이 신음했다.

구양천상이 어떻게 된 거냐는 듯 그를 돌아보자 그는 고개를 흔들었다.

"이렇게 되면 네 추측대로 동심맹 내에는 내 명령을 받지 않고 구천군주의 명을 받는 자가 또 있는 모양이다! 과연…… 무서운 자다……."

무엇인가 생각을 하고 있는 듯하던 구양천상이 함령 진인에게 말하였다.

"죄송하지만 견딜 수 있으시다면 제 대신 용하 상인께 어떤 일이 생겼는지 한번 알아봐 주십시오."

"천하관으로 가려는 것이오?"

함령 진인이 누가 있는가 주위를 살펴보며 말했다.

구양천상은 고개를 저었다.

"아닙니다. 소생이 가는 곳은 맹주 거소입니다."

"맹주 거소? 그럼……."

함령 진인이 무엇인가를 깨달은 듯 그들이 서 있는 반대편, 저쪽을 돌아보았다.

구양천상은 천마와 같이 날아 맹주가 거처하는 곳인 동심전(同

心殿)에 이르렀다.

이미 일대는 삼엄한 경계가 깔려 있어 대방 대사가 구양천상이 날아듦을 보고 마중을 나왔다.

"아무 일 없습니까?"

구양천상의 물음에 대방 대사는 머리를 끄덕여 보이며 되물었다.

"아직은…… 적이 공격해 온 것입니까?"

그의 물음에 구양천상은 가볍게 머리를 흔들더니 다시 물었다.

"맹주께서는?"

"안에……."

답하던 대방 대사는 갑자기 괴이한 느낌을 받은 듯 입을 다물며 만공 대사의 거소를 쳐다보았다.

구양천상은 더 이상 말을 기다리지 않고 몸을 날려 만공 대사의 거처로 뛰어들어 갔다.

그의 행동은 무례한 것이었지만 지금은 그런 것을 논할 계제가 아니었다. 만공 대사에게 아무 일이 없었다면 이 소란 통에 과연 안에만 있을 수 있을 것인가.

"맹주!"

안으로 들어선 구양천상의 입에서 신음이 흘러나왔다.

보라!

만공 대사가 두 눈을 부릅뜨고서 뒤로 쓰러져 있지 않은가. 토해낸 피로 그의 승포는 온통 붉게 물들어 있었다.

구양천상이 그의 맥을 조사할 때 방에 당도한 대방 대사는 그 광경을 보고 넋을 잃었다.

대방 대사는 구양천상을 쳐다보았다.

구양천상은 침통한 빛이 되어 고개를 흔들었다.

"한발 늦었습니다. 원적하셨습니다."

"사부님……!"

대방 대사가 그 자리에 무너지듯 무릎을 꿇었다.

구양천상은 부릅뜬 만공 대사의 눈을 감겨주었다.

그가 토해낸 피는 검붉은 것이, 정상이 아니었다. 중독된 증세가 나타나고 있는 것이다.

그때 함령 진인과 용하 상인이 옷자락을 펄럭이며 안으로 들어섰다. 그리고 그들은 이 엄청난 상황에 기가 막힌 듯 안색이 흙빛이 되어 그 자리에 굳어졌다.

"어, 어떻게 된 것이오? 군사!"

한참 만에 용하 상인이 떨리는 음성으로 외쳐 물었다.

그 또한 암습을 받았으나 그는 무사한 듯했다.

구양천상, 그 흔들림없던 그의 안색도 이제는 흔들리고 있었다. 그것은 흔들림이 아니라 분노의 일렁임이었다.

하지만 그의 말소리는 여전히 조용했다.

"중독이 된 상태에서 적의 공격을 받아 심맥이 절단됐습니다. 거의 방비가 없었던 상태에서 당하셨더라도 이런 일이 일어날 리가 없습니다. 그분의 눈은 경악과 의혹을 담고 있었습니다."

"방심한 상태의 암습이라면 아는 사람에게 당했다는 말씀입니까?"

대방 대사가 물었다.

납덩이 같은 얼굴의 그였지만 소림 기재답게 이 상황에서도 중심을 잡고 있는 듯했다.
 구양천상은 묵묵히 고개를 끄덕였다.
 과연 누가…….

*　　　*　　　*

 동심맹이, 구대문파가 분노하고 있었다.
 맹주인 소림사의 장문인 만공 대사가 구중천의 마수(魔手)에 암살되었기 때문이다.
 그의 암살은 측근으로 변장한 적에 의해 저질러졌다고 알려졌으며, 같은 날 곤륜파 함령 진인과 아미파의 용하 상인, 종남파의 장문인 철검 도인(鐵劒道人) 등 동심맹 수뇌부에 대한 암살 기도가 일제히 이루어졌다.
 그것은 불과 하룻밤 사이에 이루어진 일이었으며, 그 다음날 소식을 듣고 급거 달려오던 화산파의 매화신검수 육청풍이 적의 함정에 빠져 분사했다.
 그것을 시발로 하여, 무당산이 구중천에 의해서 습격을 당했다.
 동심맹 전체가 드디어 적의 공격을 받기 시작한 것이다.
 위기감이 조성되고 긴급 대책회의가 연이어 열렸다.
 만공 대사의 영전(靈前)에서 열린 대책회의에서는 곤륜파의 장문인 함령 진인을 임시 맹주로 추대하였다.
 장로회의의 결정을 거쳐 동심맹주의 권한이 대폭 강화되었고 동심맹의 결속력이 커졌다.

마침내 명실공히 구대문파를 통제하는 실제적이고 거대한 조직체가 사상 최초로 생겨나게 된 것이다.

그것은 불과 삼 일을 전후하여 이루어진 대변화였다.

그리고 그 광경을 보고 어둠 속에서 회심의 미소를 짓고 있는 사람도 있었다.

그러나, 그는 또 한 사람이 웃고 있음은 알지 못했다.

*　　*　　*

바람은 뼛골이 시릴 만큼 찼다.

만공 대사의 영당이 마련된 동심전은 가히 죽음보다 더한 정적이 흘러가고 있었다.

연일 밤새워 열리던 대책회의도 임시맹주가 선출된 오늘 밤은 열리지 않고 있었으며 목청을 돋우어 불어대는 겨울바람 소리 속에서 동심전 내부에서 흘러나오는 불빛만이 처량히 흔들리고 있었다.

소림제자들의 만공 대사를 위한 독경 소리만이 그 쓸쓸함을 덜고 있을 뿐…….

청운장에서 십여 리 떨어진 곳에는 한 채의 농가가 자리하고 있었다.

눈 덮이고 불 꺼진 농가는 사람이 사는 것 같지 아니하다. 하지만 그 농가의 안에는 늙고 젊은 두 사람이 마주하고 있는 중이었다.

"말씀하신 대로 소림사 장로회의에서는 차대 장문인으로 대방 대사를 선출키로 한 것 같습니다."

젊은 사람의 조용한 음성이 들려왔다.

"당연한 일이오. 그 아이라면 노납보다 소림을 더 잘 이끌어 나갈 것이오."

"이처럼 어려운 일을 하시도록 하여 송구스러운 마음 금할 길이 없습니다."

"헛헛허…… 세속의 모든 것은 다 허상이며, 이 육신 또한 거추장스러운 허물에 불과할진대 소림장문의 자리를 버리는 것이 무어 그리 대단할 것이오? 노납은 다만 군사가 행하고 있는 일이 노납의 죽음으로 인해 잘 이루어지길 바랄 뿐이오."

오욕(汚辱)에 물들지 않은 창노한 음성에 조용한 음성은 다시 말하였다.

"이 일로 해서 금성천주 휘하의 첩자는 물론이고, 구천군주의 지배하에 놓인 자들까지 그 연계조직을 이미 거의 다 파악하게 되었습니다. 몇 가지 미미한 부분은 수일 내로 완결이 될 것이니 심려를 더셔도 됩니다."

노인은 어둠 속에서 말없이 웃었다.

그는 저 젊은이가 한 번도 큰 소리를 치는 것을 본 적이 없었고 저처럼 확신을 가지고 하는 일에 실수가 있음 또한 본 적이 없었던 것이다.

"이것이…… 무엇이오?"

부스럭거리는 소리가 들리더니 노인이 물었다.

"가시는 길에 운비에게 전해주십시오. 만에 하나, 소생에게 무슨 일이 생기거든 열어보도록……."

"그게 무슨 뜻이오? 설마……!"

노인의 음성은 돌연 경직되었다.

"만약을 대비할 뿐입니다."

조용한 음성이 말을 자르며 화제를 돌렸다.

"백리용아라고 하는 그 소년은 언제 출관하여 운비 일행과 합류할 수 있을 것 같습니까?"

"잘은 모르나…… 그리 오래 걸리지는 않을 것이오. 뇌공 사제는 도액개정전수(度厄開頂傳受)로써 자신의 모든 것을 용아에게 물려주려 하고 있기 때문이오. 그렇게 된다면 소림제일의 고수라는 자리는 그 아이가 이어받게 될 것이오."

창노한 음성의 말에 조용한 음성은 암중에 고개를 끄덕였다.

"뇌공 대사의 무공은 당대 무림의 독보이니, 백리용아가 무공을 이루고 난 다음이라야 고월지령(孤月之令)은 정식으로 발동을 할 수 있게 됩니다. 그 점은 마지막으로 대사께 부탁을 드리겠습니다."

젊은이는 농가를 떠나갔다.

그 노인도 농가를 떠났다.

어둠 속 가득 탄성만을 묻어둔 채…….

밤은 아직 깊었다.

        *   *   *

려산(廬山).

여름이면 덥지 않은 이 천하명산은 겨울에는 춥지 않다.
소녀의 옷깃과 같이 하늘거리는 운무도 변함이 없다.
오로봉도 마찬가지다.
어둠이 물러나고 찬란한 아침 해가 운무 속에서 벙싯거릴 때, 그 아래 오로봉 산곡으로 통하는 길은 여전히 고요 속에 잠겨 있다.
잠에서 깨기는 너무도 이른 시각인 듯했다.
저 멀리 일주문과 같은 형태로 우뚝 솟은 천하제일가의 금빛 찬란한 현판만이 장엄하다.
봉황곡의 아침은 여느 때와 다름없는 듯했다.
하지만 소리없이 그 고요를 깨뜨리는 일단의 무리들이 천하제일가의 현판 아래 홀연히 모습을 드러내면서 긴장이 일기 시작한다.
마치 안개가 만들어낸 듯 갑작스럽게 나타난 사람들은 모두가 민대머리였으며 조각조각의 천을 대어 붉게 물들인 승복을 입고 있었다. 그들의 풍모는 어딘가 달라 보이는데, 사박사박…… 맨발에 밟혀 소리지르는 땅의 메아리 외에는 숨소리마저 없어 살아 있는 사람이 아닌 듯했다.
괴이한 기운이 갑자기 이 고요한 무림성지(武林聖地)를 눌러왔다.
안개는 그들도 감싼다.
그들은 안개에 둘러싸여 역시 안개 속에 홀연히 버티고 서 있는 천하제일가의 문루에 이르러 약속이나 한 듯이 좌우로 갈라졌다.

좌우로 길게 그들이 늘어서자 안개 속에서 느닷없이 붉은 담이 생겨난 것만 같았다.

그들이 늘어선 직후, 기이한 음악이 들리는 듯하더니 안개를 가르면서 한 채의 지붕 없는 팔인교자(八人轎子)가 빠른 속도로 다가와 천하제일가의 문루 앞에 멈추었다.

교자를 메고 있는 여덟 명의 대한들은 갈색의 피부에 민대머리로서 모두 상반신을 벗고 맨발이었지만 그 움직임은 나는 듯하였다.

금은보주로 장식되어 호화로우면서도 정묘한, 마치 수미단(須彌壇)을 방불케 하는 팔인교자의 위에는 한 사람이 단정히 앉아 있었다. 그의 얼굴은 창백할 만큼 희었고 미목이 수려하였는데, 나이는 이제 사오십대로 들어서는 듯 보였다.

붉은 승복을 몸에 걸치고 그 위에는 금란가사를 덧대었으며 머리에는 찬란한 황금의 보관(寶冠)을 쓰고 있다.

팔인교자의 뒤에는 어두운 붉은색의, 역시 천 조각으로 기운 승포 위에다 금빛 가사를 걸친 노승(老僧)들이 따르고 있는데 갈색의 피부를 가진 그들의 나이는 대단히 많아 보였다.

"천하제일가?"

현판을 올려다본 팔인교자 위의 중년승은 부드러운 미소를 떠올렸다.

"과연 자격이 있는가는 오늘 알게 되겠지……."

그는 말과 함께 무엇인가 알아들을 수 없는 언어로 말했다.

순간, 문루 좌우로 마치 붉은 벽과 같이 늘어서 있던 홍의승들이 문루에 바짝 다가가 붙었으며, 한 사람의 어깨 위에 또 한 사람이, 그 사람의 어깨 위에 또 한 사람…… 그들은 무등을 태워 그들의 높이는 단숨에 문루와 같게 되었다.

그리고 다음 순간에 그들은 그 상태에서 기합을 내지르며 일제히 손을 내밀어 문루를 쳤다.

콰아앙!

우르르…… 릉……!

문루가 지진을 만난 듯 크게 흔들리며 위쪽의 누각은 부서져 넘어가기 시작했다.

"웬 놈들이냐?"

"무슨 짓이냐? 손을 멈추지 못할까!"

노한 호통과 함께 어디에 있었는지 금의를 입은 무인들이 안개를 가르며 바람과 같이 나타나 문루에 붙어 있는 홍의승들을 공격해 갔다.

모용세가는 새벽에도 자고 있지 않았다.

그러나 그들이 나타날 때 홍의승들은 또 한 번 문루를 후려치고 있었으며 그 위대한 천하제일가의 문루는 마침내 그 전체가 붕괴되기 시작하였다.

가공할 괴력이었다.

문루를 쓰러뜨린 홍의승들은 모두 해서 이십여 명 정도였으며 그들이 문루를 쓰러뜨리는 순간에 나타난 모용세가의 무인들은 대기하고 있던 나머지 홍의승들에 의해 저지되었다.

쏴아아……!

그때 넘어가는 문루로부터 금빛 찬연한 빛을 발하고 있던 현판이 세찬 바람을 일으키며 팔인교자 위의 중년승에게 빨려들 듯 날아들었다.

 마치 한 조각 명패를 받아 들듯 그 거대한 현판을 받아 든 중년승은 조금도 망설이지 않고 손을 들어 현판을 쓸었다.

 금가루가 하늘을 가릴 듯 피어올랐고, 그는 다시 손을 놀렸다.

 쏴아악……!

 현판이 그의 손을 떠나 십여 장 밖에 있는 흑갈색의 암벽에 부딪쳐 요란한 소리를 냈다.

 가공할 일이었다.

 돌가루가 사방으로 흩어지는 가운데, 현판이 상하거나 부서지는 것이 아니라 현판이 그 암벽 속에 박히듯 파고들어 가 있었던 것이다.

 〈강서제일가(江西第一家)〉

 현판의 글이 달라져 있었다.

 팔인교자 위의 중년승은 글을 지운 것에 그치지 않고 새로이 글을 새겨 넣었던 것이다.

 그것을 보고 중년승은 담담히 미소 지었다.

 "강서 정도라면 인정을 해줄 만하지……."

 중얼거리던 그가 가볍게 손짓했다.

 그러자 팔인교자는 움직이기 시작하였고 이 괴이한 홍의승 일행은 부서진 문루를 넘어 모용세가의 안으로 진격하기 시작했다. 그들의 수효는 거의 팔구십 명으로서 백에 가까운 것이었으며 먼저 나타난 모용세가의 무인들은 오십여 명 정도로 이미 수효에서부터 상대가 되지 않았다.

쨍…… 째앵……!

"으악……!"

비명 소리가 봉황곡의 고요를 산산이 깨뜨리고 있었다.

"이럴 수가?"

모용세가의 총관 손옥지가 날아와 그 광경을 보고 대경실색, 넋을 잃었다.

경보(警報) 소리가 고요를 찢으며 하늘을 달려갔다.

"물러나라!"

손옥지는 거의 허수아비처럼 쓰러지는 세가의 무인들을 물리고 다가오는 팔인교자 위의 중년승을 바라보았다.

"누군가? 당신이 누구기에 감히 절세모용세가에 이르러 이러한 야료를 부린단 말인가?"

중년승은 눈을 들어 그녀를 건너 보더니 담담히 웃었다.

"본왕을 보고도 알지 못하니 너로서는 본왕과 말할 자격이 없다. 가서 모용세가의 주인인 노태태를 나오도록 하라."

"본왕?"

그 말을 되뇌어본 총관 손옥지는 갑자기 돌연 얼굴이 검게 변했다.

"서, 설마 천축 신성 유가문의 법왕(法王)?"

중년승은 가볍게 고개를 끄덕였다.

"알았으면 가서 전하라. 유가문의 법왕 와답랍(瓦答拉)이 무자천서를 찾으러 왔노라고……."

말과 함께 그는 승포 속에서 손을 쳐들었다.

그와 총관 손옥지와의 거리는 팔구 장이나 떨어져 있었음에도 불구하고 손옥지는 숨도 쉴 수 없는 막대한 잠력이 전신으로 밀려듦을 깨달아야 했다.

"하악……."

한소리 다급한 신음과 함께 그녀는 한 모금의 선혈을 토해내며 대번에 십여 걸음 진퇴되어 비틀거리다가 공포에 찬 빛으로 안으로 달려들어 갔다.

어찌 놀라지 않으랴.

이십 년 전 천하를 뒤흔들었던 그 천축 신성 유가문이 반 점의 표징도 없이 돌연히 이 새벽에 모용세가의 앞에 출현하다니.

가히 파죽지세(破竹之勢)!

별다른 저항도 받지 않은 채 그들은 모용세가의 정문 앞에 도달했다.

'봉황비곡 모용세가'라는 현판이 걸린 모용세가의 대문은 이미 활짝 열려져 있었으며 유가문의 법왕 일행이 이르렀을 때, 안으로부터 일단의 여인들이 걸어나왔다.

앞장선 여인은 바로 백발의 대부인인 부옥영이었다.

그녀의 곁에는 며느리 강문연이 있으나 오대미망인인 이봉의의 모습은 보이지 않았다.

대부인 부옥영은 마치 붉은 홍수처럼 밀려오고 있는 유가문의 고수들을 보고 만에 하나 있을 사태가 일어났음을 절감하지 않을 수 없었다.

'오늘과 같은 일을 대비하여 려산 일대 백 리에는 암중으로 철저한 이목이 깔려 있건만, 어찌하여 이처럼 눈에 잘 띄는 행색의

저들이 본 가를 침범하도록 경보 한번이 없었단 말인가?'

그녀의 의문은 당연하였다.

모용세가는 고수들의 절반 이상을 천도문 공격을 위해 강호상에 투입하였고 만약의 사태—천도문의 공격과 같은—를 대비하여 려산에 오르는 모든 사람들에 대한 감시를 게을리 하지 않고 있었던 것이다.

유가법왕 외답랍은 모용세가의 담장 앞에 이르러 대부인을 보고는 손을 저어 전진을 멈추고는 입을 열었다.

"나이로 보아 당신이 노태태일 리 없으니…… 아마도 그대가 현재 모용세가의 책임자라는 대부인 부옥영이겠군."

부옥영은 그를 쏘아보고 있다가 싸늘한 음성으로 말했다.

"언젠가 듣기로 유가문에 한 기재가 나타나 달뢰(達賴:달라이 라마)만이 사용할 수 있는 와답랍이라고 스스로를 자칭하여 유가문을 크게 일으키고 있다고 하더니…… 그 사람이 바로 당신인 게로군!"

그녀의 말에 유가법왕 와답랍은 놀란 빛이 되어 부옥영을 쳐다보더니 맑은 음성으로 웃었다.

그 웃음소리는 한식경이나 계속되었으며, 처음에는 귀를 울릴 듯 맑게만 들리던 그 소리는 시간이 지날수록 기이한 힘을 지니고 사람들의 심장 박동 속으로 울려들었다.

사람들의 얼굴에 괴로운 빛이 드러났다.

부옥영은 자신의 심장 박동이 유가법왕 와답랍의 웃음소리에 따라 움직이려 함을 느끼고 놀라 얼굴빛이 변했다.

"박심염마소(迫心閻魔笑)로구나!"

그녀의 외침과 함께 그녀의 주위에 있던 고수들이 피를 토하고 공력이 약한 대여섯은 칠공으로 피를 흘리며 쓰러졌다.

박심염마소라고 하는 것은 웃음소리로 상대의 심장 박동을 조종하여 상대를 죽이고자 하면 심장을 터뜨려 버릴 수가 있는 공포의 무공이다.

유가문의 무공은 이처럼 괴이무비한 것이다.

유가법왕 와답랍은 부옥영이 자신의 웃음소리의 연원을 알아내자 웃음을 그치며 천천히 말했다.

"과연 모용세가의 사람답게 견문이 넓군……. 본왕은 이십여 년 전의 일로 감정을 가지고 모용세가를 찾아온 것이 아니라, 무자천서를 되찾기 위해서 노태태를 찾아온 것이니, 가서 노태태를 나오도록 하시오. 무자천서만 내놓는다면 본왕은 이 자리에서 발길을 돌려 바로 천축으로 돌아가도록 하겠소."

부옥영은 실로 그를 어렵게 보지 않을 수 없었다.

방금의 그가 보인 한 수는 가히 절대고수만이 해낼 수 있는 시위인 것이다.

더구나 그는 혼자가 아니다.

그의 뒤에 서 있는 저 십여 명의 노승은 유가문의 전배(前輩) 고수들 같으니 그들만을 상대하는 것도 쉽지 않을 것이다.

그녀는 암암리에 한숨을 몰아쉬면서 말하였다.

"노태태께서는 지병과 노환으로 인해 외인을 만나지 않은 채 지내신 지 이미 이십 년이오. 그분은 종일을 경맥경화의 고통 속에서 보내고 계신데, 무자천서란 또 무슨 말이오?"

와답랍은 그녀의 말에 부드럽게 미소했다.

"겨우 그 소리를 듣기 위해서 수만 리 길을 온 것이 아니오."
그의 말과 함께 유가문의 고수들이 움직이기 시작했다.
"한낱 변방의 오랑캐가 본 가를 능멸하려 한단 말이냐?"
부옥영이 백발을 떨며 소리쳤다.
쐐애액! 쐐애애…….
그 순간, 돌연 모용세가의 대문 좌우로 세워져 있는 담장으로부터 귀청을 찢는 음향이 일어나면서 강전이 놀라운 속도로 쏘아져 나왔다. 쇠로 된 그 화살은 기관장치에 의해 발사된 것이라 무섭기 이를 데 없었다. 또한 연환노(連環弩)인지라 마치 우박이 쏟아지는 듯하였다.
다가오고 있던 유가문의 고수들로서는 그것을 피할 방법이 없었다. 비명이 일어나며 삽시간에 이십여 명의 유가문 고수들이 화살을 맞고 거꾸러졌다.
하지만 그들의 응변은 신속하기 이를 데 없어서 다음부터는 전혀 피하기 불가능한 방향에서도 그들은 화살을 맞지 않았다. 어떻게 보면 화살이 그들의 몸을 하릴없이 통과하고 있는 것 같았다.
뿐이랴.
쓰러졌던 유가문의 고수들마저도 자신을 꿰뚫은 강전을 스스로의 손으로 뽑아내며 몸을 일으키고 있었던 것이다.
가슴을 관통한 화살을 뽑았음에도 별로 피도 흐르지 않는다.
"유가신공(瑜伽神功)이로구나……."
연환강전의 발동과 함께 대문의 가운데로 피해 선 부옥영이 그 광경을 보고 신음했다.

유가신공이 저처럼 괴이하지 않았다면 어찌 무림천하가 경동하였으며, 저들을 막기 위해 모용세가가 이 대에 걸친 가주를 다시 희생하였으랴…….

"으……!"

"이…… 이건……."

한데, 화살을 맞고도 일어서던 유가문의 고수들이 갑자기 몸을 흔들더니 거품을 물고 쓰러지는 것이 아닌가. 그들의 몸이 검게 변하며 화살을 맞은 부위가 대번에 썩어 들어가기 시작했다.

"독이로군! 천하제일이라는 모용가가 독을 사용하다니."

유가법왕 와답랍이 어이없는 듯 소리쳤다.

그는 모습을 보인 이래 단 한 번도 웃음을 지운 적이 없다.

그 웃음은 지금도 지워지지 않았다.

더 짙어졌을 뿐…….

그는 소리쳤다.

"연환노를 파괴해! 그리고…… 모용세가의 사람을 하나도 남겨두지 마라!"

그는 범어로 소리침과 동시에 팔인교자 위에서 대붕과 같이 떠올랐다.

팔인교자를 메고 있던 대한도 두 명이 화살에 적중되어 이를 악물고 운공하고 있었다.

그가 날아오름과 함께 그의 뒤에 늘어서 있던 금빛 가사를 걸친 노승들도 가사를 펄럭이며 날아올라 연환노가 발사되고 있는 담장을 향해 날아갔다.

펑!

꽈꽈꽝! 꽝! 꽈앙…….

강전은 우박과 같이 그들을 향해 퍼부어졌으나 그들은 소매를 쓸어 그 강전들을 막아내며 담장을 향해 장력을 토해내었고 그 무서운 힘에 강전을 쏘아내고 있던 담장은 산산조각이 나고 말았다.

그 찰나에 하늘로 날아오른 유가법왕 와답랍은 대문의 안으로 들어서고 있는 부옥영을 향해 일장을 밀어내었다. 부옥영은 비스듬한 자세로 물러나고 있었기에 그가 날아듦을 보고 이미 호통을 지르며 먼저 장세를 펴내고 있었다.

연달아 삼 장이 꼬리를 물고 이어지니 바로 천하에 이름 높은 모용세가의 대천성장(大天星掌)이었다.

하지만 장세가 마주치는 순간에 부옥영은 상황이 좋지 않음을 직감할 수 있었다. 상대의 힘은 수십, 수백의 회오리가 되어 자신을 휘감으며 자신이 전력을 다해 발출한 대천성장세를 갈라놓았던 것이다.

펑!

"흐윽……!"

부옥영은 신음을 삼키며 어깨를 떨더니 그 자리에서 누가 잡아당기듯 천천히 삼사 척쯤 하늘로 올라갔다가 갑자기 땅으로 뚝 떨어졌다.

쿵, 소리와 함께 그녀는 땅으로 내려서 심하게 몸을 떨며 뒤로 두어 걸음 물러났다.

강문연이 황급히 그녀를 부축하였고 부옥영은 앞을 보다가 얼굴이 창백해지고 말았다.

유가법왕 와답랍이 공중에서 빙그르르 한 바퀴 몸을 돌리면서 허공을 미끄러져 그녀의 앞에 내려서고 있었던 것이다.

단 일 합으로 우열은 명백했다.

유가법왕 와답랍은 담담히 웃었다.

"유가신공이 포함된 석가척상경(釋伽擲象勁)을 받아내다니 과연 모용세가의 무공은 명불허전이로군……. 하지만 그 정도로는 결코 본왕의 앞길을 막을 수 없다!"

그의 말은 사실이었다.

부옥영은 이미 내부의 기혈이 흔들려 있는 상태라 과연 그로부터 몇 초를 더 견뎌낼 수 있을지 난망(難望)한 일이었다.

그때였다.

"흥! 과연 그렇게 말할 수 있을까?"

얼음이 갈라지는 듯 차고 날카로운 소리와 함께 검은 그림자 하나가 날아들며 경심동백(驚心動魄)의 공세를 발동하여 유가법왕 와답랍을 덮쳤다.

수없는 지팡이의 그림자[杖影]가 획획, 바람을 끊으며 사방을 온통 뒤덮으면서 놀라운 회오리바람을 일으켰다.

유가법왕 와답랍이 흠칫하더니 그 자리에서 조금도 움직이지 않은 채 양손 소매를 쳐내었다.

팟! 파팡…….

기이하면서도 맹렬한 부딪침의 소리가 일어나며 유가법왕 와답랍을 덮쳤던 검은 그림자가 허공에서 재주를 넘으며 부옥영의 앞에 내려섰다.

"마대랑!"

그녀를 보고 사대가주의 미망인 강문연이 반색을 했다.

노태태를 호위하는 그 마대랑이 나타난 것이다.

그녀의 출현과 함께 회의로 온몸을 감싼 인영들이 나타나 모용세가의 안으로 밀려들어 오고 있는 유가문 고수들을 막기 시작했다.

마대랑은 유가법왕 와답랍이 자신의 용두괴장 공세를 끄덕도 하지 않고 받아냄을 보고 속으로 놀랐으나 표정은 여전히 얼음과 같았다.

"흐흐…… 세가의 늙은 하녀조차 일격에 이겨내지 못하는 주제에 감히 본 가의 무공을 능멸하려 들다니……."

그녀가 음침하게 웃을 때 돌연 모용세가 안쪽에서 놀란 외침소리가 일어났다.

그쪽을 돌아본 마대랑과 부옥영 등의 안색이 대번에 흙빛이 되었다.

불길이 솟아오르고 있었던 것이다.

그곳은 바로 모용세가의 가장 깊고 비밀스러운 곳으로써 모용세가 최고 어른인 노태태가 주화입마를 치료하고 있는 바로 그곳이었다.

"성동격서(聲東擊西)! 이제 보니 우리의 시선을 끌고는……!"

마대랑이 이를 갈았다.

그녀는 상황이 위급함을 듣고는 노태태 신변을 지키는 고수들을 나누어 데려왔던 것이다.

그러나 그녀의 외침과 상황을 본 유가법왕 와답랍의 눈에서는 괴이한 빛이 흐르고 있었다.

"성동격서라고? 본왕 이외에 또 누가 여기에……."
사방에서 위급을 알리는 신호탄이 올라왔다.
노태태가 있는 곳의 불길은 더 커졌다.
모용세가의 고수들은 부옥영과 마대랑을 필두로 하여 후퇴하기 시작했다. 가장 빠른 속도로써.
그 뒤를 유가문의 고수들이 따르고 있었다.

마침내 안배가 움직이기 시작했다.
이제 아무도 이 일을 막을 수 없다.
하늘이여…….

第六章

천고지궐(天鼓地闕)
―때가 되었다
이제 기다림의 세월은 끝이 났다
그가 사라진 이상 아무도 나를 막을 수 없다…….
<또 한 사람의 중얼거림 가운데에서>

풍운고월
조천하

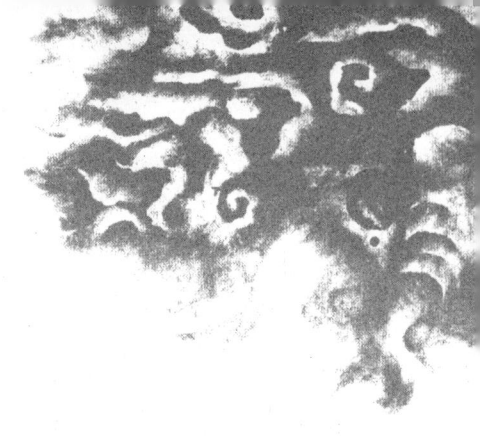

 시선(詩仙) 이백(李白)이 읊은 촉도난(蜀道難) 중에는 다음과 같은 귀절이 있다.

 황학지비 당불능과(黃鶴之飛 當不能過)
 원유욕도수반연(猿猱欲度愁攀緣)
 황학이 날아도 감히 지나지 못하고
 원숭이 가려 해도 나뭇가지 휘어잡고 시름겨워하노라……,

 이백이 말하였듯 사천으로 이르는 길[蜀道]은 그처럼 험악하여 지난날 유비는 그 천험을 이용하여 촉한(蜀漢)을 건설할 수 있었던 것이다.
 육로로는 검각(劍閣)이요, 수로로는 장강삼협(長江三峽)을 통과

137

하여야만이 사천성에 이를 수 있다.

무산(巫山)은 바로 그 장강삼협 중 구당협(瞿塘峽) 다음에 위치한 무협(巫峽) 좌우에 솟아오른 망하(望霞), 취병(翠屛), 조운(朝雲) 등 십이 개의 산봉을 일컫는 말이다.

무협의 험악함은 천하에 유명하다.

하늘을 찌를 듯 좌우로 솟아오른 절벽들은 도끼로 쪼개낸 듯하며, 병목과 같이 좁은 그 물길은 장강의 거대한 흐름을 이기지 못하여 종일을 요동한다. 강 가운데에는 칼날과 같은 암석들이 혹은 드러나 있고 혹은 숨어 배를 노리고, 물살은 부딪쳐 비명을 지르며 하늘을 가리니, 그 뱃길의 험악함은 사공들에게 있어 공포의 대상이다.

좌우 암봉의 면면(綿綿) 팔십 리.

암벽 사이 덩굴이 그물과 같이 얽히고, 무리 지어 자고 새는 원숭이의 울음 또한 그 부서지는 물소리와 어울려 애를 끊나니, 단장(斷腸)이라는 말 또한 바로 이 무협에서 비롯된 것이다.

쏴쏴— 쏴아아—

세차게 뱃전을 부딪는 물보라.

쿠르릉거리는 물기둥은 하늘에 오를 듯하고 거기 뜬 배는 금방이라도 물속에 거꾸로 처박힐 듯하다.

그럼에도 배는 그 사나운 물길을 거꾸로 거슬러 올라가고 있었다.

양안(兩岸)의 거봉들은 하늘을 가리고 해를 볼 수 없도록 늘어서 있어 낮이건만 침침하여 밤과 구분할 수 없을 정도였다.

구양천상은 바로 그 뱃전에 서서 주위를 둘러보고 있었다.

 깎아지른 듯한 초벽(峭壁)은 저 멀리 있는 듯하다가 단 한 순간에 불쑥 눈으로 찔러 들어올 듯 돌진해 오다 뱃전을 스치며 뒤로 밀려난다.

 가히 간담이 서늘한 광경이다.

 거기에다 좌우 절벽에서 덩굴에 매달려 울어대는 원숭이의 울음소리는 절벽에 메아리치고 물소리에 비틀려 처려(悽厲)하기 이를 데 없어, 원숭이의 울음소리 세 번에 눈물이 흘러 옷깃을 적신다는[猿啼三聲淚沾裳] 말은 과연 허언이 아니었다.

 물보라가 일으키고 있는 바람에 옷자락을 펄럭이고 있는 그의 옆에는 봉황령주 모용아경이 질린 표정으로 서 있었다.

 그녀는 검각을 통해 무산을 다녀갔었기에 무협, 서릉협(西陵峽)을 통과하여 무협에 이르는 물길에 고개를 흔들고 있었다.

 조금 잔잔해지는 듯하던 물살은 어느 순간, 북쪽 절벽에서 불쑥 튀어나온 괴이한 생김의 암석에 부딪쳐 수천, 수만 개의 소용돌이를 이루며 이빨을 갈아대기 시작한다.

 허연 거품을 일으키는 소용돌이로 인해 물살은 갑자기 방향을 잃었다.

 이렇게 되면 배는 조금만 잘못하면 방향을 잡지 못하고 빙빙 돌다가 저 괴이한 생김의 암석에 부딪쳐 수중고혼이 되고 말 것이다.

 하지만 배는 뛰어난 수공(水功)을 지닌 사람이 몰고 있는 듯 급격히 몸을 비틀며 소용돌이를 벗어났다.

 "무협이 험악하다는 말은 들었었지만 이처럼 지독할 줄은 몰랐군요!"

 모용아경은 다시 고개를 흔들었다.
 급격한 방향 선회로 인해 그녀는 하마터면 뱃전에서 굴러 떨어져 물속으로 처박힐 뻔했던 것이다.
 "저 관(棺)처럼 생긴 암석이 돌출해 있는 곳이 바로 철관협(鐵棺峽)이지요. 뱃사람들은 관재협(棺材峽)이라고도 부르는데, 그야말로 관 재료가 많이 들 만큼 지나가는 배들을 수없이 수장시킨 곳입니다."
 그녀의 뒤에서 한 사람이 말하였다.
 청성파의 장문인 상청자였다.
 모용아경이 보니 과연 지나온 그 괴이한 암석의 생김은 관과 같다. 보는 것만으로도 기분이 나쁜 곳이다.
 상청자가 선창에서 나온 것을 보고 구양천상은 모용아경을 돌아보며 말했다.
 "곧 도착하게 될 텐데 들어가서 조금 쉬는 것이 어떻겠소?"
 모용아경은 절레절레 고개를 흔들었다.
 "안에 들어가면 금세라도 토할 것 같아요. 차라리 그대로 저 원숭이들의 울음소리라도 듣고 있는 편이 나아요."
 구양천상은 담담히 웃으며 시선을 돌렸다.
 그들이 맹을 떠난 것은 맹주를 살해하라는 명이 떨어진 나흘 뒤였다. 구양천상은 임시 맹주인 곤륜파 장문인 함령 진인의 명에 의해서 동심맹의 고수들을 이끌고 급거 이곳, 무협으로 달려오게 된 것이다.
 청성파와 아미파의 장문인 등 많은 고수들이 구양천상과 행동을 같이하지만 맹주가 된 함령 진인은 맹 내에 남기로 했다.

 모든 것을 총괄 지휘할 수 있는 사람이 후방에 있어야 한다는 것이 표면적인 이유였지만 기실 내부적으로는 구양천상의 행동 반경을 넓게 하기 위해서였다. 물론 그 사실을 아는 사람은 구양천상과 함령 진인으로 화신한 만박편조 동일사 둘뿐이었다.

 구대문파의 고수들은 모두 세 척의 배에 분승하여 있었으며 그 세력으로 따지자면 막강이라는 말 외에는 형용할 길이 없을 정도였다.

 동심맹 창설 이후, 구양천상은 적과의 싸움보다 맹의 전력 강화에 힘을 기울여 왔었던 것이다.

 철관협을 지나면 바로 사천성의 경내로 들어선 셈이 된다.

 쿠르르…… 쏴아아……!

 물살은 더 급해졌다.

 모용아경은 눈앞을 보고 안색이 변했다.

 '세상에……!'

 보라!

 강 가운데에 기암괴석들이 마치 기왓장이 이어지듯 끝없이 이어졌다가 끊어지고 있는데 급한 여울에 여울이 겹쳐 물과 돌이 부딪쳐 치솟는 물보라는 이미 파도가 되어 하늘을 덮는 듯했던 것이다.

 저곳은 지옥이지 배로 지나갈 곳이 아니었다.

 구양천상이 머리를 돌려 그녀를 보며 말해주었다.

 "금회은갑협(金盔銀甲峽)이오. 여기서부터 진실로 무협의 무서움이 시작된다 할 수 있소. 그리고 알다시피 무산은 바로 여기에서부터 좌우로 벌려져 있소."

모용아경은 찡그리며 그를 쳐다보았다.

"저기를 지나갈 수 있단 말인가요?"

구양천상은 담담히 웃었다.

"모용세가의 후손답지 않은 말을 하는군."

모용아경은 입술을 삐죽였다.

이럴 때의 그녀는 전혀 평소의 그녀 같지가 않다.

그날 이후, 모용아경은 알게 모르게 부드러워져 있었다.

그때였다.

콰르르…… 촤아아……!

돌연 배가 뒤집어질 듯 요동치며 하늘로 떠올랐다.

"앗!"

모용아경은 마음을 놓고 있다가 놀란 외침과 함께 중심을 못 잡고 쓰러졌다. 하지만 그녀가 쓰러진 곳은 딱딱한 갑판이나 물속이 아니라 부드러우면서도 탄탄한 곳이었다.

'아……!'

그녀의 가슴이 갑자기 뛰기 시작했다.

그녀는 구양천상에게로 쓰러져서 그의 가슴에 안겨 있었던 것이다.

배는 이미 금회은갑협에 진입해 좌충우돌하고 있었다.

"괜찮소?"

구양천상이 그녀를 부축해 일으키려 하며 물었다.

모용아경은 머리를 흔들었다.

"이대로 있어줘요. 잠시만……."

이 말은 뜻밖이다.

너무 낮은 목소리라 천둥 같은 파도 소리에 구양천상이 아니면 들을 수도 없을 소리다.

자신의 가슴에 기댄 그녀의 머리를 내려다보던 구양천상은 가볍게 그녀의 머릿결을 쓰다듬어 주며 조용히 말하였다.

"사람들이 보고 있소."

"아무도 없어요."

중심을 못 잡고 쓰러진 데다 구양천상의 가슴에다 얼굴을 묻고 있는데도 신기하게 뱃전에 사람이 없음을 용케 알고 있다.

나와 있던 청성파의 상청자도 언제인가 슬그머니 선창으로 들어가 버렸고 나머지 뱃꾼들은 뒤쪽에서 배를 모느라 아예 쳐다보지도 않는다.

격렬히 흔들리고 있던 뱃전에 우뚝 서서 가만히 그녀의 등을 두드려 주던 구양천상은 어느 순간인가 나직이 그녀를 부르며 그녀의 어깨를 잡았다.

"경 매."

모용아경이 고개를 들었다.

눈망울이 무협의 물살보다 더 크게 일렁이고 있는 듯하다.

수천, 수만의 언어가 그 안에서 숨쉬고 있었다.

그 순간에 격렬히 요동치던 배의 움직임이 조금 완만해지기 시작했다.

사람들이 선창으로 나타나기 시작했다.

"……."

무엇인가 말을 할 듯하던 모용아경은 상청자와 아미파의 용하 상인 등이 다가오는 것을 보고 암암리에 탄식하며 그에게서 한 걸음 떨어졌다.

벌써 몇 번째다…….

경치가, 좌우 절벽의 생김이 달라졌다.

원숭이도 기어올라 갈 수 없도록 깎아지른 절벽이 연이어 계속되어 보이며, 안개가 봉우리를 감싸고 돌면서 멀리 푸른빛으로 그윽하니 귀문관과 같이 용솟음치는 무협의 물살과는 너무도 대조적이 아닐 수 없었다.

구름에 휘감겨 혹은 드러나고 혹은 숨어, 바람에 머릿결이 나부끼듯 천태만상의 모습으로 연이어진 봉우리들의 모습은 가히 속세의 것이 아닌 듯했다.

암암리에 고개를 흔들며 시선을 들던 모용아경도 그것을 보고는 자신도 모르게 나직한 탄성을 흘려냈다.

옆에서 구양천상이 설명해 주었다.

"지난날 소철(蘇轍:소동파의 아우로 당송팔대가의 한 사람)이 무산부(巫山賦)에서 '연이은 봉우리 열둘이나[峯連屬以十二], 볼 수 있는 것은 그중 아홉이요, 나머지 셋은 종적을 알 수 없다[其九可見而三不知]'라고 하였으니 바로 지금과 같은 상황에서 한 말이었을 것이오."

언제 어디에서라도 그의 말에서는 선비의 냄새가 난다.

무림인들은 평생을 칼과 더불어 살기에 간혹 뛰어난 사람이 있어 문무겸전한다 해도 구양천상과 같기는 어렵다.

길이 다르기 때문이다.

배는 그 험악한 물길을 거슬러 올라 마침내 무산에 도달하고 있었다.

"사람들이 보이는군요."

갑자기 변한 경치에 주위를 둘러보고 있던 모용아경이 말하였다.

과연 봉우리 사이로 적지 않은 사람들이 움직이고 있음이 보였다.

구양천상이 그들의 움직임을 바라보고 있을 때 그들의 뒤에서 구레나룻의 노인이 나타났다. 그는 한 벌의 홑옷을 걸치고 조금 전까지도 선미에서 배를 몰고 있었던 사람이며, 번강룡(翻江龍) 부성공(傅成公)이라 했다.

바로 아미파의 속가장로이며 삼협 일대의 수운에 막강한 영향력을 행사하고 있는 실력자인데 아미파의 장문인 용하 상인을 위해서 그가 직접 배를 몰고 있는 것이다.

그는 부리부리한 눈으로 전면을 쓸어보더니 우렁우렁한 음성으로 말했다.

"다 왔습니다. 내리실 준비들을 하십시오."

말은 그렇게 하는데 어디를 둘러보아도 배를 댈 만한 곳은 없다.

보이는 곳이 모두 절벽이라 원숭이도 올라가려면 대단한 고민을 해야 할 것 같았다. 게다가 뭉글뭉글 피어나는 저 운무(雲霧:안개)는 봉우리를 아예 여기저기로 옮겨놓은 듯했다.

하지만 사람들은 아무 말 없이 내릴 준비를 했고 배는 북쪽 절벽으로 다가서기 시작했다.

배는 절벽에 부딪치려는 듯 그대로 돌진했고, 산산조각이 나려는 찰나에 배는 오히려 절벽을 뚫고 안으로 들어갔다.

쏴쏴—

파도 소리가 요란한 가운데 배는 절벽에 존재하는 거대한 수중 동굴로 들어섰다.

물 위의 높이는 서너 장이나 되어 항해하는 데에는 조금도 지장이 없지만 암초가 사방에 있어 잘 알지 못하는 사람은 배를 일 보도 전진시킬 수가 없을 것 같았다.

번강룡 부성공의 제자들이 불을 밝혔다.

축축한 습기가 느껴졌다.

상청자가 주위를 둘러보고 감탄한 듯 말했다.

"빈도는 무협을 서너 차례나 왕래해 보았지만, 여기 이러한 굴기 이음은 한 번도 보질 못했소…… 부 시주께서는 언제 이 동굴을 발견하신 것이오?"

뱃전에 서서 배가 나아가는 방향을 지휘하고 있던 번강룡 부성공은 눈길을 돌리지 않은 채 대답했다.

"우연이라고 할 수 있습니다. 항상 이곳을 지날 때마다 조류가 예상과 달라 괴이하다 생각을 하다가 조사를 해보니 여기에 이 동굴이 있어 물살의 흐름이 비틀리고 있더군요. 그래 안을 조사하다가 이 동굴이 무산 위로 통해 있음을 알게 된 겁니다."

말을 하는 사이에 저 앞쪽에서 불빛이 어른거림이 보였다.

팔구십 장 정도 들어온 지점에서 동굴은 급격히 낮아져 아예 물에 잠겨 보이지를 않았다. 끝이 난 것이다.

그리고 그 끝이 되는 곳에는 삼사 장가량 되어 보이는 평평한 바위가 보이는데 그 위에는 십여 명의 사람들이 횃불을 들고 서 있었다.
 "아미타불…… 제자들이 마중을 나온 모양이오."
 아미파의 용하 상인이 고개를 끄덕였다.
 과연 그 사람들은 승포를 입고 있었으며 그중에는 속인과 서너 명의 도사 차림의 사람도 끼어 있었다.
 배는 그 바위와 일 장여의 사이를 두고 멈추었고 배 위에 있던 사람들은 더 이상 기다리지 않고 경공을 발휘하여 제각기 바위로 날아갔다.
 구양천상은 번강룡 부성공을 향해 포권해 보이며 말하였다.
 "너무나 수고가 많으셨습니다. 이처럼 직접 배를 몰도록 하여 죄송하기 이를 데 없습니다."
 그의 말에 번강룡 부성공은 껄껄 웃었다.
 "별말씀을! 뱃사람이 배를 모는 것은 당연지사가 아니겠소이까? 군사와 같은 분을 태운 것만으로도 노부에게는 영광이오. 헛헛…… 만약, 군사의 신분이 지금과 같지 않았다면 노부는 망년지교(忘年之交)라도 맺고 싶은 심정이외다! 반가웠소이다."
 그가 손을 마주잡고 흔들자 구양천상은 담담히 웃었다.
 "군사라는 직책은 표면적일 뿐이니 무슨 구애가 되겠습니까? 마음에 두지 마십시오. 망년이란 나이뿐 아니라, 신분까지도 초월하는 것이 아니겠습니까."
 "핫핫하…… 옳소, 옳아! 과연……."
 번강룡 부성공은 통쾌하게 웃어대더니 문득 신중히 말했다.
 "조심하시오. 근래에 들어 무산에 모인 군웅의 수효는 수천 명을 넘고 있으며, 그중에는 소식을 알 수 없었던 기인고수들이 적지 않다고 하오."

 그의 음성에는 진정으로 구양천상을 염려하는 빛이 어려 있었다.

 이것이야말로 구양천상의 가장 큰 장점이었다.

 어떠한 사람이라 할지라도 그와 만난 사람은 그를 좋아하게 되는 것이다. 남녀노소를 막론하고.

 번강룡 부성공은 무려 백 명에 이르는 구대문파의 고수들을 내려놓고 세 척의 배를 지휘하여 동굴을 떠나갔다.

 만에 하나라도 있을지 모르는 적의 추적을 유인하기 위해서였지만, 또 하나는 언제 필요할지 모르는 일이기에 배를 더 준비하기 위함이기도 했다.

 무산에 도달한 구대문파의 힘은 막강하다 할 수 있었다.

 구양천상과 모용아경, 그녀를 따르는 철배창룡에다가 무당장문 구양자와 아미파의 용하 상인, 청성파의 상청자, 점창파의 장문인 낙일신검(落日神劍) 곽일도(郭逸道)와 공동파의 장문인 현도진인 등 장문인이 다섯 명이나 포함되어 있었으며, 사정으로 인해 장문인이 올 수 없었던 소림 등에서도 장로를 포함한 정예고수들을 대거 참가시켰던 것이다.

 용하 상인이 구양천상 등에게 마중 나온 사람을 인사시켰다.

 아미와 청성은 사천성 내에 자리한 명문대파인지라 무산 일대의 일은 그들 두 파가 전력을 기울이고 있다 해도 과언이 아니었다.

 마중 나온 사람들은 아미파의 외원주지(外院主持)인 용유 대사(龍游大師)와 청성파의 속가장로인 천하검객(天河劍客) 희일두(姬一斗)

가 우두머리라 할 수 있었다.

그중 청성파의 속가장로인 천하검객 희일두는 성도(成都)에서 사천성 제일을 자랑하는 성도표국(成都鏢局)을 경영하고 있는데다 당대 천성파의 장문인인 상청자의 사숙인 사람인지라, 사천무림의 영수 급 인물이었다.

천하검객 희일두는 그처럼 쟁쟁히 들어왔던 구양천상이 홍안의 청년임과 아무리 뜯어보아도 일개 선비 같기만 하자 내심 의아함을 금할 수가 없었으나 그의 명성이 워낙 큰지라 내색은 할 수가 없었다.

간단한 인사들을 나누고 있을 때였다.

콰르릉! 쏴쏴아— 쏴—

돌연 공룡이 울부짖는 듯 거대한 소리가 일어나더니 요란한 음향과 함께 물살이 마구 요동쳤다.

"무슨 일이지요?"

모용아경이 주위를 돌아보았다.

넘실거리는 물은 용솟음쳐 오르면서 그들이 서 있는 바위를 덮을 듯하여 사람들은 안으로 자리를 옮겨야 했다.

바위 뒤쪽으로는 거대한 협곡과 같이 갈라진 암벽의 틈이 있으며 그것은 위로 뚫어진 동굴로 보였다.

우르릉…… 우르릉…….

소리는 한참을 계속하여 울렸으며 그 진동은 물뿐만 아니라 그들이 딛고 서 있는 바위까지 전해졌다.

"아마도 이 물길은 여기서 끝나는 것이 아니라, 어떤 지하 수맥과 통해 있는 모양이오. 지금 이 소리는 바로 그 지하 수맥에서 나는 것 같소…….”

잠시 주위를 살펴본 구양천상의 말에 천하검객 희일두가 의외라는 듯 그를 보더니 고개를 끄덕였다.

"변강룡 부 대협도 그러한 말을 한 적이 있소이다…….”

그의 말에 구양천상은 무엇을 생각하는지 한참 이 수상의 동굴을 살펴보더니 고개를 돌리고 천하검객 희일두에게 물었다.

"지금의 상황은 어떻게 되고 있습니까?”

무거운 음성이 천하검객 희일두에게서 흘러나왔다.

"천고지궐의 문은 오늘 정오에 열렸소이다!”

"아!”

"저런, 한걸음 늦었군!”

탄성이 여기저기에서 터져 나왔다.

이 동굴의 위가 무산이라고는 하지만 지금은 정오에서 두 시진(네 시간)이나 지나고 있는 것이다.

"문이 열림과 동시에 그것을 발견한 군웅들 간에는 먼저 들어가기 위한 일대 충돌이 야기되어…… 그것은 정말 적아를 구분할 수 없는 아수라장이었소…….”

천하검객 희일두의 말에 구양천상이 다시 물었다.

"지금은 어떻습니까?”

"무산에 몰려와 있던 군웅들 대부분은 이미 천고지궐에 들어간 상태라 할 수 있소이다. 물론 그 이전에 위험을 무릅쓰고 무산초은이 나온 곳으로 들어간 사람들도 적지 않은 것으로 알고 있으나 얼마나 되는지 그 숫자를 확실히 알 수는 없는 상태이외다. 현재는 눈치를 보고 있던 신중파들도 거진 다 천고지궐의 내부로 들어가고 안으로 들어간 고수들을 위해 호법이랄까. 망을 보는 사람들 정도가 남아 있는 상태로 보여지고 있소……."

천하검객의 말에 구양천상은 미간을 어둡게 하면서 물었다.

"군웅들에게 천고지궐의 허점에 대해서 설명하지 않으셨었습니까?"

천하검객 희일두는 캭, 한차례 기침을 하더니 쓴 표정으로 말했다.

"전달된 명대로 무명천고의 전설과 관계없이 천고지궐이 열린다는 것이 의심스럽다…… 잠시 하회를 지켜보자고 나서서, 아미파의 명숙들도 같이 나섰었지만, 군웅들은 막무가내였소이다."

용유 대사가 나직이 불호를 읊조리면서 말을 보태었다.

"처음에는 군웅들 간에 조금 동요가 있었지만 군웅들 중에서 구대문파가 모일 때까지 시간을 끌려는 수작…… 아미타불…… 하여튼 그렇게 몰아붙이는 사람들로 인해 우리들의 말은 큰 힘이 되질 못했습니다."

그때 무당파의 구양자가 가만히 말을 듣고 있다가 의아한 빛으로 물었다.

"무량수불…… 빈도는 군웅들이 천고지궐에 드는 것을 적극 저지하도록 맹주로부터 명령이 하달된 것으로 아는데, 희 시주의 말씀은 그런 것 같지가 않군요…… 군웅들과의 충돌이 없었습니까?"

그의 물음에 천하검객 희일두는 얼떨떨한 빛이 되어 그를 보았다.

"무슨 말씀이신지? 우리가 받은 명령에 군웅들의 동태를 파악하고 가급적 그들이 천고지궐에 드는 것을 늦추도록 하라는 말은 있었지만 그들과의 무력 충돌은 금지되어 있었고, 천고지궐의 내부에 들어가서도 아니 된다고……."

"그럴 리가……?"

군웅들이 모두 구양천상을 쳐다보았다.

"어떻게 된 거지요, 이 일은?"

모용아경이 물었다.

그녀의 물음은 군웅들의 의혹을 대변한다 할 수 있었다.

그들이 급거 무산으로 떠나오게 된 것은 천고지궐에 드는 군웅들을 저지하기 위해서였던 것이다.

무림기보(武林奇寶)의 출현에는 언제라도 피가 따르게 마련이었으므로 그것을 막고, 또 만에 하나라도 그것이 정말이라면 한세도왕의 장보(藏寶)가 구중천 등의 적에게 들어가는 것을 막으려는 의도였다.

지금과 같이 어려운 상황에서 그러한 일이 일어난다면 돌이킬 수 없는 일이 될 것이라는 것이 모두의 집약된 의견이라 임시 맹주인 함령 진인이 결단을 내렸던 것이다.

그들의 시선을 느낀 구양천상은 흔들림없는 태도로 입을 열었다.

"미리 말씀을 드리지 못했음을 사과드리겠습니다. 하지만 여기에 그럴 만한 사정이 있으니, 자세한 말씀은 올라가서 드리도록 하겠습니다."

"맹주께서도 이 일을 알고 계시오?"

청성파의 상청자가 굳은 표정으로 물었다.

구양천상은 간단히 부정했다.

"모든 것은 소생이 혼자 생각하고 결정, 실행하였습니다. 이 일에 대해서는 맹주께서는 전혀 모르시고 계십니다."

"그런 일이…… 이것은……!"

점창파의 낙일신검 곽일도가 목구멍까지 올라온 권력의 남용이라는 말을 차마 하지 못하고 말끝을 흐렸다.

구양천상은 그를 보고 조용히 말했다.

"믿어주십시오. 그럴 만한 이유가 있어 이러한 일을 한 것입니다. 모든 책임은 소생이 지겠습니다."

그의 음성은 참으로 묘하다.

그의 고요한 얼굴과 조용한 음성을 듣게 되면 어떠한 일이라도 믿을 수 있을 것 같은 생각이 드는 것이다.

모용아경이 나섰다.

"군사가 이러한 일을 하게 된 것에는 그럴 만한 이유가 있을 것이니 잠시 기다려 보시지요."

군웅들은 천하검객 희일두의 인도에 의해 위로 올라가기 시작했다.

높이가 일 장여의 동굴은 서너 사람이 걸을 수 있을 만했다가 간신히 한 사람이 빠져나갈 수 있도록 좁아지기도 했다.

일신에 경공을 지닌 그들은 반 식경이 되지 못해 동굴을 빠져나와 무산에 올라설 수 있었다.

하늘거리는 안개와 일월임에도 푸른 초목들은 이곳이 과연 기후가 다른 무산임을 느끼게 하기에 족했다.

까마득한 아래 무협의 세찬 물살이 용솟음치며 흘러가는 것이 보인다.

"저쪽이 신녀봉(神女峯:조운(朝雲))인 것 같으니 이곳은 아마 선인장(仙人掌)이라 불리는 그 봉우리인 것 같군……."

청성파의 상청자가 말하자 천하검객 희일두가 고개를 끄덕였다.

"이곳이 바로 선인장이오. 천고지궐 또한 여기에 있는데, 불과 얼마 떨어져 있지 않소이다……."

그가 가리키는 곳은 두 개의 봉우리가 연하여 만들어진 깊은 골짜기였다.

"취병곡(翠屛谷)…… 과연 얼마 전에 왔을 때 들었던 대로 천고지궐이 바로 여기에 있었던 모양인가?"

그곳을 바라본 모용아경이 중얼거렸다.

그녀가 무산을 떠난 것은 얼마 되지 않았기 때문에 아는 것 또한 적다고 할 수 없었다.

그녀의 중얼거림에 천하검객 희일두가 대꾸했다.

"바로 그 취병곡이오. 하지만 지금의 취병곡은 살기가 충만하여 조금만 방심하면 언제 어느 때 적의 손에 쓰러질지 모르는 험악한 곳으로 변했소이다."

"본 파의 제자들은 어디에 있습니까? 취병곡에 있습니까?"

상청자의 물음에 천하검객 희일두가 고개를 끄덕거렸다.

"천하삼십육검수(天下三十六劒手)를 비롯한 오대장로들 모두가 아미파의 복호나한(伏虎羅漢)들과 상호 보조하여 취병곡 전체를 감시하고 있는 중입니다."

시간을 더 이상 지체할 수 없었다.

그들은 달리기 시작했다.

백여 명 고수가 일제히 옷자락을 펄럭이면서 쏜살같이 달리는 광경은 가히 일대 장관이었다.

취병곡은 두 개의 봉우리가 이어져 병풍과 같은 형상이라고 하여 붙여진 이름이다. 초목이 푸르고 깊어 가히 취병, 푸른 병풍이라 할 만하였다.

그 취병곡의 가운데에는 누가 새겼는지 고대(高大)한 마애불(磨崖佛)이 일좌(一座) 자리하고 있는데, 지금은 그 마애불의 가운데가 갈라져 높이가 근 이 장에 달하는 석문(石門)이 검은 입을 딱 벌리고 있었다.

〈지궐(地闕)〉

석문 위에 새겨진 두 글자는 무한한 마력으로써 사람을 빨아들일 듯 빛났다.

그 마력을 말하듯 석문의 좌우 초지와 수풀 사이에는 수십여 구의 시체가 피비린내를 풍기며 쓰러져 있었다.

구양천상 일행은 그 석문과 이십여 장 거리에 도달하여 주위를 살펴보고 있는 중이었다.

아직도 적지 않은 사람들이 사방으로 흩어져 매복하고 있음을 알 수 있었다. 그럼에도 구양천상은 무엇을 생각하는지 여기 온 후로는 한마디도 하지 않았다.

모용아경과 구양자 등 각파의 장문인은 그가 무엇을 생각하는

지 알지 못해 답답했지만 오늘의 일은 그가 대권을 쥐고 있기 때문에 아무 말도 하지 않고 그만을 바라보고 있는 중이었다.

중심인물들이 입을 다물고 있자 다른 사람들은 더 입을 열 수가 없었다.

그때 청성파의 천하삼십육검을 지휘하는 일청자(一淸子)가 급히 달려와 상청자에게 허리를 굽히고는 천하검객 희일두에게 말했다.

"그자들의 신분을 확인해 본 결과 과연 구중천의 고수들이었습니다. 종동천(宗動天) 예하의 천충, 천영 양기 고수인 듯합니다."

천하검객 희일두가 미간을 찡그렸다.

"역시……."

"무슨 소리입니까?"

상청자가 일청자와 천하검객 희일두를 돌아보며 물었다.

"다름이 아니라 문이 열린 직후에 일단의 신비인들이 나타나 들어가려는 군웅들을 막고 그 틈에 한패인 듯한 자들이 떼를 지어 천고지궐의 안으로 들어간 적이 있었소이다. 군웅들이 노해 저지하는 자들을 공격하여 그자들을 몰살시키기는 하였지만 그들의 무공이 워낙 기고(奇高)하여 그들을 몰살시켰을 때에는 상당한 피해가 나고…… 처음의 그자들은 이미 천고지궐의 안으로 들어간 후였소. 당시의 상황이 워낙 험악하고 노부는 장문인을 맞으러 와야 하겠기에 기회를 보아 그들이 어떤 자들인가 알아보라고 하였더니……."

천하검객 희일두가 대답할 때 아무 말 없이 주위만을 돌아보고 있던 구양천상이 돌연 입을 열어 물었다.

"그들은 처음부터 잔혹한 수단으로써 군웅들을 공격했고, 분노한 군웅들이 일제히 그들을 공격하여 몰살시킨 후에 앞을 다투어 먼저 들어간 자들을 쫓아 지궐의 안으로 들어갔겠군요?"

그의 물음에 천하검객 희일두는 어리둥절한 빛이 되었다.

"바로 그렇소이다만……."

어떻게 알았느냐라는 뜻이다.

"더 이상 여기 있을 필요가 없습니다. 이곳은 천고지궐의 문이 아닙니다. 구중천이 군웅들을 무차별 공격한 것은 아마도 군웅들을 이 안으로 유인하기 위해서일 것입니다."

"그건……?"

그의 말은 너무도 뜻밖이라 군웅들의 얼굴에는 놀람의 빛이 가득해졌다.

그때였다.

"구양 대공의 그 말을 증명할 수 있는 무엇이 있는 것이오?"

탁하면서도 우렁찬 음성이 들리며 한 사람이 질풍과 같은 속도로 구양천상을 향해 달려왔다.

"멈춰라! 누구냐?"

구양자와 상청자 등이 일제히 소리치며 한 걸음 앞으로 나섰다.

"그만두십시오. 동도(同道)입니다."

양대 장문인이 발동하려 하자 구양천상이 급히 손을 들어 만류했다.

그 순간에 봉두난발의 괴인 하나가 구양천상의 앞에 와 신형을 멈추었다.

"오랜만입니다, 뇌 당주."

구양천상이 그를 보고 포권하자 등에 칠척대도를 걸고 있는 봉두난발의 괴인은 껄껄 웃으며 그를 향해 손을 마주잡아 보였다.
 "그간 구양 대공의 신수는 동심맹의 군사가 되시더니 더욱 헌앙(軒昻)하시외다!"
 그는 바로 개방의 궁가이룡 중 하나인 벽력도 뇌정이었다.
 "개방도 이미 저 안으로 들어갔습니까?"
 벽력도 뇌정은 구양천상의 물음에 서슴지 않고서 고개를 끄덕였다.
 "능풍검 왕천일이 먼저 들어갔소이다! 나는 구대문파가 꼼짝하지 않고 있으며 구양 대공께서 온다는 연락을 받고 같이 갈까 하여 기다리고 있었던 참이외다!"
 그는 기라성같이 늘어서 있는 구대문파의 장문인들을 보고도 눈 하나 깜박하지 않고서 다시 물었다.
 "이미 구대문파를 제외한 천하의 군웅들이 모두 저 안으로 들어갔는데, 구양 대공께서는 무엇을 근거로 하여 그러한 말을 하는지 말씀해 주실 수 있으시겠소?"
 구양천상은 조금도 망설이지 않고 대답했다.
 "무명천고가 나에게 있기 때문입니다."
 "무명……!"
 그의 말에 벽력도 뇌정뿐 아니라, 모든 사람들의 눈이 찢어질 듯 커졌다.
 "무명…… 무명천고가 구양 군사에게 있으시단 말이오?"
 성미 급한 상청자가 참지 못하고 물었다.
 "그렇습니다. 그렇기에 천고지궐에 드는 군웅들을 애써 막지 않고 주의 환기만을 시키도록 지시했던 겁니다."

벽력도 뇌정이 신음하더니 재차 물었다.

"그럼 이곳이 천고지궐이 아니란 말이오?"

"분명히! 그러나 천고지궐이 이 근처…… 그것도 아주 가까운 곳에 있음은 분명합니다."

"그곳이 어디요?"

구양천상은 손을 들어 병풍과 같이 둘러져 있는 봉우리를 가리켰다.

"바로 저 뒤입니다."

"……."

사람들은 일제히 고개를 빼고 그의 손이 가리키는 곳을 올려다 보았다.

취병곡의 뒤쪽은 아무것도 없었다.

그저 거대한 바위산이 하나 솟아 있고 군데군데 소나무와 기암괴석이 늘어서 있을 뿐이었다.

그러나 그 바위산의 모양은 매우 기이했다.

누군가가 깎아놓은 듯 그 바위산 전체가 거대하기 이를 데 없는 북의 모양을 이루고 있었던 것이다.

구양천상은 바로 거기에 있었다.

"나는 아직까지 천고지궐이 여기인지를 확인할 수는 없습니다. 하지만, 좀 전의 그곳이 천고지궐이 아님은 확신합니다."

그는 검은빛이 번뜩이는 무명천고를 꺼내 들었다.

사람들의 눈이 거기에 집중되었다.

"왜냐하면 이 무명천고에 새겨진 지세가 취병곡이 아니라, 바로 여기임을 눈으로 확인했기 때문입니다."

바로 곁에서 뚫어지게 무명천고를 들여다보던 모용아경이 신기한 듯 고개를 끄덕였다.

"그렇네요…… 여기 새겨진 지세가 바로 이곳과 흡사하군요?"

번뜩이는 눈으로 무명천고를 노려보고 있던 벽력도 뇌정이 침중한 음성으로 물었다.

"지난날 한세도왕은 무명천고를 울릴 수 있는 자만이 천고지궐에 들 수 있으리라 하였소이다! 구양 대공께선 그 비밀을 푸셨소이까?"

구양천상은 고개를 저었다.

"구양의 천품은 한세도왕을 따라가지 못하여 아직은…… 하지만 오늘 이 자리에서 과연 나의 생각이 맞는가는 확인해 볼 생각입니다."

구양천상은 말과 함께 앞에 있는 편편한 바위에 가볍게 올라 책상다리를 하고 앉더니 자신의 앞에다 무명천고를 놓았다.

그는 사람들을 보고 말하였다.

"호법을 부탁합니다. 그리고 대단한 충격파가 있을 것이니 모두 십 장 밖으로 물러서 주십시오."

그의 말은 얼핏 듣기에 기이했다.

호법을 하라면서 십 장 밖으로 물러나라니?

가장 먼저 물러선 것은 모용아경과 벽력도 뇌정이었다.

십 장 밖에서 사람들이 접근하지 못하도록 하라는 말로 알아들은 것이다.

반월형이 이루어지고 구양천상은 눈앞에 있는 거대한 북 모양의 바위산을 바라보고 조용히 앉아 있었다.

과연 그의 생각이 맞을지 알 수 없는 일이었다.

그러나 여기가 무명천고에 새겨진 특이한 지세임에는 분명하였다.

구양천상은 공력을 사용하여 무명천고, 울지 않는 북을 두드리기 시작했다. 그의 손이 봉황의 움직임에 따라 날고 용의 등천(騰天)에 따라 꿈틀거렸으며 기린의 뜀에 따라 울리지 않는 북 위를 달렸다.

'무엇을 하는 거지?'

사람들은 의아한 눈길로 구양천상을 쳐다보고 있었다.

신들린 사람처럼 혼자 괴이한 검은 북을 두드리고 있는데, 소리라고는 전혀 들리지 않으니 괴이하지 않을 까닭이 없다.

하지만, 그들은 다음 순간에 아무 소리도 들리지 않는 가운데 놀라운 진동이 자신들을 엄습해 옴을 느껴야 했다.

웅웅…….

고막이 금방이라도 터질 듯 울리며 눈앞이 노래지고 검어졌다. 기혈이 마구 들끓어오르며 심장이 금방이라도 터져 나갈 듯 두근거렸다.

경악을 금치 못하고 공력을 끌어올려 심맥을 보호하며 앞을 본 군웅들의 얼굴이 대변했다.

구양천상의 주위가 변하고 있었다.

흙먼지가 하늘을 가릴 듯 그를 둘러싸고 피어오르고 있었고 그와 사 장 정도의 거리에 있던 노송 하나가 미친 듯 흔들리다가 비틀리고 형체도 없이 부스러져 감을 보았던 것이다.

'무, 무서운 음공(陰功)이다!'

사람들은 그제야 구양천상이 십 장 밖으로 물러서라는 말의 뜻을 알게 되었다.

팍! 팍……

일대의 초목이 모조리 가루가 되어 날리고 흙먼지가 일어나는 가운데, 드디어는 근처에 있던 바위들이 절로 소리도 없이 쩍쩍 쪼개지기 시작하였다.

구양천상의 손길은 더욱 강렬해졌고 그의 주위 십여 장 일대는 수천 년에 걸쳐 일어나야 할 풍화작용이 한꺼번에 일어나는 듯 모든 것이 모래로 화해 스러져 내리고 있었다.

아무런 소리도 들리지 않는 가운데 일어나는 그 광경은 오히려 공포스러운 것이라 할 수 있었고 사람들은 조금의 시간이 지나게 되자 견디지 못하고 더 뒤로 물러나야 했다.

모든 사람들이 경악(驚愕)했다.

그들 중 어느 누구도 구양천상의 무공이 그러한 경지에 이른 것을 짐작조차 하지 못했던 것이다.

그때였다.

둥…….

어디선가 메아리와 같은 음향이 사람들의 귀에 환청(幻聽)과 같이 들리는 듯하였다.

'무슨 소리지?'

놀란 토끼눈이 되어 구양천상을 쳐다보고 있던 사람들이 주위를 두리번거렸다.

두둥…….
 소리가 좀 더 크게 들렸다.
 "북소리다!"
 누군가가 부지중에 외쳤다.
 둥…… 두웅……!
 이제는 누구라도 들을 수 있었다.
 그 북소리는, 아니, 북소리와 같은 소리는 거대한 메아리가 되어 울리고 있었으므로,
 "무, 무명천고가 운다! 무명천고가 울리기 시작했다!"
 한 사람이 외쳤다.
 그러나 사람들의 얼굴은 다음 순간에 묘해졌다.
 그 소리가 구양천상이 있는 곳에서 울리는 것이 아님을 알 수 있었던 것이다.
 둥둥!
 소리는 이제 거대한 메아리로 온 산을 뒤흔들 듯 울리고 있었다.
 "사, 산이…… 산이 운다…….”
 어리둥절하여 주위를 두리번거리고 있던 벽력도 뇌정이 참지 못하고 입을 딱 벌렸다.
 보라!
 그들의 눈앞에 있던 북의 생김을 한 바위산…….
 그 산 전체가 거대한 울림을 토해내고 있었던 것이다.
 둥! 둥……!
 산이 구양천상의 손짓에 따라 북이 되어 울고 있었다.

그리고,

쿠쿠쿠…… 쿠르르…….

굉음이 들리며 북의 형상을 한 바위산의 아래쪽이 갈라지기 시작했다. 아니, 갈라지는 것이 아니라 거대한 바위 하나가 옆으로 물러서고 있었다.

그리고 그 안에서 높이 이 장여에 이르는 거대한 석문 하나가 모습을 보이며 나타났다.

〈천고지문연자가진(天鼓之門緣者可進)〉
천고지문, 인연이 있는 자 들어올 수 있으리라.

석문에 새겨진 여덟 글자는 사람의 피를 끓게 만드는 것이었다.

"천고지궐이구나!"

경악과 탄성이 한데 어우러져 터져 나왔다.

천고의 문이 나타남과 동시에 온 산을 뒤흔들던 북소리도 멎었다.

손을 멈추고 앉은 구양천상의 안색은 조금 창백히 변해 있었다. 대단한 공력이 소모된 모양이었다.

"괜찮아요?"

모용아경이 곁으로 가 물었다.

구양천상이 그녀를 보며 미소했다.

"그런 듯하오. 다행이오……."

그가 말을 하는 순간에 돌연 그가 앉아 있던 바위가 흙먼지로 변해 흩어지며 그의 신형이 밑으로 푹 꺼져 버렸다.

"대가!"

모용아경이 자신도 모르게 놀라 외치며 그를 잡으려 했다.

구양천상이 돌가루 속에서 몸을 일으키며 담담히 웃어 보였다.

"염려하지 않아도 괜찮소. 이 바위는 음력(音力)을 이기지 못하고 이미 가루가 되어 있다가 내가 움직이자 더 이상 지탱치 못해 형체를 잃은 것이오."

그의 말은 무명천고에서 일어난 음파가 얼마나 가공할 것이었는가를 의미하고 있었다.

마침내 불가해삼보의 하나인 무명천고는 그 신비를 벗었다.

그것은 어느 누구라도 상상치 못할 것이었다.

어찌 북이 울지 않고 산이 울 것임을 짐작할 사람이 있으랴!

그는 천고지궐의 문을 바라보며 천천히 말했다.

"이제 저 문이 나타났으니…… 취병곡의 문은 누군가가 조작한 것임이 증명된 셈이지."

모든 사람이 그 생각을 하고 있었다.

빛나는 눈으로 천고지궐의 문을 바라보고 있던 벽력도 뇌정이 고개를 돌리며 물었다.

"누가…… 구양 대공께선 그것이 구중천이라고 생각을 하시오?"

"단정할 순 없겠지만……."

말끝을 흐린 구양천상은 사람들에게 고개를 끄덕여 보이고 오십 장 정도 밖에 나타나 있는 천고지궐의 문을 향해 몸을 날렸다.

문은 화강암으로 되어 있는 듯하였으며 두 개의 큰 고리가 매

달려 있었다.

"열어보시겠습니까?"

구양천상은 문을 살펴보고는 용하 상인과 상청자에게 말했다.

두 사람은 사천성의 지주라 할 수 있으므로 그러한 말을 한 것이다.

"아미타불…… 어느 누가 열면 어떻겠소이까? 이 일은 모두 군사의 힘이니 역시 군사께서 여는 게 옳겠소."

"서로 미루시겠다면 무례함을 알면서도 제가 열어보겠소이다!"

벽력도 뇌정이 돌연 덥석 말을 받더니 성큼 앞으로 나서서 큼직한 두 손을 뻗쳐 고리를 잡고는 불끈 용을 써 석문을 밀어젖혔다.

꽈르르릉…….

돌이 마찰되는 소리와 함께 석문이 조금의 저항도 없이 활짝 열렸다.

벽력도 뇌정은 고개를 내밀고 안을 들여다보더니 구양천상을 돌아보았다.

"문이 열린 이상, 지체할 필요가 없을 것 같으니 먼저 들어가겠소이다!"

그가 훌쩍 안으로 들어가 버리자 구대문파의 고수들의 눈에는 모조리 분노한 빛이 드러났다.

"아니, 저자가 대체 구대문파를 어찌 보고 저따위 수작을 한단 말이오? 재주는 누가 부리고, 생기는 것은 힘 하나 들이지 않고 삼킬 작정이 아니오!"

점창파의 낙일신검 곽일도가 노기 등등하여 금방이라도 안으로 쫓아 들어갈 태세였다.

그만 노한 것이 아니었다.

"무량수불…… 개방 중의 벽력도가 자유분방하다는 말을 듣긴 하였지만 이 일은 과하군……."

무당 구양자조차 눈살을 찌푸렸다.

구양천상이 한 걸음 안으로 나서더니 손을 들어 군웅들을 진정시켰다.

"굳이 마음에 두실 필요는 없습니다. 한걸음 앞섰다고 하여 그가 큰 득을 볼 수는 없을 것입니다."

"무슨 말씀이오? 한세도왕의 장보가 어떤 것인데! 더구나 이 일은 모두 군사의 심혈로 이루어진 것인데…… 아니, 당금 천하에 어느 누가 이러한 비밀을 풀고서 그것을 중인환시리에 공개할 사람이 있단 말이오?"

상청자가 아무래도 벽력도 뇌정을 용서할 수 없는 듯 불만을 토로했다.

분위기는 매우 험악했다.

구대문파 고수 백 명이라면 벽력도 뇌정이 아니라, 구양천상이라도 당할 재간이 없다. 그들은 모두 구양천상이 만들어낸 연횡진세를 연마하여 개개인의 능력 이상을 발휘할 수 있도록 되어 있었던 것이다.

게다가 취병곡에 있던 청성, 아미 양 파의 고수 백여 명까지 합세한 상황이다.

구양천상은 조용히 말했다.

"여러분들께서는 취병곡에 있는 가짜 문이 이곳과 너무 가깝다고 느끼지 않으십니까?"

"……!"

노기 등등하던 사람들의 눈이 삽시간에 굳어졌다.

그러고 보니 너무 가깝다.

불과 봉우리 이쪽저쪽이 아닌가!

"그럼, 저쪽에 있는 것도 전혀 가짜는 아니란 말이오?"

천하검객 희일두가 참지 못하고 물었다.

"그럴 가능성이 많이 있습니다. 누군가가 전혀 엉뚱한 가짜를 만들었다면…… 이처럼 공교롭게 천고지궐의 곁에 가짜를 만들 수가 있겠습니까?"

"으음……."

모든 사람들이 신음했다.

이것은 확실히 그들의 상상외였다.

"소생이 그를 과대평가하는 것이 아니라면 그 또한 이러한 상황을 짐작하고 서둘러 안으로 들어간 것일 겁니다."

그 말을 듣자 군웅들의 안색이 달라졌다.

찰나간에 그러한 일에 생각이 미칠 수 있다면 벽력도 뇌정은 알려진 것보다 더한 사람일 것이다.

"어떻게 된 일이라고 생각하시오? 군사는……."

구양자가 생각을 굴리다가 아무래도 안 되겠다는 듯 구양천상에게 물었다. 그들에게 있어 구양천상은 차츰 두들기면 무엇이든 답이 나오는 도깨비방망이와 같은 존재가 되어가고 있었다.

"소생으로서는 함부로 단정을 할 순 없습니다. 일단…… 안으로 들어가서 상황을 본 후에 판단을 해야 할 것으로 생각됩니다. 그러니 여러분들께서도 안으로 들어갈 분과 남을 분들을 결정해 주시면 합니다."

"모두 같이 들어가는 것이 아니오?"

점창파의 곽일도의 물음에 구양천상이 머리를 저었다.

"위험한 일입니다. 소생의 생각으로는 사람이 많은 것은 옳지 않을 것 같습니다. 이 개 조로 나눌 수 있도록 삼십 명 정도가 적당합니다."

"나머지 사람들은?"

"밖에서 지켜야 합니다. 어쩌면 이 입구를 지키는 일이야말로 안으로 들어가는 일보다 더 큰 일일 수도 있습니다."

"그렇다면 들어갈 사람과 남을 사람을 군사께서 정하도록 하시오. 원래 그 일은 군사의 권한이 아니겠소?"

용하 상인의 말에 모용아경이 고개를 끄덕였다.

"그렇게 하도록 하세요. 모두가 다 남고 싶기보다는 안으로 들어가 보고 싶어할 테니까…… 스스로 남고 싶어하는 사람은 아마 없을 거예요. 어차피 선택을 군사께 맡긴 이상, 불만이 있을 사람도 없을 것이고……."

"물론이오. 본 맹이 발족함은 무림 정의를 위함이지, 사리사욕을 위함이 아니지 않겠소."

구양자의 말에 구양천상은 힘있게 고개를 끄덕였다.

"그럼 소생이 정하도록 하겠습니다. 용하 상인과 천하검객 희대협께서 여기 남으신 다음 상의하여 남은 분들을 지휘하여 주십시오."

그의 말에 천하검객 희일두는 조금 실망한 눈치였지만 용하 상인과 함께 고개를 끄덕였다.
"한 가지 유의하실 것은 좀 전의 북소리[鼓聲]가 온 산을 뒤흔들었기 때문에 그 소리를 따라 이곳으로 찾아올 사람도 적지 않을 것인데, 그들을 막지 말라는 것입니다. 아니, 들어오려는 사람은 누구를 막론하고 막으실 필요가 없습니다."
"그럼 여기를 무엇 하러 지킨단 말이오?"
천하검색 희일두가 어이가 없는 듯 물었다.
"들어가는 사람은 막지 않되, 나오는 사람은 통과시키지 말아야 합니다. 무슨 뜻인지는 설명을 드리지 않아도 되리라 생각합니다."
그의 말에 괴이한 빛이던 천하검객 희일두는 무릎을 쳤다.
"그렇군! 이일대로(以佚待勞)라, 피로한 적을 그물을 쳐놓고 기다린다는 것이지!"
그는 이제야 구양천상이 어린 나이에 동심맹 전체를 지휘하고 있는 까닭을 확실히 알게 되었다.
그의 말에는 주저할 것이 없음을 그도 이젠 느끼고 있는 것이다.
구양천상은 같이 갈 사람과 남을 사람을 호명했다.
그 속도는 대단히 빨라 이미 마음속으로 움직일 사람들을 다 생각해 둔 듯하였다.

第七章

암도경혼(暗道驚魂)

―오늘을 위해 기다린 지난 육십 년 세월이다
너를…… 모용가의 모든 종자들을
하나도 남겨두지 않으리라
육십 년의 한(恨)을 원(怨)으로 갚아주리라…….
<어느 여인의 맹서 중에서>

풍운고월
조천하

〈天鼓之門 緣者可進〉
천고의 문, 인연이 있는 자 들어올 수 있다.

그렇게 새겨진 석문의 안은 대여섯 명 정도가 어깨를 나란히 하고 걸어 들어갈 수 있는, 돌로 축조된 복도였다.

어두운 복도의 안쪽은 어디선지 모르게 희미한 빛이 흘러나와 완전히 어둡지 않았다.

'설마 이 복도의 끝이 바깥이란 말인가?'

의아해하던 사람들은 오 장여에 이르는 복도의 끝에 도달하자 그것이 천장에 박힌 야명주(夜明珠)에서 흘러나오는 빛임을 알 수 있었다.

복도의 끝은 사방이 십 장 정도나 됨 직한, 커다란 반 인공의 석실, 지하광장과 같은 곳이었다.

정면에는 '천고지궐(天鼓地闕)'의 넉 자가 크게 춤추고 있었으며 그 아래는 높이 이 장, 너비 삼 장이나 되는 문에 용봉(龍鳳)이 한데 어울려 승천하는 모습이 정교히 조각되어 있었다.

문은 황금 고리가 달린 두 짝이었는데, 하나가 절반쯤 열려 어두컴컴한 내부를 드러내고 있었다.

"이 야명주 하나만 하더라도 일개 성(城)은 살 수 있겠군! 과연 한세도왕의 부(富)는 허언이 아니었구나……."

천장에 박힌 세 개의 야명주를 올려다보고 있던 점창파의 낙일신검 곽일도가 고개를 절레절레 흔들었다.

"벽력도 뇌정은 이미 안으로 들어간 모양이에요."

모용아경이 열린 문을 보고 구양천상에게 말했다.

"그런 것 같소……."

구양천상은 문은 돌아보지도 않고 빛을 뿌리고 있는 야명주가 신기한 듯이 천장만 올려다보고 있었다.

'야명주의 굵기가 놀랄 만하기야 하지만 그처럼 재보에 흥미가 없는 사람이 갑자기 무슨 일이지?'

기이한 빛이 된 모용아경은 덩달아 천장을 올려다보았다.

이제 보니 야명주가 박힌 천장에는 거미줄 같은 선이 잔뜩 얽혀 대단히 복잡한 문양을 이루고 있었다.

구양천상은 야명주가 아니라 바로 그 문양을 올려다보고 있는데, 안색이 대단히 신중해 보였다.

구양천상이 안으로 들어가지 않고 천장만 올려다보고 있자, 그를 따르던 군웅들이 모조리 천장을 올려다보게 되었다.

갑자기 주위가 조용해짐을 느낀 구양천상이 천장에서 눈을 떼면서 그 광경을 보고는 쓴웃음을 지었다.
그러자 종남파의 장로인 현천자(玄天子)가 물어왔다.
"무슨 일인지…… 혹 거기 한세도왕이 남긴 어떤 것이라도?"
그는 성미가 급했다. 공동제일이라 할 만한 무공을 지니고 있음에도 그 성미로 인해 장문인의 자리를 사제인 현공자에게 넘겨준 사람이었다.
그의 물음에 구양천상은 담담한 어조로 대꾸했다.
"천장에는 이 천고지궐의 내부 도면이 새겨져 있습니다."
"내부 도면? 아니, 그렇다면 천고지궐의 모든 것이, 상황의 배치가 저기 다 있단 말씀이오?"
"그렇습니다. 하지만 그 노선(路線)만 나타나 있지, 안의 상황이 어떤지까지는 드러나 있지 않습니다."
구양천상의 대답에 모용아경이 천장에서 시선을 떼며 말하였다.
"그렇기는 하지만 어떤 길로 가면 빠르고 안전하게 천고지궐의 중심부로 들어갈 수 있는지는 알 수 있을 것 같군요."
그녀의 말에 구양천상은 머리를 끄덕여 긍정을 표했다.
"그렇기는 하지만……."
말끝을 흐리는 구양천상은 무엇인가 내심 생각을 하고 있는 듯했다.
"일단 들어가 보지요. 하지만 함부로 움직이지 마시고 제가 움직이는 대로 따라주시기 바랍니다."
문의 안은 다시 돌로 깎아 세운 복도였다.

이 통로는 대단히 어두워 자신의 손가락도 보이지 않을 정도였다.

구양천상 일행은 준비했던 화통(火筒)을 켜 들었다.

한 칠팔 장가량 전진했을까.

돌연 그들의 앞에 갈림길이 나타났다.

너무도 똑같은 모양의 갈림길 앞에 서서 구양천상이 올려다보고 있는 곳을 본 군웅들의 가슴속엔 돌연 한기가 치밀었다.

〈생사지간(生死之間)〉

화통의 불빛을 받아 드러난 핏빛의 붉은 글씨가 의미하는 것은 이제부터의 길이 지금까지 지나온 것 같지 않을 것임을 의미함을 그들도 느낄 수 있었던 것이다.

글자의 아래에는 야명주 하나가 박혀 있는데, 그 빛의 반사로 인해 생사지간이란 글자의 핏빛은 더욱 섬뜩하고 괴이했다.

그때였다.

"으아악!"

돌연 심금을 떨어 울리는 처절한 단말마의 비명이 안쪽으로부터 메아리치며 울려 퍼졌다.

"이게 무슨 소리요?"

상천자 등이 가슴이 섬뜩해 귀를 곤두세웠다.

하지만 그뿐, 소리는 더 이상 들려오지 않았다.

사람들은 기척을 듣기 위해 숨소리마저 죽였으므로 이 생사지간의 앞은 죽음과도 같은 정적이 괴괴하게 감돌아 공연히 뒤가 돌아다보였다.

"무슨 소리일까? 혹…… 벽력도 뇌정이…….."

구양자가 백미를 찌푸릴 때 아무 소리 없이 주변을 살펴보고 있던 모용아경이 고개를 갸웃거리며 말했다.

"사람이 지나간 흔적이 있는 것은 왼쪽으로서 제가 보기에는 이곳이 생로인 것 같은데, 어떻게 생각하세요?"

그녀가 구양천상을 보고 말하자 구양천상도 고개를 끄덕였다.

"도면에 나타난 바는 그렇소…… 아마 그도 도면을 대략 이해하였을 것이오."

그는 말을 멈추고 잠시 망설이는 듯하더니 사람들을 조금 뒤로 물러서게 하고는 생사지간의 글자 아래에 있는 야명주를 향해 허공을 격하고 일지를 날려보냈다.

순간, 끽끽…… 소리와 함께 야명주가 안으로 밀려들어 갔다.

동시에 웅웅, 소리가 들리며 생사지간이란 갈림길의 가운데가 절반으로 갈라지면서 거기에 또 하나의 통로가 생겨났다.

그리고 컴컴하였던, 원래 있었던 두 통로의 안쪽 천장에는 야명주 하나씩이 나타나 안으로 드는 길을 비춰주었으며 새로 나타난 통로는 어둡기 이를 데 없었다.

두 개의 통로가 졸지에 세 개가 되자 모용아경은 눈이 동그래졌다.

"어찌 이런 일이…… 도면에는 이 통로에 대한 것이 없었던 것 같았는데!"

그녀의 중얼거림에 구양천상이 말했다.

"도면의 전체적인 것이 이해되지 않으면 이 통로를 도면상에서 찾아낼 수는 없도록 되어 있소. 한세도왕은 천고지궐에 드는 사람과 머리싸움을 하고 싶은지 도면에 모든 것을 남겨두지 않았소. 어쩌면 그는 다른 사람이 자신의 물건에 손대는 것을 바라지 않고 있을는지도 모르오. 만약 그렇다면 이 천고지궐이야말로 가장 무서운 죽음의 함정이 될 수도 있소."

"하지만 군사는 이미 모든 것을 다 알고 있지 않소이까?"

종남파의 현천자가 물었다.

구양천상은 고개를 흔들었다.

"도면에는 매우 이상한 점이 있어…… 만약 소생에게 시간이 있다면 연구를 한 뒤에 안으로 들겠지만, 지금의 상황은 그렇지 못하기 때문에 위험을 무릅쓰고 있는 것입니다."

구양천상은 왼쪽 통로를 바라보고는 나직이 탄식했다.

"조화는 서로의 운에 맡길 수밖에…… 돌보아 드리지 못함을 양해하시오."

말과 함께 그는 새로이 생겨난 가운데의 통로로 성큼성큼 걸어 들어갔다.

사람들이 그의 뒤를 따랐다.

그 통로는 약간 밑으로 비스듬히 경사져 있는 듯했다.

일 장 정도의 너비를 가진 통로는 밑으로 내려갈수록 점점 넓어져 끝이 없는 듯 계속되고 있었다.

"이 통로는 어디까지 이어지고 있는 거죠?"

지척을 분간할 수 없는 어둠의 통로가 계속하여 이어지자 모용아경이 답답한 듯 나직이 물었다.

"내 생각이 맞다면 중심부 근처까지일 것이고, 아마 지금쯤은 거의 다……."

 그의 말이 다 끝나기도 전에 칠흑 같은 어둠의 통로 앞쪽에서 돌연 희미한 빛이 비춰져 왔다.
 통로가 끝이 나고 그들의 앞에는 높이가 일 장 정도 되는 철문이 하나 나타났다.

 〈장보지문(藏寶之門)〉

 지금껏 그래 왔듯 하나의 야명주 아래 드러난 철문에 새겨진 네 글자는 모든 사람들의 가슴을 설레다 못해 격렬히 뛰게 만들기에 족했다.
 "다, 다 온 것이오?"
 먼저 소리친 것은 역시 성미 급한 현천자였다.
 구양천상은 고개를 흔들었다.
 "아직은…… 조금 더 두고 보아야겠습니다."
 모용아경은 말을 하는 그의 안색이 어딘가 굳어져 있음을 알아볼 수 있었다.
 "뭐가 잘못되었어요?"
 "아니……."
 구양천상은 철문을 유심히 보고 있더니 주위를 세세히 조사했다. 그리고 그는 천천히 손을 들더니 야명주를 향해 가볍게 일지를 쏘아냈다.
 끽끽…….
 야명주가 귀에 거슬리는 소리와 함께 안으로 밀려들어 갔다.

그런데 문이 열리는 것이 아니라 철문의 좌우 석벽에 길이 한 자에 높이가 반 자가량의 구멍이 생기는 것이 아닌가!

그 구멍의 안에는 조금도 분간할 수 없도록 똑같이 생긴 황금 고리 세 개씩이 벽에 박혀 있었다.

"이게 뭐죠?"

모용아경은 물론 모든 사람이 눈살을 찌푸렸다.

구양천상은 그것을 바라보며 침착히 대답했다.

"아마도 이제부터 한세도왕의 시험이 시작되는 모양이오. 저 고리 중 하나는 문을 열 수 있는 것이겠지만 나머지 다섯은 함정을 발동시키는 안배일 것이오."

"그걸 어떻게 알아봐?"

뚫어져라 황금 고리 여섯을 들여다보고 있던 현천자와 낙일신검 곽일도가 거의 동시에 신음했다.

너무도 똑같았다.

구양천상은 잠시 무엇인가를 생각하는 듯 미간을 찡그리고 있다가 말했다.

"추측컨대, 좌우의 황금 고리 중 가장 바깥쪽의 것이 문을 여는 고리인 것 같지만 좌우 어느 쪽이 맞는지 모르겠습니다. 풀 수 있는 단서가 더 이상 없는 것을 보니 한세도왕은 아마도 그 사람의 운을 시험하고 싶은 모양입니다."

상청자가 눈빛을 무겁게 하였다.

"한세도왕의 모든 것은 무림의 것인데, 그는 너무도 편협하게 후인들을 우롱하는군. 그처럼 어렵게 무명천고의 신비를 풀어 천고지궐에 든 사람을……."

그가 말을 하는 사이에 구양천상은 왼쪽으로 가 황금 고리를 잡았다.

"뒤로 모두 물러나 주십시오. 이것이 문이 아니라면 무서운 매복이 발동할 가능성이 있습니다."

그러자 지금까지 단 한 마디도 하지 않고 모용아경의 뒤만을 따르고 있던 철배창룡 문화평이 그의 앞으로 와 우렁우렁한 음성으로 말했다.

"군사는 여기 들어온 모든 사람들의 안전을 책임져야 할 중요한 몸으로서 이러한 모험을 한다면, 만에 하나라도 무슨 일이 일어났을 땐 이 사람들의 안전을 누가 책임지겠소? 비키시오. 노부가 하겠소."

그의 말은 너무도 지당한지라 상청자 등 십여 명이 앞을 다투어 자기가 하겠다고 나섰다.

하지만 구양천상은 조용히, 그리고 단호히 고개를 저었다.

"제게는 대비가 있으니 너무 걱정 않으셔도 됩니다. 물러나 주십시오."

말과 함께 그는 황금 고리를 잡아 돌렸다.

순간!

끄르르르…….

돌과 쇠가 마찰되는 소리가 한참 울리며 그처럼 굳게 닫혀 있던 철문이 천천히 입을 열었다.

환한 빛이 안으로부터 새어 나왔다.

구양천상은 군웅들과 철배창룡 문화평을 보고 목례했다.

구양천상의 뒤를 따라 철문의 안으로 들어선 군웅들은 모조리 아연실색 탄성을 발하며 그 자리에 굳어졌다.

　철문의 안은 폭이 십 장은 족히 되고도 남을 원형, 아니, 정확히 말해 팔각형의 거대한 크기의 석실이었다. 그 가운데에는 일 장가량의 원형 석탁(石卓)이 있었으며 그들이 들어온 곳은 팔각형 석실의 한 면이었다.

　그런데 보라!

　원형 석탁 위에 쌓인 저 재보(財寶)들을…….

　군웅들의 손에 들린 화통에 반사된 재보의 빛은 너무도 눈부셔 눈을 뜨지 못할 정도가 아닌가.

　금은주보(金銀珠寶), 금관장식패옥(金冠裝飾珮玉)에다가 내력을 알 수 없는 물건들은 문외한이 보아도 일국을 세울 수 있을 재보인 듯하였다.

　한데, 주위를 돌아본 사람들은 더욱 놀라고 말았다.

　그들이 들어온 문을 제외한 일곱 군데의 벽…….

　그 벽에는 제각기 단(壇)이 마련되어 그 단 위에는 고서(古書)가 있는가 하면 보검이 있고 보도(寶刀)와 단약(丹藥)이 진열되어 있었던 것이다.

　그것이야말로 무림과 관계있는 사람들의 가슴을 뛰게 만들 수 있는 것들이었다.

　검에 관심이 있던 구양자는 한쪽 벽면을 다 차지하고 있는 검가(劒袈:검을 걸어두게 된 곳)를 들여다보다가 절로 입이 벌어졌다.

　"춘추시대의 용천(龍泉), 태아보검(太阿寶劒)……!"

　그의 곁에서 고개를 빼 밀고 검가를 들여다보던 상청자가 놀라 먼저 외쳤다.

그와 함께 놀람의 소리는 끊이지 않고 이어졌다.

"이게 뭐야! 이건 본 파가 잃어버렸던 천하검법(天河劍法)의 후반부 검보(劍譜)……!"

한쪽 벽면을 차지하고 있는 서가를 기웃거리고 있던 종남파의 현천자가 흥분된 음성으로 소리치며 고서 하나를 꺼내 들었다.

그는 너무도 흥분하여 한꺼번에 여러 권의 책을 떨어뜨렸으며 그것을 본 구양천상이 다급히 소리쳤다.

"물러나십시오! 그것은 손대면 아니 되는……!"

그의 말이 채 끝나기도 전에 꽝! 하는 소리와 함께 그들이 들어온 철문이 요란하게 닫혔다.

군웅들이 놀라 그쪽을 바라보는 순간!

그그그…….

돌과 돌이 마찰하는 음향이 귀를 울리면서 팔방의 벽에 마련된 단이 밑으로 가라앉기 시작했다.

그것을 보고 군웅들이 창황한 중에도 욕심이 발동하여 그것들이 밑으로 가라앉기 전에 제각기 물건들을 집어 들려고 하였다.

"만지지 마십시오!"

구양천상이 공력을 모아 벽력같이 소리쳤다.

"바…… 바닥이 움직인다!"

구양천상의 소리침에 퍼뜩 정신을 차린 군웅들이 괴이함을 깨닫고 움찔하고 있다가 누군가가 소리쳤다.

정말 바닥이 천천히 회전하고 있었다.

그리고 중앙에 있던 재보가 쌓인 원탁 또한 그 반대로 회전하며 가라앉고 있었다.

"천장이 가라앉는다!"

무엇인가 괴이한 느낌이 눌러옴을 느끼고 천장을 바라본 군웅들이 소리쳤다.

정말로 이 거대한 지하석실의 천장 전체가 천천히 밑으로 눌려오고 있었다.

끼끼……

잠시의 시간만 지나면 오갈 데 없어진 사람들은 모조리 저 거대한 천장에 짓눌려 오징어 꼴이 되고 말 것이다.

"당황하지 말고 그 자리에 계십시오!"

구양천상이 공력을 모아 소리쳤다.

하나 그 순간에 갑자기 바닥의 돌아가는 속도가 삐걱삐걱 소리와 함께 배가 넘도록 빨라졌다. 동시에 천장이 가라앉는 속도 또한 그에 비례해 신속해졌다.

뿐이랴!

가운데 있던 원탁은 이미 완전히 가라앉았고 그곳으로부터는 소리도 없이 검은 연기가 서서히 피어오르기 시작했다.

"음……!"

그 원탁이 가라앉은 구멍과 가장 가까이 있던 소림사 장로 일공 대사(一空大師)가 나직이 신음하며 비틀거렸다.

"사제! 무슨……!"

그의 곁에 있던 소림 약왕당(藥王堂)의 수좌인 해공 대사(海空大師)가 놀라 그를 부축하다가 검은 연기를 들이마시게 되자 대뜸 정신이 핑 도는 것을 느끼고는 대경하여 소리쳤다.

"조심하시오! 연기에는 독이 있소이다!"

그는 급히 품속에서 한 알의 단약을 꺼내 일공 대사에게 먹이고 자신도 한 알을 먹으며 뒤로 물러났다.

소림사에는 공(空) 자 배(輩) 고승이 모두 십칠 명 있었으며, 오늘 무산에는 그중 오 명이 와 있었다.

그때였다.

쿠쿠쿵······.

둔중한 소리가 들리며 팔방의 벽면이 모조리 활짝 열리며 검은 통로가 드러났다.

동시에 음산한 바람이 세차게 석실의 안으로 불어 들어와서 군웅들이 들고 있던 화통의 불을 한꺼번에 모조리 꺼뜨리고 말았다.

삽시간에 주위는 칠흑과 같이 어두워졌다.

웬만한 사람이라면 제대로 서 있을 수도 없이 바닥은 빠르게 회전하고 있었다. 어둠 속에서 독향은 마구 피어올랐으며 그 어둠으로 인해 지척에 있는 사람들의 형체마저 분간할 수 없을 정도였다.

높이 육칠 장이 넘어 보이던 천장은 이제 바닥과 이 장도 남지 않았는데, 천장의 중앙에는 야명주가 박혀 있어 희미하게나마 상황을 알아볼 수 있게 해주고 있었다.

사람들은 불빛이 꺼진 다음, 그 야명주의 빛으로 인해 비로소 천장에 글자가 새겨져 있음을 볼 수 있었다.

〈중유지계(中有之界)〉

중유지계라 함은 지옥에 들기 전의 이승과 저승의 갈림길을 말하는 것이다. 전하는 말대로라면 죽은 사람은 여기에서 천당과 지옥을 배정받는다 하였다.

지금 저 글자가 의미하는 바는 명백하였다.

자칫 잘못하면 천국과 지옥을 넘나든다는 뜻이다.

하지만 상황은 너무도 급박하여 생각을 오래 할 시간을 주지 않았다.

바닥은 무거운 기세로 돌아가고 있었으며, 중앙에서 피어오르고 있는 독향은 사방팔방으로 열린 통로 때문에 급격히 확산돼 석실 전체를 덮어가고 있었다. 거기다 천장이 떨어져 내리는 속도는 점점 더 빨라져 이제는 피할 수도 없어 보였다.

"피해야겠소이다!"

숨을 막고 견디고 있던 군웅들 중에서 성미 급한 사람들이 독향을 더 이상 피할 데가 없어지자 마침내 앞에 있는 통로 중 아무 곳으로나 뛰어들었다.

"멈추시오!"

그것을 보고 구양천상이 소리쳤다.

"으아악……!"

그와 함께, 처절한 비명 소리가 통로의 안으로부터 들려왔다. 그것은 모골이 송연하도록 공포스러웠다.

구양천상이 크게 외쳤다.

"모두 제 지시가 있을 때까지 숨을 멈추고 그 자리에서 꼼짝하지 말고 계십시오!"

말과 함께 그는 이미 일 장 높이까지 내려와 있는 천장의 야명주를 향해 잇달아 삼지(三指)를 쏘아냈다.
 땅땅!
 중유지계의 네 글자를 음산히 밝히고 있던 일곱 개의 야명주 중 끝자리 세 개가 그의 지력에 격중되어 파괴되었다.
 그것은 북두성(北斗星) 중 표(杓)의 자리인 옥형(玉衡), 개양(開陽), 요광(搖光)의 세 곳이었다.
 그 순간, 사람들은 그처럼 빠른 속도로 돌아가고 있던 석실의 바닥이 아래로 가라앉기 시작함을 깨달을 수 있었다.
 "어떻게 된 거예요? 저 통로들은 팔괘의 방위로 배치되어 좀 전의 그 사람들이 들어간 곤사(坤死)가 아니라 건개(乾開)의 방향으로 들어가면 생로(生路)일 텐데……!"
 모용아경이 다급히 소리쳤다.
 바닥이 가라앉는 속도는 빠르기 이를 데 없어서 이미 일 장가량이나 꺼지고 있었던 것이다.
 "잠시 참으시오!"
 구양천상이 모두에게 말하듯 소리쳤다.
 그의 말과 함께 꾸역꾸역 기어나오던 독향은 통로로 모두 빠져나가 버리고 멎어 더 이상 솟아나지 않게 되었다.
 쾅……!
 위쪽에서 천장과 바닥이 부딪치는 소리가 소름끼치는 여운을 담고 울려 퍼졌다.
 조금만, 아니, 잠시만 더 있었더라면 구양천상을 비롯한 모두는 오징어포가 되고 말았으리라.

군웅들은 숨을 멈추고 잔뜩 긴장하여 있다가 어느 순간인가 돌아가고 있던 바닥이 멈추었음을 깨달았다.

탁! 탁!

누군가가 부시를 치는 듯하더니 꺼진 화통에 다시 불을 밝혀 주위가 어슴푸레하게 밝아지기 시작했다.

"숨을 쉬셔도 괜찮으실 겁니다."

불을 밝혀 들며 말하던 구양천상의 눈빛이 굳어졌다.

천고지궐에 그와 함께 들어온 사람은 모두 삼십 명이었는데 지금 그와 같이 있는 사람은 열 명 정도에 불과하였던 것이다.

그와 독향에 중독되어 운기조식하고 있는 일공 대사 등과 모용아경, 그녀의 뒤에 그림자처럼 서 있는 철배창룡 문화평 등을 합해도 모두 열세 명이 이 자리에 있을 뿐이었다.

절반이 넘는 열일곱 명이 한순간에 사라진 것이다.

희미한 불빛 속에 어슴푸레하게 드러난 경물은 좀 전과는 너무도 달랐다.

팔각의 석실은 원형으로 변해 있었으며 여덟 군데의 통로는 단세 곳으로 되어 있었다.

원형 석실의 중앙에는 거대한 향로 하나가 있는데, 아마도 그 향로가 좀 전 독향을 피워낸 듯했다.

뜻하지 않은 상황에 중인들이 말을 잃고 있을 때 종남파의 현천자는 안색이 변하여 망연자실해 있었다.

자신의 성급한 행동으로 인해 일이 이렇게 될 줄이야 상상치도 못했던 것이다.

손에 들린 이 비급을 어찌하랴…….

"이…… 이런 일이 일어나다니…….""

 천고지궐의 안으로 들어온 네 명의 장문인 중 이 자리에 함께 있는 것은 청성파의 상청자 한 사람에 불과하였으며 그는 괴이함을 감추지 못하고서 주위를 둘러보았다.

 "알 수 없는 일이로군. 통로 속으로 뛰어든 사람은 아무리 많아도 대여섯 명 정도에 불과하였었는데, 각파의 장문인들마저 사라지다니……."

 그의 중얼거림에 구양천상이 주위를 살펴보며 말하였다.

 "이미 사방의 기관이 발동하기 시작해 우리가 있는 곳은 방금 전의 그곳이 아닙니다. 그분들과 갈라진 것은 그분들이 움직여서가 아니라, 아마도 기관의 변동으로 인해 그렇게 된 것일 겁니다. 한 가지 다행한 것은 그래도 구양자 등 제이로를 책임지기로 하셨던 장문인들께서 함께 계시니…… 특별히 돌발적인 사태가 아니라면 그분들께서는 큰 위험은 없을 겁니다."

 상청자가 미간을 찌푸렸다.

 "기관이 이처럼 움직인다면…… 무공으로 해결할 문제가 아닐 것 같은데……."

 그때였다.

 "음……!"

 종남파의 현천자가 돌연 미간을 찡그리며 손에 들고 있던 천하검보를 떨어뜨렸다.

 "왜 그러십니까?"

 "모르겠소이다…… 갑자기 손에 감각이 없어져……."

 신음하며 자신의 손을 들여다보던 현천자의 안색이 돌변했다.

자신의 손이 푸르스름하게 변하고 있었던 것이다.

구양천상이 그의 손목 양계(陽谿), 편력(編歷), 팔꿈치의 곡지(曲池)를 번개처럼 점하며 말했다.

"책에 독이 있습니다!"

그는 주위 군웅들을 돌아보며 빠르게 외쳤다.

"혹시 좀 전 장보전에서 물건을 만진 분이 계시다면 빨리 혈도를 봉쇄하고 해독약을 드시도록 하십시오! 그곳은 장보전이 아니고 기관과 장보관 사이의 경계관이었습니다. 우리는 이미 기관중지로 빠졌으니 조심해야만 합니다."

사람들의 안색이 모두 변해 몇 사람은 급히 품속에 있던 물건을 버렸고 운기조식에 들어가는 사람, 해독약을 복용하는 사람 등 그 수효는 대여섯이나 되었다.

현천자는 구양천상에게서 해독약을 받아 들고는 갈등의 빛으로 발 아래 떨어져 있는 천하검보를 내려다보고 있다가 갑자기 안색이 변해 그 천하검보를 집어 들려고 하였다.

구양천상이 그의 손을 막으며 고개를 저었다.

"비급은 가짜입니다. 장보전에 있던 재보들 또한 거의가 모조품이었을 것입니다."

"으으……!"

현천자는 머리끝이 곤두서도록 노해 휘청거렸다. 성미 급한 사람일수록 화를 잘 내고 그것을 다스리지 못하는 법이다.

그가 어찌할 줄을 몰라 하고 있을 때였다.

"으아악……."

갑자기 그의 뒤쪽에 있는 통로 안에서 단말마의 비명 소리가 메아리치며 들려왔다.
 그 소리는 현천자의 가슴을 떨어 울리기에 족했다.
 분노와 죄책으로 턱을 떨고 있었던 그는 돌연한 비명 소리에 생각할 것도 없이 통로의 안으로 몸을 날렸다.
 그를 막지 못한 구양천상이 빠르게 외쳤다.
 "모용 영주와 장문인께서는 군웅들과 함께 뒤를 따라주십시오! 흩어지면 안 됩니다!"
 그의 신형은 번개처럼 현천자의 뒤를 따라 그곳에서 사라졌다.
 그의 말에 모용아경과 상청자는 약속이나 한 듯이 곤란한 표정으로 운기조식 중에 있는 일공 대사를 바라보았다.
 그 순간, 일공 대사가 눈을 뜨며 천천히 몸을 일으켰다.
 "빈승의 중독은 크게 우려할 만한 것은 아니니 같이 가도록 하시지요."
 "괜찮으시겠소? 이곳의 물건들은 하나도 상서로운 것들이 없어서……."
 상청자가 무거운 어조로 말하며 등에 걸린 고검(古劍)을 빼들었다.

 통로의 너비는 채 일 장도 되지 않았다.
 통로의 안으로 들어선 구양천상은 바람과 같이 달리며 현천자의 종적을 찾았다.
 채 오 장을 달리지 않아서 통로는 두 가닥으로 갈라졌다.
 구양천상이 어느 쪽으로 갈 것인가 멈칫하는 순간에 오른쪽의 통로에서 분노에 찬 고함 소리와 신음 소리가 펑, 하는 굉음에 뒤섞여 들려왔다.
 "으윽……."
 현천자가 어둠 속에서 가슴을 움켜쥐고 있었다.
 그는 한줄기 미풍이 날아듦을 깨닫고 번개처럼 수중에 있던 장검을 앞으로 찔러냈다.
 "접니다!"
 구양천상이 몸을 번뜩여 그의 검을 피하며 오히려 한 걸음 다가왔다.
 "군사…… 윽!"
 그를 본 현천자가 다시 괴로운 빛으로 신음했다.
 화통을 든 구양천상은 그가 움켜쥐고 있는 가슴으로부터 선혈이 마구 흘러내리고 있음을 보고 침중한 어조로 물었다.
 "어떻게 된 일입니까?"
 "암…… 암습자가 있소……."
 "암습자? 다른 사람이 있었단 말씀입니까?"
 "그, 그렇소…… 빈도가 여기까지 왔을 때…… 빈도가…… 기관을 잘못 건드린 모양인지 갑자기 밑바닥이 꺼지며 철퇴가 천장에서 날아들었소……. 빈도는 창황 중에 겨우 그 철퇴를 피하며 꺼진 밑바닥의 함정을 벗어나 벽면에 몸을 붙이는데…… 돌연히 등 뒤에서 검이 찔러들어 피할 수가 없었소……."
 그가 눈짓으로 가리키는 맞은편 벽은 통로의 흔적을 조금도 보이지 않는 석벽이었다.
 현천자의 상처는 등 뒤에서 가슴까지 관통되어 그의 내공이 심후하지 않으면 기식이 엄엄하였을 정도의 중상이었다.

구양천상은 상처 주위의 혈도를 눌러 흐르는 피를 막아놓고 고본정양환을 삼키게 한 후, 일대를 살펴보고는 손을 쳐들더니 한쪽 벽을 천천히 밀었다.

끽끽…….

순간, 밋밋하던 벽이 밀려나더니 사람 하나가 옆으로 몸을 세워서 통과할 수 있는 암도(暗道)가 벽에 나타났다.

"거기에 그런 통로가 있었군……."

숨을 조절하고 있던 현천자가 신음하였다.

암도의 안은 캄캄하여 아무것도 보이지 않았다.

구양천상은 손에 들고 있던 화통을 암도의 안으로 날려보냈다. 화통은 내경(內勁)의 조종을 받아 사람이 들고 있는 듯 천천히 허공을 날아 안으로 들어갔다.

그 광경을 보고 현천자는 놀라 하마터면 상처의 피가 다시 터질 뻔했다.

'그의 내공이 벌써 능공어물(凌空御物)의 경지까지 이르렀단 말인가?'

암도의 폭은 길이가 두 자 정도였고 그 안은 장방형의 석실이었는데 화통의 불빛 아래 쓰러져 있는 사람의 모습이 보였다.

구양천상은 쓰러진 사람을 발견하자 바람과 같이 석실의 안으로 날아들어 허공에 둥둥 떠 있던 화통을 잡으며 주위를 둘러보았다.

석실은 이 장여 정도의 크기인데 두 사람이 쓰러져 있으며 그들이 흘린 피로 인해 바닥은 붉게 물들어 있었다.

육십대 노인과 사십대의 중년인인 그들은 공포에 질린 표정으로 두 눈을 부릅뜨고 있는데, 놀랍게도 그들은 구양천상과 같이 천고지궐에 들어온 구대문파의 사람이 아니었다.

"이들은……!"

구양천상이 그들의 신분을 알아보고 나직이 신음하는 순간에 쨍쨍, 하는 쇳소리가 은은히 들려왔다. 이어 고함 소리와 비명 소리가 한데 어울려 다급하게 뒤를 이었다.

석실에는 그가 들어온 암도 말고 문이 반쯤 열린 통로가 있는데, 어두워 바깥의 상황이 어떤지는 알 수 없었다.

구양천상은 더 이상 망설이지 않고 다시 그 통로로 날아들었다.

그가 그 통로로 사라짐과 찰나간의 시간을 두고 모용아경과 철배창룡 문화평, 상청자 등이 차례로 암도를 통해서 나타났다.

"이들은……?"

그리고 그들은 죽은 두 사람을 발견하고 경악의 빛을 드러냈다.

"이 중년인은 누군지 모르겠지만…… 이 노인은 중원삼보 중의 잠룡보 제이 보주인 철권무적(鐵拳無敵) 공야홍(公冶弘)인데, 그가 어떻게 여기에 죽어 있을 수 있단 말일까? 더구나 이들이 죽은 형태를 보면 제대로 대항도 못한 것 같은데……."

상청자가 노인의 신분을 알아보고 굳은 표정이 되었다.

당연한 일이었다.

이들이 그들을 뒤따라 천고지궐의 문으로 들어왔다면 아무리 빨리 움직였다 하더라도 구대문파의 고수들보다 먼저 들어와서 여기에 죽어 있을 수 없는 일인 것이다.

이것이 의미하는 바는 간단하고도 심각했다.

'과연 구양 군사의 추측대로 가짜 문도 천고지궐의 내부와 통해 있단 말인가!'

구양천상은 굳은 표정이 되어 암도에 우뚝 서 있었다.

그가 선 곳은 세 사람 정도가 어깨를 나란히 하고 걸을 수 있는, 비교적 넓은 석조 통로였다.

그의 앞에는 세 사람이 쓰러져 있는데 모두 죽었으며, 그 죽어 있는 모양은 참혹하기 이를 데 없었다. 화통의 불빛에 드러난 그들은 눈을 찢어질 듯 부릅뜨고 있었으며, 그 눈에 맺혀 있는 공포의 빛은 그들이 죽기 전에 무엇인가 무서운 것을 보았음을 의미했다.

'암습이 아니라, 기관에 당했다…… 이들 두 사람은 아예 가슴과 머리가 뭉개어져 죽었다…….'

그 순간 구양천상은 앞쪽에서 미약한 신음이 들림을 깨닫고 번개처럼 그곳을 향해 몸을 날렸다.

채 이 장을 가지 못해 갈림길이 나타났으며 오른쪽의 통로 약간 안쪽에 한 사람이 쓰러져 있음이 불빛을 통해 희미하게 보였고, 구양천상은 그 사람에게서 신음이 흘러나오는 것을 들을 수 있었다.

그런데 그가 모퉁이를 도는 순간에 돌연 어둠 속에서 검빛이 번뜩이며 소리도 없이 장검 하나가 그의 목을 내리쳐 왔다.

그 일초는 준비되어 기다리고 있었던 것이라 대단히 정확하고 매서운 데다 빠르고 악독하여 거의 피하기가 불가능할 정도였다.

게다가 거리마저 불과 한 자!

구양천상은 급격히 몸을 비틀면서 왼손을 쳐들어 부챗살과 같은 수류천파의 지력을 일으켰다.

"쉿쉿…… 따당! 땅!"

귀청을 울리는 금속음이 일어나면서 그의 목을 내리치던 검이 금방이라도 부러져 버릴 듯이 휘청이며 튕겨졌다. 억지로 검을 내려치기를 고집한다면 검은 내경(內勁)을 이기지 못하고 산산조각이 나버리고 말 것이다.

그러나 암습자의 검술은 대단한 경지에 있어서 검을 일단 튕겼다가 원호를 그리며 다시 찔러오는데 그 속도는 오히려 처음보다 더 빠른 듯하였다.

"유성검(流星劍)!"

구양천상이 쏟아져 내리는 검광을 보고 나직이 소리치면서 비틀었던 몸을 바로 세우는 동시에 재차 수류천파의 지력을 쏘아냈다.

그의 움직임은 이미 강호독보의 천기미리보와 행운유수의 신법을 섞어 펼치고 있어 쨍, 하는 소리와 함께 암습자의 검은 그의 손을 벗어나 버리고 말았다.

구양천상의 오른손에는 여전히 화통을 들고 있었으며 암습자와 불과 반 자 정도의 거리에 반쯤 구부리고 있는 왼손은 언제 그 가공할 지력(指力)이 발동될지 알 수 없어 무한한 위압감을 주고 있었다.

암습자는 깎은 듯 수려한 미목을 가진 불과 이십대의 청년이었다. 일신에 낡은 유삼을 걸친 그의 눈에는 믿을 수 없다는 듯 경악의 빛이 충만했다.

구양천상은 한쪽 발을 움직여 땅에 떨어지려는 단검을 툭 차서 구부리고 있던 왼손으로 받아 들면서 무거운 음성으로 말했다.
"능풍검 왕천일, 맞소?"
유삼의 청년은 흠칫하여 구양천상을 자세히 바라보더니 믿기 어려운 듯 중얼거렸다.
"동심맹…… 구양천상?"
"바로 나요."
유삼의 청년, 개방의 능풍검 왕천일은 고개를 절레절레 흔들었다.
"사람들이 말하기를 당신의 무공이 이미 추측할 수 없는 경지에 이르렀다 하여 믿지 않았거늘…… 이제 보니 그 소문은 조금도 과장되지 않았군!"
구양천상은 차가운 눈빛으로 그를 보며 말하였다.
"왜 나를 암습한 것인지 정당한 이유를 대지 못한다면 개방의 체면을 돌보지 않을 수도 있소."
능풍검 왕천일은 미간을 찡그렸다.
"이미 천고지궐에 들어왔으면서도 지금의 상황을 몰라 나에게 묻는단 말이오? 사람이 다가오는데 어떻게 기다리고 있으란 말이오? 상대의 신분을 일일이 확인하려 하다가 내 목숨은 어디 가서 보상받는단 말이오?"
계속 되묻는 그의 어깨 어림에서는 아직 선혈이 흘러내려 그의 유삼을 적시고 있었다.
능풍검 왕천일은 궁가이룡 중 하나로서 사람됨이 기경(機警)한 지라 구양천상의 태도에서 그가 지금의 상황을 잘 모르고 있음을 직감하고는 다시 말을 이었다.

"천고지궐의 내부는 이미 적아를 구분할 수 없는 암습과 도살장으로 변해 버렸소. 천고지궐 내에 들어온 군웅들의 수효는 천 명 이상이지만 지금쯤 과연 몇이나 살아남았는지 알 수가 없소. 나 또한 본 방의 고수 이십 명을 대동하고 들어왔는데, 어둠 속에서 암격을 당하면서 헤어져 지금은 나 혼자만이 남았소……. 방금 전만 하더라도 저자에게 모퉁이에서 암습을 당하여……."

그들의 앞에 쓰러져 있는 것은 흑의인인데 가슴에 치명적인 일검을 당하여 거의 죽어가고 있었다.

능풍검 왕천일은 구양천상이 그에게 암습을 당하던 것과 똑같은 상황하에서 흑의인으로부터 암격을 당해 어깨에 일검을 맞았고, 반격을 가하여 그를 쓰러뜨렸던 것이다.

구양천상은 능풍검 왕천일의 어조에서 천고지궐의 내부가 하나로 되어 있음을 확신할 수 있었다.

'우려했던 일이 일어났군. 한세도왕의 장보에 대한 탐욕이 서로를 공격하게 만들고 있는 것이다. 어둠이란 사람으로 하여금 염치를 모르게 할 수 있으며, 여기에 누군가 몇 번 도발을 한다면 자신을 지키기 위해서도 상대를 공격하지 않을 수 없게 될 것이다…….'

그렇다고 구양천상과 같이 화통을 쳐들거나 화섭자를 들고 다닐 수는 더더욱 없다. 만약 그렇게 했다가는 스스로를 어둠 속에서 노출시켜 오히려 집중 공격을 받게 될 것이기 때문이다.

구양천상의 시선이 흑의인에게 감을 보고 능풍검 왕천일이 말했다.

"그는 구중천의 인물이오."

구양천상은 묵묵히 고개를 끄덕이며 손에 들고 있던 단검을 왕천일에게 넘겨주었다.

"오늘 천고지궐에서 벌어진 상황은 결코 우연히 빚어진 것이 아닐 것이오. 괜찮다면 잠시 여기서 기다려 우리 일행과 합류하도록 합시다."

그러나 상황은 그렇듯 한가하지 않았다.

"으악……."

또다시 앞쪽에서 비명 소리가 들려왔던 것이다.

"으아아……."

그리고 그 소리의 여운이 채 사라지기도 전에 그 앞쪽 어림에서 다시 처량한 비명 소리가 어둠을 흔들어왔다.

구양천상이 들고 있는 화통의 빛을 제외한다면 사방은 자신의 손조차 볼 수 없는 암흑천지이다. 그 빛이라고 해봐야 불과 일이 장을 밝힐 수 있을 뿐이다.

그런 가운데 사방에서 잇달아 비명 소리가 꼬리를 물고 들려오니 이것이야말로 공포스럽지 않을 수가 없었다.

구양천상이 그 비명 소리에 안색이 굳어질 때 그처럼 꼬리를 물던 단말마의 외침은 돌연 깊은 물에 조약돌이 가라앉은 듯 끊어져 사위는 갑자기 쥐 죽은 듯이 고요해지고 자신의 숨소리마저 들릴 정도로 괴괴하게 되었다.

구양천상이 서 있는 곳은 사방으로 통로가 갈라져 지나가는 교차점이었다.

돌연한 정적에 그가 공력을 운행하여 주위의 동정을 살피고 있을 때였다.

"으흐흐으……."

돌연히 어디선가 어둠을 뚫고서 소름끼치는 웃음소리가 들려오더니 뒤를 이어 공포에 질린 비명 소리가 사방을 메아리치다가 뚝 끊어졌다.

"먼저 가보겠소!"

구양천상이 바람과 같이 그 자리에서 사라졌다.

"과연 어떤 자가 이와 같은 짓을 벌이고 있는지 알아보아야겠다!"

능풍검 왕천일은 그사이에 어깨의 피를 지혈하고는 이를 악물더니 구양천상의 뒤를 따라 몸을 날렸다.

통로는 미로와 같아 어디가 어디인지 분간할 수가 없었다.

구양천상이 몇 장을 나가지 않아 통로는 넓어지기 시작했다.

좌우로 갈라지는 모퉁이가 나타났으며 그가 바람처럼 모퉁이를 도는 순간에 한 사람이 대갈일성하면서 일장을 쳐왔다.

구양천상은 그의 장세가 막강함을 직감하고는 조금도 망설이지 않고 도는 탄력으로 마주 일장을 때려 냈다.

펑!

요란한 음향과 함께 구양천상을 암습했던 자가 어깨를 떨면서 잇달아 서너 걸음 물러나더니 왁! 하고 선혈을 토해내며 비틀거렸다.

바로 그때, 구양천상은 자신을 암습했던 자의 뒤에 한 구의 해골이 흔들거리며 땅에서 솟아나듯 일어나는 것을 보았다.

희미한 불빛 아래 드러난 해골의 움직임은 실로 공포의 극이었으며, 비틀거리고 있던 암습자—그는 사십대 대한이었다—는 심상치 않음을 직감한 듯 뒤를 돌아보다가 해골이 손을 처들자 처절한 비명과 함께 붕 떠 맞은편 벽에 부딪쳐 그대로 기절하고 말았다.

하지만 해골이 손을 처들어 그를 공격하는 순간에 구양천상은 이미 해골의 앞에 이르러 해골을 공격하고 있었다.

"우흐흐흐으으······."

해골은 괴이한 소리를 지르며 흔들거리며 놀랍도록 빠른 속도로 뒤로 물러났다.

"흥!"

그러나 구양천상은 냉소를 터뜨리는 순간에 가공할 수류천파의 지력을 일으켜 쉭쉭······ 하는 소리가 무섭게 해골을 엄습했다.

해골은 연달아 신법을 전개하며 삼 장을 쏟아내었으나 구양천상의 수류천파는 무서운 기세로 그의 장세를 보도와 같이 꿰뚫어 버리고 말았다.

"끄아악!"

한소리 참담한 비명과 더불어 해골이 껑충 뛰더니 맥없이 쓰러졌다.

이제 보니 그것은 검은 옷 위에다 흰 물감으로 해골의 형상을 그려 놓은, 전신을 흑의로 감싼 사람이었다. 그럼에도 사방은 칠흑 같은 어둠 속이라 그 움직임은 족히 공포스러울 수 있었던 것이다.

"이 사람은 웅풍보의 악일패?"

구양천상의 뒤에서 능풍검 왕천일의 중얼거림이 들려왔다.
"살릴 수 있겠소?"
구양천상이 흑의인의 복면을 벗기며 그를 돌아보자 능풍검 왕천일은 고개를 저으며 말했다.
"지독한 충격으로 인해 이미 심맥이 절단되었소이다. 잠시 깨어날 수는 있을 것이오……."
그 순간, 지난날 구양천상이 용문에서 한번 본 적이 있었던 웅풍보의 소보주 악일패는 신음을 흘리면서 깨어났다.
그는 자신을 부축하고 있는 것이 능풍검 왕천일임을 보고는 안도하듯 온몸의 힘을 다 짜내어 입을 움직였다.
"무, 무서운…… 악마들…… 군웅들은 도살…… 부탁…… 아버님을 구해…… 주시오……."
그의 마지막 말은 거의 들리지도 않았다.
"웅풍보의 노보주 웅풍진악 악우도 위기에 처한 모양이군. 그의 무공이면 당세 무림에서 그를 곤란하게 만들 자가 그리 많지 않을 텐데……."
능풍검 왕천일이 악일패를 내려놓으며 일어섰다.
그때 구양천상이 하나의 신패를 내밀었다.
"이런 것을 본 적이 있으시오?"
그것을 본 능풍검 왕천일은 미간을 찡그렸다.
"구중전의 섯인 듯한데…… 어느 천의 것인지 표시가 없군?"
바로 그 순간이었다.
쉭쉭, 하는 소리가 어둠을 가르며 그들을 향해 덮쳐 왔다.
"피하시오! 암기요!"

구양천상이 먼저 기척을 느끼고 소리치며 그를 덮쳐 갔다.

능풍검 왕천일은 암기가 자신의 뒤에서 날아듦을 알고는 노해 소리치면서 유성검을 풍차와 같이 휘둘러 암기를 막아내며 옆으로 물러났으나,

띵! 띠딩! 쨍그렁……

고막을 울리는 금속음과 함께 그것들이 흩어질 때에 그는 나직이 신음하며 비틀거리지 않을 수가 없었다.

이미 몇 개의 암기를 맞은 것이다.

능풍검 왕천일은 옥면신마라는 외호가 따로이 있듯, 실로 오늘과 같은 좌절은 당해본 적이 없어 머리끝이 곤두설 정도로 노해 뒤를 돌아보았다.

해골 한 구가 흔들거리며 삼사 장 거리에서 뒤로 바람과 같이 미끄러지고 있었다.

쏴아앙……!

그의 검이 유성과 같이 그의 손을 떠나 해골을 향해 날아갔다. 바로 유성검의 절초인 유성비서(流星飛逝)로서 그는 강호에 나와 이 일식을 거의 전개하지 않았다 할 수 있었다.

"크으!"

검광이 사라지며 해골이 주춤하는 듯하더니 단숨에 사오 장을 더 물러났다.

하지만 그 순간에 구양천상이 바람과 같이 그와 삼사 장 거리에 도달했으며 그는 해골이 모퉁이에 이르는 것을 보고는 대갈일성하며 웅장한 위세의 일장을 갈겨 냈다.

"와아악……!"

막 사 장 밖의 모퉁이를 돌려던 해골이 허공에서 껑충 뛰더니 마치 광풍에 휘말린 연이 떨어지듯 땅바닥에 처박혔다.

'가, 가공하다! 내 평생 저와 같은 엄청난 장세는 처음 보았다! 본 방의 용두방주(龍頭幇主)도 저와 같은 위세를 보일 수 있을지 모르겠군!?'

그 광경에 능풍검 왕천일은 자신의 상처도 잊은 듯 입을 딱 벌렸다.

한데 구양천상이 쓰러진 흑의고루인(黑衣骷髏人)의 앞에 도달했을 때 갑자기 일대의 바닥이 밑으로 쩍 갈라져 버렸다.

"구양 대공!"

능풍검 왕천일이 대경실색해 소리쳤다.

바닥이 갈라질 뿐 아니라 그의 좌우 복도 천장에서 무서운 속도로 쇠창이 쏘아져 내리고 있음을 본 까닭이다.

졸지에 허공에 선 꼴이 된 구양천상으로서는 절정의 신법으로 앞으로 나아가거나 뒤로 물러설 수밖에는 없는데, 그렇게 했다가는 그 순간에 전신이 저 쏘아져 내리는 쇠창에 의해 산적(散炙)이 되고 말 것이기 때문이다.

위기의 순간,

차아앙……

화통이 구양천상의 손을 벗어남과 동시에 용이 울부짖는 듯한 맑은 소리와 함께 한줄기 검광이 그의 허리로부터 일어나 천장에서 쏘아져 내리고 있는 쇠창을 무 토막과 같이 잘라냈다.

삽시간에 구양천상은 오 장여나 되는 함정을 벗어나 맞은편에 내려설 수가 있었다.

화통과 거기 있던 흑의인은 함께 검은 입을 벌리고 있는 함정의 밑으로 떨어져 내리고 있었다.

 구양천상이 바닥에 내려섬과 동시에 화통이 함정 속으로 사라져 주위는 칠흑과 같이 어두워졌으며 거의 숨쉴 사이도 없이 음산한 웃음소리가 들리며 무서운 경력이 구양천상을 쓸어왔다.

 이 일격은 구양천상조차도 예상치 못했던 것이라서 구양천상은 내심 크게 놀라 숨을 들이켜면서 급격히 몸을 반 바퀴 돌리며 일검을 찔러냈다.

 윙윙…….

 그러나 그를 공격해 온 자의 무공은 실로 놀랍기 이를 데 없어서 경력이 모였다 흩어지는 순간에 구양천상의 보천신검은 그 역도(力道)를 이기지 못해서 검신을 떨면서 밀려났고, 보천의 일검을 무용(無用)으로 만든 적의 일장은 피할 틈도 없이 구양천상의 가슴을 후려갈겼다.

 펑!

 눈앞에 별이 번쩍 튀며 무서운 충격이 전신을 엄습했다.

 "음……!"

 그는 충격을 견딜 수 없어 잇달아 뒤로 물러났으며, 만약 한 걸음만 더 뒤로 물러난다면 함정 속으로 빠져야 할 판이었다.

 그가 이를 악물며 신형을 세울 때 암습자는 놀란 듯한 외침과 함께 다시 그 놀라운 위세의 일장을 쳐왔다.

 불빛이 사라진 어둠 속이라 두 사람은 서로의 호흡과 기척으로써 상대의 움직임과 위치를 파악하고서 공격하고 있었음에도 그 움직임은 놀랍도록 빠르고 정확하였다.

"물러나라!"

돌연 구양천상이 꾸짖으며 수중의 보천신검을 번개처럼 뒤집어냈다.

검이 어둠 속에서 가공할 속도로써 적을 향해 뻗어나갔다.

바로 그 무서운 고혼일검(孤魂一劍)이었다.

"흐으윽!"

어둠 속에서 신음이 터지고 구양천상을 덮쳐 오던 압력이 갑자기 사라졌다.

구양천상은 적이 이미 부상을 입었음과, 또 그가 공세를 거두며 뒤로 물러나고 있음을 직감하고 놀람을 감추지 못하고 소리쳤다.

"멈춰라!"

그는 거세게 한입 진기를 들이마시며 적을 따라갔다.

그러나 그 순간에 음산한 웃음소리와 함께 어둠 속에서 흰빛이 번뜩이며 그를 덮쳐 왔다.

"은하신침!?"

그것의 정체를 단숨에 알아본 구양천상은 크게 놀라 외치며 보천신검을 조화검결로써 휘둘러 날아들던 은하신침을 모조리 떨어뜨렸다.

"구양 대공! 괜찮으시오?"

능풍섬 왕천일의 외침이 들려왔으나 구양천상은 대답하지 않았다. 보천신검을 늘어뜨린 채 우뚝 서 있는 그의 얼굴에는 온통 경악과 회의의 빛이 서리고 있었다.

'이 일장은…… 이 일장은…… 바로 천수가 얻었던 신비의 불

법무한이다!'

구양천상의 무공은 이미 최고에 이르러 있었다.

그리고 그의 고혼일검은 가히 절대(絶代)가 되어 지난날의 위력과는 비교도 할 수 없을 지경에 이르러 있는 것이다.

어떤 사람이라도 피할 수 없는 죽음의 검이 바로 지금 구양천상이 펼치는 고혼일검이었다.

한데 적은 그 고혼일검을 받아내고는 후퇴하고 있는 것이다.

그에게 부상을 입히고서…….

구양천상은 그를 격퇴하는 마지막 순간에도 장세의 여력으로 인해 다시 충격을 받아야 했다.

그 가공할 장세는 구양천상이 조금도 잊을 수 없는 것이었으며, 부상을 당한 적이 뿌리며 도주한 암기야말로 바로 구양세가의 독문암기인 은하침통에서 발사되는 은하침이 아닌가!

과연…….

구양천상은 자신의 내상을 돌보지도 않고 무서운 속도로 몸을 날렸다.

第八章

군주현신(君主現身)
―그를 구하라! 그의 모든 것은 본심이 아니니…….
〈천기노인이 남긴 금낭(錦囊) 중에서〉

풍운고월
조천하

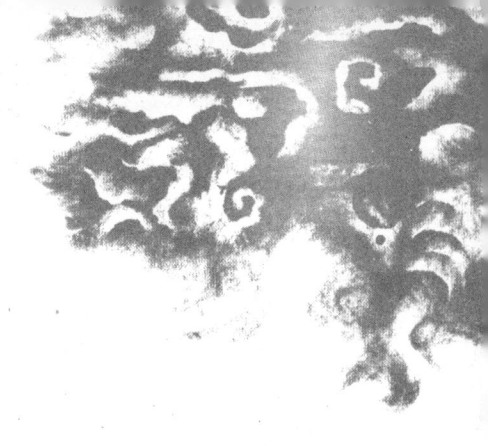

 불빛이 사라진 통로는 칠흑과 같이 어두웠다.
 구양천상은 그 통로를 마치 질풍처럼 조금의 망설임도 없이 달리고 있었다. 그에게 있어 이 일보다 더 중요한 것은 없다.
 그의 동생 구양천수가 소림사에서 얻은 불법무한의 일초 신공장(神功掌)을 아는 사람은 당금 천하에 오직 두 사람밖에는 없는 것이다.
 구양천수 본인과 구양천상!
 그런데 이 어둠 속에서 그 불법무한의 신공을 사용하는 사람이 나타나다니……
 구양천상의 공력은 이미 당대 최고에 이르러 있었으므로 사물을 분간할 수 없는 어둠이라고 하나 그것이 장애가 될 수는 없었다. 미약한 기척이 앞에서 달리고 있음이 드디어 느껴졌다.

행운유수의 무상신법이 전력을 다해서 펼쳐졌다.

끄르릉…….

그의 앞 이 장이 되지 않는 곳에서 돌이 끌리는 소리가 들려왔다. 희미한 빛이 앞쪽 벽에서 새어 나오며 흑의인 하나가 석벽 안으로 사라지는 것이 눈에 들어왔다.

다급하지 않을 수가 없었다.

그가 그 자리에 도착했을 때 석벽에 생겨났던 암도가 이미 완전히 닫히기 직전이라 기관을 찾아 그것을 다시 열고자 하면 그 사이에 흑의인은 멀리 사라져 버리고 말 것이기 때문이다.

"타!"

구양천상의 입에서 나직한 호통이 터져 나오며 닫히는 문을 향해 일권을 질러냈다.

문과 주먹이 마주치는 순간,

쾅!

벼락치는 소리가 일어나며 돌로 된 문이 나무문이 쪼개지듯 무너져 내렸다. 가공할 위력이었다.

돌가루가 사방으로 흩어지는 가운데 구양천상은 이미 문을 뚫고 그 안으로 들어서고 있었다.

안은 사방 이 장 정도의 석실이었는데 땅에 떨어진 화섭자의 꺼져 가는 불빛으로 인해 사물을 분간할 수 있었으며 서너 명의 사람들이 쓰러져 있음이 보였다.

죽음의 냄새가 꺼져 가는 불꽃처럼 석실 안에서 느껴졌다.

"으악!"

비명 소리가 석실에 이어진 통로로부터 들려왔다.

흑의인의 그림자가 통로로 달려가고 있음을 볼 수 있었다.

찰나간의 틈이었음에도 불구하고 그와의 거리는 사오 장 이상으로 벌어져 있었다.

"수아! 나를 모르겠단 말이냐?"

구양천상이 몸을 날려 뒤따르면서 소리쳤다.

흑의인이 흠칫 뒤를 돌아보는 듯한 순간에 갑자기 그의 몸에서 놀라운 광채가 일어나는 듯하더니 그의 신형이 구양천상의 시야에서 사라져 버렸다.

구양천상의 신형이 거의 같은 순간에 그 자리에 도달했다.

그 순간이었다.

"와핫핫하……! 겁없는 조무래기들 같으니, 감히 네놈들이 나를 노린단 말이냐?"

천둥 같은 웃음소리가 사방에 메아리치며 무서운 경력이 구양천상을 휩쓸었다.

그것은 마치 산이 무너져 내리는 듯 엄청났다.

구양천상의 미간이 찡그려지며 수중의 보천신검을 전광석화와 같이 앞으로 무찔러 들었다.

쨍! 쨍그렁! 째앵!

요란한 음향이 잇달아 메아리치면서 대장간의 불똥과 같은 섬광이 사방으로 튀어 날았다.

구양천상이 보천신검을 휘두르다 어깨를 떨며 반걸음 뒤로 물러나 손을 멈추었으며 그를 공격한 사람 또한 만면에 경악한 빛을 감추지 못한 채 한 걸음 물러나 자신이 들고 있는 독각동인(獨脚銅人)을 들여다보았다.

길이만도 반 장(半丈)에다 무게는 가늠되지도 않는 독각동인의 몸체에는 깊은 검흔이 도끼로 찍어놓은 듯 드러나 있었다.

"네놈은 누구냐?"

믿을 수 없는 듯 독각동인을 내려다보던, 구양천상을 공격한 거대한 체구의 남포노인(藍袍老人)이 무서운 빛으로 구양천상을 쏘아보며 물었다.

그를 본 구양천상의 얼굴이 조금 굳어졌다.

"천패신마(天覇神魔)……!"

구양천상의 중얼거림에 남포노인의 눈에는 의외인 듯한 빛이 드러났다.

"대가리에 피도 마르지 않은 꼬마가 이 할아버님의 함자를 알다니, 기특하군! 뉘 집 꼬마냐?"

그의 말은 구양천상이 강호에 출도한 이래 들어본 가장 광망한 것이었지만 그의 성정(性情)이 원래 그러함을 알고 있는 구양천상은 아무런 표정도 드러내지 않고 주위를 살펴보았다.

천패신마로 말하자면 성질이 흉포한데다가 신력이 천하제일이라서 풍마동(風磨銅)으로 만들어진 독각동인을 휘둘러 기분 내키는 대로 사람을 쳐죽여도 그를 상대할 만한 사람이 없던 전대의 마두이다.

이미 오십 년 전부터 강호상에서 그 종적이 묘연했던 그마저 여기에 모습을 드러내었으니 천고지궐에 과연 얼마만 한 사람들이 모인 것인지 짐작하기 어렵지 않았다.

구양천상이 서 있는 곳은 길이 좌우로 갈라지는 갈림길의 길목이었다.

그의 좌우로는 통로가 어둠 속에 뻗어 있고 천패신마는 등 뒤로부터 빛을 받으며 흉흉한 빛으로 우뚝 버티고 서 있었다.

상황은 매우 묘했다.

흑의인이 이 갈림길에 도달하는 순간에 석벽이 갈라지며 천패신마가 그곳으로부터 튀어나온 것이다.

천패신마가 나온 곳은 석실인 듯했으며, 그 안으로부터는 빛이 새어 나오니 흑의인의 신형은 갑자기 사라진 듯 보이고 전력을 다해 그곳으로 날아드는 구양천상을 보고 천패신마는 누군가가 자신을 공격하는 것으로 오해한 것이었다.

"실례하겠습니다."

한눈에 상황을 짐작한 구양천상은 천패신마에게 고개를 정중히 숙여 보이고는 몸을 돌리려고 했다.

"으왓핫핫하! 올 때는 몰라도 갈 때도 네 마음대로라면 어찌 체면이 서랴?"

천패신마는 주위가 무너져라 앙천대소하며 몸을 돌리는 구양천상의 머리를 향해 독각동인을 휘둘렀다.

휘이잉!

바람을 끊는 소리가 소름끼치는 놀라운 위세로 구양천상을 향해 날아들었다.

쇳덩이라 할지라도 박살이 날 가공할 위세, 한데 구양천상이 어떤 움직임을 보이기 전에 굉량(宏量)한 외침 소리가 날아들었다.

"도천척(盜天擲)! 감히 손을 거두지 않을 담량이 있느냐?"

도천척이란 쓰지 않은 지 오래된 천패신마의 본명이다.

천패신마는 그 소리와 함께 놀라운 경력이 쇠화살과 같은 위세로 자신의 머리를 엄습함을 느낄 수 있었다. 만에 하나라도 그대로 구양천상을 공격하다가는 머리가 두부가 될 판이었다.

"어떤 개자식이냐?"

그는 이를 갈아대며 몸을 틀었다.

동시에 구양천상을 엄습했던 독각동인이 거대한 바람을 일으키며 그의 뒤를 휩쓸어갔다.

뚜당땅! 땅!

요란한 소리가 나며 천패신마는 인상을 쓰며 두 눈을 부릅떴다.

그의 눈에서 무서운 빛이 뿜어졌다.

"철배…… 이 낙타 늙은이…… 계집들의 치마폭에 엎드려 있다더니 아직 뒈지지 않고……!"

옷자락을 펄럭이며 날아든 사람은 철패창룡 문화평이었다.

그는 구양천상에게 덮쳐 가는 천패신마 도천척을 저지하자 냉랭한 어조로 말했다.

"패군지장의 주제에…… 나의 천운관홍지를 다시 받아볼 담량이 있느냐?"

말과 함께 그의 중지에서는 다시 쉭쉭! 소리를 일으키며 무서운 위력의 지력이 천패신마의 눈을 노리고 찔러갔다. 좀 전에 천패신마의 머리를 노렸던 것은 바로 이 천운관홍지였던 것이다.

구양천상은 그의 뒤에 모용아경과 상청자 등이 손에 손에 화통과 무기 등을 들고 날아오고 있음을 보고는 안심을 하며 보천신검으로 옆에 있는 석벽을 쳤다.

그그그…….

돌연 그의 앞쪽 바닥이 사오 장 정도가 갈라지며 시커먼 밑바닥이 드러났으며, 구양천상은 그것을 보고 조금도 망설임없이 그 안으로 뛰어들었다.

"군사— 대가!"

그 광경을 보고 모용아경 등이 놀라 일제히 부르짖었다.

그들의 앞에는 천패신마와 철배창룡 문화평 등이 어울려 돌아가고 있으니 어떻게 움직일 재간이 없다.

"비켜요!"

모용아경이 매섭게 소리치며 손을 쳐들었다.

그녀의 손으로부터 조그마한 박쥐와 같이 생긴 것이 잇달아 다섯 개가 천패신마를 향해 날아갔다.

웬 조그만 계집아이가 소리침을 보고 싸우기에 급한 천패신마는 신경도 쓰지 않고 있다가, 날카로운 소리와 함께 날아드는 그 암기를 보고는 안색이 싹 변해 물러나며 외쳤다.

"편복왕(蝙蝠王)…… 너는 모용가와 어찌 되는 사이냐?"

그는 말을 하면서 독각동인을 휘둘러 날아드는 편복왕을 쳐 떨어뜨리려 했으나, 그것은 마치 살아 있는 듯 호선을 그리며 독각동인의 안으로 파고들어 천하의 천패신마로 하여금 잇달아 뒤로 물러나지 않을 수 없도록 했다.

"흐으윽?"

어디를 어떻게 했는지 천패신마가 다급한 외침을 토할 때 모용아경은 그의 곁을 지나 구양천상이 뛰어내린 함정에 도달할 수 있었지만 그때는 이미 그 함정이 닫히고 난 다음이었다.

함정의 안은 쇠창이 거꾸로 서 있어 떨어지는 사람은 단숨에 산적이 되고 말 판이었다.

하지만 구양천상이 떨어져 내리며 보천신검을 휘둘렀고, 창창, 삼엄한 검광이 번뜩이는 사이에 그 쇠창들은 부러진 젓가락과 같이 되고 말았다.

바닥에 내려선 그는 주위를 한번 쓸어보고는 한곳을 향해 보천신검을 찔러내었다.

쓰쓰…….

돌이 베어지는 음향이 일어나더니 석벽 한쪽이 사방 한 자 반 정도가 되게 무너졌다. 보천신검의 끝에서 일어나는 눈부신 검광은 그가 이미 검도상승의 검강(劍罡)을 일으키고 있음을 의미하고 있었다.

석벽을 뚫어내자 구양천상은 조금도 망설이지 않고 안으로 뛰쳐들었다.

그의 계산대로라면 그가 뛰어내린 통로가 통할 수 있는 가장 빠른 지름길은 이 무지막지한 통과법이었다. 다시 말해서 흑의인이 도주한 통로는 돌고 돌아 결국 여기를 거쳐야 한다는 말이다.

그가 들어선 곳은 사방이 두어 장 정도 되어 보이는 석실이었고 통로는 보이지 않았다.

'과연 그 도면은 누군가가 손질한 것이었구나. 도면대로라면 이곳은 거미줄처럼 뻗어난 중심부 미로의 교통점이라야 하는데 하나의 석실에 불과하다니…….'

천고지궐의 입구에 있는 도면이 실제와 다르게 손질되어 있다면 그것이 의미하는 바는 실로 간단치 않은 것이다.

그러나 지금은 그 전율할 사실에 눈을 돌리고 있을 시간이 없었다.

석실을 한차례 둘러본 구양천상은 조금도 망설이지 않고 한쪽 벽에 장식되어 있는 유등(油燈)을 잡아 비틀었다.

끼르르……

귀에 거슬리는 음향이 들리며 바깥쪽에서 희미한 빛이 들어오면서 너비 반 자가량의 문이 하나 나타났다.

구양천상이 막 밖으로 나가려고 하는데 돌연 누군가가 기다렸다는 듯이 안으로 날아들었다.

"엇?"

이것은 미처 예상치 못한 일이었는데, 안으로 날아들던 인영은 누군가가 자신의 앞을 막아섬을 보고는 놀란 외침과 함께 이를 갈면서 수중의 섭선을 휘둘러 순식간에 삼 초 구 식을 공격해 왔다.

돌연히 나타난 사람의 공세는 실로 대단했다.

"할아버지!"

한데, 막 보천신검을 들어 그 공세를 막으려던 구양천상이 인영의 얼굴을 보고는 놀라 외치며 뒤로 물러났다.

"할아……? 천상이냐?"

구양천상을 공격하던 대머리노인이 그 소리에 흠칫하여 손을 거두며 구양천상을 보려 했다.

바로 그때였다.

검은 그림자 하나가 유령과 같은 신법으로 대머리노인의 뒤로 나타났으며 그는 아무런 소리도 없이 손을 뒤집어 수중의 보도(寶刀)로 대머리노인을 공격했다.

음산한 도광(刀光)이 귀신과도 같이 대머리노인의 전신을 휘감았다.

"위험합니다!"

구양천상이 외치며 하늘로 떠올랐으며 그의 손에서 보천신검이 고혼일검의 식으로 놀란 번개와 같이 허공을 달려 검은 그림자를 엄습했다.

그와 동시에 심상치 않음을 느낀 대머리노인 또한 그 즉시 그 자리에서 몸을 뒹굴어 석실의 안으로 굴러 들어갔다.

쨍! 쨍그렁!

귀청을 찢는 요란한 음향이 미친 듯이 일어나며 놀란 외침과 신음 소리가 꼬리를 물고 이어졌다.

"놀라운 도법이로군!"

구양천상이 석문의 앞에 서서 나직이 중얼거렸다.

그의 앞에는 핏자국이 뿌려져 있고, 방금 그와 생사의 일격을 주고받았던 검은 그림자는 어디론가 사라져 버리고 없었다.

"그는 구천군주의 삼 개 친위대 중 제일인 흑암기(黑暗旗)의 대장인데…… 네가 그의 마도(魔刀)를 상대하여 단 일격에 그를 격퇴시킬 수 있다니, 그간 네게는 적지 않은 변화가 있었던 모양이로구나."

그의 뒤에서 놀란 듯한 중얼거림이 들려왔다.

온몸이 피투성이가 된 작달막한 키의 대머리노인이 창백한 얼굴로 벽에 기댄 채 구양천상을 보고 있었다.

"할아버님! 어찌 된 일입니까? 많이 다치셨습니까?"

구양천상이 급히 그에게 다가가 그를 부축하며 말했다.

이 노인이야말로 그간 종적이 묘연하였었던 구양천상의 작은할아버지 소요신옹 구양운유였던 것이다.

그마저 이 천고지궐에 들어왔으니, 오늘 천고지궐에는 실로 천하의 군영(群英)이 다 모였다 해도 과언이 아니었다.

소요신옹 구양운유는 구양천상이 상처를 보려 하자 고개를 흔들었다.

"중환자 취급하지 마라. 나는 전신에 십칠 개소의 도상과 삼개소의 검상…… 그리고 이 장을 얻어맞았을 뿐이다…… 살아나기도 쉽지 않겠지만…… 그렇다고 쉽게 죽을 상처도 아니다……약 있냐?"

그의 말을 처음 듣는 사람은 어안이 벙벙하여 정신을 차릴 수 없음이 정상이다.

한 군데만 상처를 입어도 죽을 수가 있다. 아무리 얕은 상처라도 열일곱 군데를 칼로 찔린 거라면 출혈만 해도 과다할 것이었다. 그런데다 세 군데의 검상을 더하고 또 두 번이나 장세에 맞았다면서 저런 태도라니…….

구양천상은 품속에 있는 고본정양환이 든 병을 병째 소요신옹 구양운유에게 건네주었다.

소요신옹 구양운유는 병을 받자마자 조금도 망설이지 않고서 안에서 한꺼번에 세 알을 꺼내 씹지도 않고 꿀꺽 삼켰다.

구양천상은 그의 태도에서 그가 입은 상처가 실로 위중함을 직감할 수 있었다. 그것을 증명하듯 그의 전신은 온통 피로 물들어 있었다. 그것이 모조리 본인의 피라면 과다한 출혈로 인해 서 있는 것도 어지러울 것이다.

 소요신옹 구양운유는 고본정양환을 삼키고 나서 그 어린아이와 같은 눈으로 그를 보며 말했다.

 "대환주천지법으로 나의 삼십육 개 대혈을 점할 힘이 있느냐?"

 구양천상은 대답 대신 양손을 움직여 번개처럼 그의 삼십육 개 대혈을 점했으며, 대번에 그의 전신에서 입을 벌리고 피를 쏟아내고 있던 상처에서는 피가 멎기 시작했다.

 소요신옹 구양운유는 눈이 동그래져서 구양천상을 쳐다보더니 고개를 끄덕였다.

 "그래서 놈들이 그처럼 나에 대해서 신경을 쓰는 것이로구나. 되었다…… 네 녀석 때문에 지옥문은 근근이 벗어나게 되었구나."

 "앉으십시오. 제가 운기행공을 도와드리겠습니다."

 구양천상의 말에 소요신옹 구양운유가 머리를 흔들 때다.

 "아아악!"

 "으ㅎㅎㅎ……."

 음산한 웃음소리와 비명 소리가 바깥쪽에서 잇달아 들려왔다.

 소요신옹 구양운유가 안색을 굳히며 빠르게 말했다.

 "함정이다! 오늘 이 천고지궐의 일은 모조리 구중천이 군웅들을 끌어들여서 몰살시키려는 함정이야. 어떻게든 이 일을 막아야 해. 그렇지 않았다가는 대가가 너무 크다!"

 "정말로 이 천고지궐의 일을 주지하고 있는 것이 구중천입니까?"

 "그렇다. 이미 구천군주의 휘하 삼 개 친위대가 모조리 동원되어 천고지궐 내에 들어온 사람들을 도륙하고 있다……. 나 또한 그중 흑암기의 대장과 그 휘하들에게…….”

말을 하던 소요신옹 구양운유는 돌연간 침중한 어조로 말을 이었다.

"천수가 여기 있다!"

"……!"

구양천상의 전신에 세찬 충격의 파도가 일어났다.

"정말입니까?"

"그렇다. 나는 녀석의 종적을 따라서 여기까지 들어오게 되었다. 그동안 나는 놈의 종적을 조사하여 그 녀석이 구중천 내부로 잠입하여 들어간 것을 알아내었고, 그 종적이 사라진 것을 또 알 수가 있었는데…… 오늘…… 여기 온 것을 알고 따라왔다…….”

말을 하던 구양운유는 구양천상의 표정이 이상함을 눈치챘는지 그를 보았다.

"혹 짚이는 것이라도 있느냐?"

'그럴 리가…… 설마 그럴 리가…….'

구양천상은 굳은 표정으로 소요신옹 구양운유를 보았다.

"천수를 이곳에서 보셨습니까?"

"보지는 못했다. 하지만…… 부근 어딘가 있을 것이다. 내가 살펴본 바대로라면 이 일대는 바로 천고지궐의 중심부에 속한다. 나는 녀석의 종적을 얼마 전에 놓쳤다.”

그의 말에 구양천상이 침음하다가 물었다.

"잠시 혼자 계실 수 있으시겠습니까?"

소요신옹 구양운유가 쓰게 웃었다.

"내가 금방이라도 무덤에 들어갈 늙은이라 생각하냐? 고얀……."

그의 중얼거림에 구양천상은 품에서 은하침통을 꺼내 그에게 주었다.

"잠시만 계시면 구대문파의 고수들이 이곳으로 올 겁니다. 제가 이곳을 떠나면 안 되겠지만……."

"가보도록 해라. 이 일은 확실히 괴이한 점이 있다. 잘못하면 우리 구양세가의 이름은 영원히 씻지 못할 구렁텅이에 빠질지도 몰라……."

구양천상의 말에 소요신옹 구양운유가 어조를 바꾸어 말하고는 손을 내밀어 은하침통을 받아 들었다. 그가 석실에 들어 은하침통으로 호신한다면 어떤 고수라 할지라도 일시간에 그를 어찌할 수 없을 것이다.

그리고 그사이에 함정을 열게 되면 모용아경을 비롯한 구대문파의 고수들이 그에게 당도할 수 있을 것이었다.

소요신옹 구양운유의 말은 절대 과장이 아니었다.

천고지궐 내부의 모든 기관은 최대로 작동되고 있었으며, 그가 보기에 그것은 원래 있었던 것보다 더욱 강하고 지독한 것 같았다.

죽고 죽이는 대살육의 현장이 바로 천고지궐의 내부였다.

그러나 그 어떤 매복이라 할지라도 구양천상을 곤란하게 하지는 못했다. 그의 손 아래 매복자들이 쓰러지고 기관은 파괴되었다.

〈지궐(地闕)〉

거대한 편액이 야명주의 빛으로 어둠 속에서 드러나 있었다.

하나의 지하광장에 구양천상은 서 있었다.

타원의 지하광장은 폭이 이십 장이나 되는 엄청난 것이었고 사방으로 통하는 통로가 연결되어 있어 모든 기관을 다 거치게 되면 이곳으로 오게끔 된 곳이었다.

다시 말하자면 이곳이야말로 천고지궐의 중심부라 할 수 있었다.

지궐이라는 편액의 아래에는 거대한 석주로 버티어진 두 개의 문이 있었는데 그 문 중 하나는 이미 열려 있었으며 그 앞에는 벌써 삼사십 명 이상의 사람들의 시신이 쓰러져 있었다.

피비린내가 진동하며 사방에서는 은은히 호통치는 소리와 비명 소리, 그리고 격렬히 싸움하는 소리가 계속 들려오고 있어 사람들이 함정 속에 빠졌음에도 불구하고 서서히 이쪽으로 밀려들고 있는 듯했다.

너비 이십 장이나 되는 지하광장에 살아 서 있는 사람은 오직 구양천상밖에는 없었다.

그는 천천히 한숨 쉬며 걸음을 옮겨 열려져 있는 문 쪽으로 다가갔다.

막 문 쪽으로 다가가던 그는 돌연 한 사람이 문 안에서 비틀거리며 나오는 것을 보고는 걸음을 멈추지 않을 수 없었다.

피투성이…….

흩어진 머리칼의 녹포노인은 품에 하나의 궤를 안고 비틀거리며 나오다가 구양천상을 발견하고는 흠칫하는 빛이더니 이내 두 눈에서 무서운 신광을 쏟아냈다.

"너 따위 꼬마가 노부…… 절정마군(絕情魔君)의 물건을 노리다니……!"

그는 싸늘히 웃더니 손을 쳐들었다.

하지만, 그는 다음 순간에 칠공에서 피를 쏟아내며 저절로 쓰러져 나동그라지고 말았다.

녹포노인의 얼굴은 단숨에 푸르게 변해 악취를 풍기기 시작하여 지독한 중독임을 알 수 있었다.

'무서운 일이로구나…… 절정마군이라면…… 천패신마보다 더 강한 사람인데 여기서 속절없이 쓰러지다니…… 이건!'

속으로 탄식하던 구양천상은 엎어진 그의 등을 보고 갑자기 안색이 돌변했다.

벌집이 된 절정마군의 등은 무서운 암기가 꿰뚫고 간 흔적이 역력했고, 그 등은 이미 검은 물이 흐르도록 부패하고 있는 중이었다.

"은하침이다. 하지만…… 은하침에는 독이 없는데……."

그의 등을 살펴본 구양천상은 자신도 모르게 소리내어 중얼거리고 말았다.

바로 그 순간이었다.

쐐쐐— 쐐쐐애—!

공기를 째는 소리가 연속하여 들리며 섬광이 빗줄기와 같이 구양천상을 향해 은하수가 떨어지듯 쏘아져 왔다.

"은하침!"

구양천상은 그것을 보고 놀람에 찬 소리를 토해내면서 그대로 땅을 박차고 날아올라 은하침이 쏘아져 나온 지궐의 문 안으로 날아들어 갔다.

그의 신형은 행운유수의 신법인지라 말할 수 없이 빠르고 자연스러웠는데도 허공에 뜬 그를 향해 은하침은 다시 파도가 치듯 쏘아져 왔다.

쨍쨍!

구양천상은 허공에서 검을 휘둘러 은하침을 막아내며 몸을 뒤집어 땅으로 내려서다가 전신이 굳어지고 말았다.

어찌 이곳을 지하라 할 수 있으랴.

흘러가는 강이 있다.

호수가 있으며, 호수와 강을 잇는 운하가 있고 그 위를 가로지르는 교각, 회랑이 즐비하며 아름드리 석주들이 끝도 없이 늘어서 있는 것이다.

수은(水銀)의 강이며 호수였다.

한세도왕은 지난날의 진시황의 흉내라도 내고 싶었던 것일까?

가히 사치의 극이다.

만에 하나라도 여기에 태양이 있든지, 혹은 밝은 불빛이 있다면 아마도 휘황한 빛으로 인해 여기 들어선 사람은 눈을 제대로 뜰 수가 없었을 것이다.

족히 백여 장은 되어 보이는 거대한 지하 궁전.

그 안에 만들어진 모든 것들이 정교하기 이를 데 없으되, 모두 실물 크기는 아니었다. 거인국과 소인국이 한데 공존하고 있다고 나 할까.

그러나 구양천상이 놀란 것은 그 화려함과 웅대함 때문이 아니었다.

그를 포위하듯 둘러서 있는 다섯 명의 흑의인들…….

그리고 그들의 뒤에 서 있는 또 한 명의 흑의인.

그들의 진세. 그들이 서 있는 형태를 보고 그가 어찌 놀라지 않을 수 있을 것인가?

그것이야말로 그가 수년 간 훈련시킨 오행연환진(五行連環陣)이었던 것이다.

"호가오영…… 정녕 너희들이냐?"

구양천상은 그 다섯 명의 뒤에 있는 흑의인을 보았다.

복면을 한 그 흑의인의 눈은 차고 냉정했다.

하지만 그는 저 눈을 무덤 속에서라도 알아볼 수 있었다.

"천수…… 천수! 정녕 너란 말이냐? 정녕……!"

그처럼 조용하던 그의 얼굴에 격렬한 흔들림이 일어났다.

흑의인은 그의 물음에 대답 대신 손을 뻗어 쓰고 있던 복면을 벗어 들었다.

거기서 드러난 얼굴은…… 과연 구양천수였다.

어딘지 음울하고 창백한 빛이기는 했으되, 구양천상의 동생인 구양천수…… 그간 단 한 번도 소식이 알려지지 않았던 구양천수임에 틀림이 없었다.

"설마 했는데……."

그의 얼굴을 본 순간에 구양천상은 격심한 충격으로 신음하지 않을 수가 없었다. 어찌 이런 일이 일어날 수가 있다는 말인가!

순간, 구양천수는 손을 들었고, 그의 손짓에 따라 구양천상을 포위하고 있던 호가오영이 무서운 기세로 구양천상을 공격해 왔다.

기가 막힌 일이었다.

"호가오영! 너희들이 감히 나를 공격한단 말이냐?"

구양천상이 노해 눈을 부릅뜨자 손을 쓰지 않았음에도 그의 전신에서는 이미 항거할 수 없는 위엄이 충만하여 그를 덮쳐 오던 호가오영은 부지불식간에 손을 멈추지 않을 수가 없었다.

땅! 땅! 쨍그렁!

그와 동시에 구양천상은 이미 수류천파의 지력을 일으켜 호가오영을 공격하였으며, 일신의 모든 절기를 구양천상에게서 가르침 받았던 호가오영은 그의 손을 피하지 못하고 잇달아 신음을 흘리며 쓰러지고 말았다.

구양천수는 그것을 보고는 미간을 찡그리며 손을 쳐들어 구양천상을 공격해 왔다.

그것이야말로 바로 암도에서 구양천상을 공격했던 바로 그 불법무한의 신공장이었다.

"과연 그것이 너였구나."

그는 실로 이와 같은 일을 믿을 수가 없었고 이러한 일이 생길 것임은 생각조차 해본 적이 없었다.

구양천상이 뒤로 물러서자 구양천수의 불법무한의 일장은 기이하기 이를 데 없이 흔들리더니 전광석화와 같이 그의 가슴을 향해 무찔러 왔다.

"감히 네가 나를 공격하다니⋯⋯ 설마 네가 나를 몰라본단 말이냐?"

구양천상은 이를 악물며 다시 뒤로 물러났으나 불법무한의 장세는 더욱 빨라져 신법만으로는 피할 수가 없게 되었다.

땅!

강한 음향과 함께 두 사람의 손이 맞부딪치고 일진의 소용돌이와 함께 구양천수가 신음을 흘리며 뒤로 물러났다. 그의 일초 신공장은 세상을 덮을 수 있는 절학임에 틀림이 없으나 구양천상의 내공을 당할 수는 없는 일이었다.

구양천수가 미간을 찡그리며 연달아 뒤로 서너 걸음 물러나는 것을 본 구양천상은 더 이상 망설이지 않고 그를 덮쳐 가며 손을 쳐들어 수류천파의 지공 중 만류쇄맥의 방식을 사용하여 그를 제압하려 했다.

바로 그때였다.

구양천상의 배후에서 음산한 도기(刀氣)가 소리도 없이 덤벼왔다. 만약 그가 구양천수를 계속하여 공격해 간다면 그 도기를 피할 수는 없을 것이 틀림없을 정도로 그것은 무서운 위력을 가지고 있었다.

"홍!"

구양천상의 입에서 얼음과 같은 냉소가 터져 나왔다.

차아앙…….

동시에 그의 손으로부터 보천신검이 무서운 광채를 끌면서 발출되어 뒤에서 그를 덮쳐 오고 있는 도기를 막아갔다. 아니, 그것은 막아내는 것이 아니라 오히려 그것을 공격하는 듯 그 속도야말로 천하제일이었다.

검광은 어둠을 가르는 번갯불과 같아 번뜩임을 본 것도 같지만 그 움직임은 도저히 볼 수가 없었다.

쨍그렁…… 쨍! 쨍!

고막을 찢는 금속음과 함께 불똥이 튀며 신음 소리가 들려왔다.

검은 그림자 하나가 놀란 토끼와 같이 뒤로 물러나고 있었다.

그러나 물러나는 그의 신법보다 그를 따르고 있는 검광은 더 빨랐다.

하지만 그 순간에 구양천상은 그의 뒤에서 구양천수가 다시 공격해 오고 있음을 깨달을 수 있었다.

그는 암암리에 탄식하며 손을 흔들었다.

보천신검이 그의 손을 떠나 검은 그림자를 향해 날았고, 구양천상은 몸을 돌리며 구양천수의 장세를 막는 동시에 손을 뻗어 그를 제압하려 했다.

하지만 구양천수는 이미 그의 행동을 짐작한 듯 뒤로 물러나 있었다.

"으악!"

그 순간에 구양천상의 뒤에서 처절한 비명 소리가 들려왔다.

구양천상은 손을 뻗어 돌아오는 보천신검을 받아 들었다.

"으으……! 당대에 어검술을 시전할 수 있는 사람이 존재하다니……."

이를 악무는 신음 소리가 뒤에서 들려왔다.

전신을 검은 옷 일색으로 감싼 흑의인 하나가 어깨를 움켜쥐고 비틀거리며 잇달아 물러서고 있었다.

쏟아지는 피…….

그의 오른팔은 방금 전의 일전에서 보천신검에 박살이 난 보도(寶刀)의 손잡이를 움켜쥔 채 그의 어깨를 떠나 땅바닥에서 피를 뿌려대며 꿈틀거리고 있었다.

단순히 어깨만이 아니라 가슴이 잘려진 형태라 그가 살아 있는 것이나 서 있을 수 있음은 그가 어느 정도의 고수인지를 말하고 있는 듯했다.

구양천상은 흑의인들이 석주 사이로 늘어서 나타나고 있음을 보고는 천천히 말했다.

"흑암기는 구천군주의 친위대 중의 정예로서…… 한시도 구천군주의 신변을 떠나지 않는다고 하더니…… 당신이 흑암기의 대장이라면 구천군주도 이미 이곳에 와 있겠군."

보천신검을 받아 든 구양천상은 금방이라도 쓰러질 듯한 흑의인, 흑암기의 대장을 보고 침착히 말했다.

그 흑의인은 바로 소요신옹 구양운유를 공격했던 자이며 구양천상은 이미 그와 한번 싸워본 적이 있었기 때문에 위험을 무릅쓰고 전력을 다해 그를 일거에 패퇴시켜 재기 불능으로 만들어 버린 것이다.

원래 그는 구양천수의 일격에 의해 이미 내상을 입은 상태였는지라 이 일은 그에게 있어 무리라 하지 않을 수 없었다.

그런데 구양천상이 말을 하는 바로 그 순간이었다.

"옳다. 그들은 항상 나의 주위를 떠나지 않지……."

어디선가에서 돌연히 고막을 떨어 울리는 힘을 가진 음성이 들려오는 것이 아닌가?

그 음성은 괴이하여 남자인지 여자인지조차 분간할 수 없었다.
'구천군주?'
구양천상의 전신이 싸늘히 식어왔다.
그는 눈을 들었다. 그의 앞에는 한세도왕이 남긴 지궐의 웅대함이 펼쳐져 있었다.

第九章

청천벽력(青天霹靂)
―어찌 이런 일이 일어날 수 있단 말인가?
하늘이여…….
<구양천상의 비탄(悲嘆) 중에서>

풍운고월
조천하

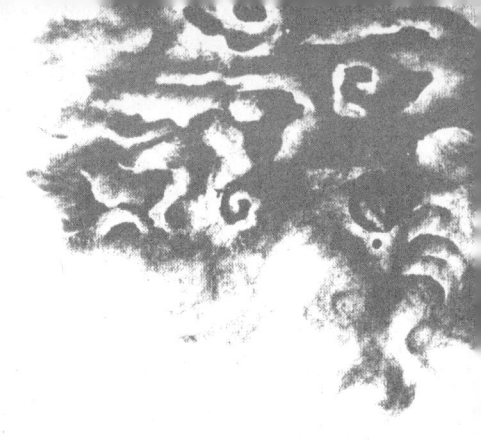

 한세도왕이 잠들어 있다는, 그의 모든 정수(精髓)와 장보(藏寶)가 한곳에 있다는 지궐은 그 넓이가 백 장을 넘고 높이만도 이삼십 장 이상이었다.
 그것을 지탱하고 있는 것은 신상(神像)과 같은 형태로 늘어서 있는 아름드리 석주들.
 이 지궐의 가장 깊고 중심적인 곳에는 구중궁궐과 같은 형태로 만들어진 단(檀)이 있다.
 마흔아홉 개의 계단으로 이루어진 그 단 위에는 하나의 거대한 옥좌(玉座)가 존재했다. 천자(天子)라 할지라도 앉아보지 못했을 옥좌였다.
 바로 그 옥좌 위에 한 사람이 온몸을 묻고 앉아 있었다.
 순백의 비단 장삼에는 금실이 아홉의 원을 수놓아 구천을 의미한다. 얼굴은 몇 겹의 면사로 감싸 몽면(蒙面)이 되어 있으니 하늘을 꿰뚫는 안력을 가졌다 할지라도 그의 얼굴을 알아볼 수는 없었다.

그의 좌우로는 흑의인들이 계단마다 늘어서 삼엄히 기세를 돋우고 있었다.

그가 나타나자 어느새 지궐의 안 이곳저곳에는 불이 밝혀져 사방이 찬란한 빛을 뿜어내고 있다.

백의몽면인은 지궐천단(地闕天壇)이라 이름 붙은 옥좌 위에 앉은 채 구양천상을 내려다보고 있었다.

"……"

구양천상은 아무 말 없이 그를 바라보고 있다.

주위는 이미 적들로 인해 완벽히 포위되어 있었다.

그는 천천히 입을 열었다.

"당신이 구중천의 지배자인 구천군주요?"

지궐천단의 위에 앉아 있는 백의몽면인은 구양천상을 내려다보면서 고개를 끄덕였다.

"옳다. 본좌가 바로 구천을 지배하고 있는 군주이다. 네가 바로 구양천수의 형이며, 동심맹의 군사인 구양천상이냐?"

구양천상은 입을 다물었다.

정말로 천하제일의 대적(大敵)이 그의 앞에 나타난 것이다.

구양천상이 입을 열자 구천군주가 말했다.

"너의 무공은 듣던 것과는 너무도 다르구나. 흑암기의 대장이 펼치는 마도(魔刀)는 당대 무림의 어떠한 사람이라 할지라도 쉽게 상대할 수 없을 텐데 단숨에 그로 하여금 싸울 능력을 상실케 만들어 버리다니……."

그의 말소리는 크지 않았음에도 불구하고 칠팔십 장 이상이나 떨어져 있는 거리를 바로 옆에서인 듯 들려왔다.

구양천상은 구천군주의 출현과 더불어 뒤로 물러나 시립해 있는 구양천수의 모습을 보고는 신음하듯 물었다.

"천수를 어떻게 하였기에 그가 당신과 함께 있게 된 것이오?"

그의 물음에 구천군주는 나직이 웃었다.

"어떻게 하다니? 보고서도 모르는가? 그는 자진하여 나를 따르고 있는 것이다. 본좌를 만나 본 사람은…… 당연히 본좌를 따르도록 되어 있지. 믿기지 않느냐?"

차가운 빛이 구양천상의 얼굴에 떠올랐다.

"그 말을 내가 믿을 것이라고 생각을 한다면 나를 세 살 먹은 어린아이로 믿는 모양이군……."

그의 말에 구천군주가 다시 웃었다.

"너와 같은 체구의 세 살 아이는 존재하지 않는다. 하지만 너는 생각하여야 한다. 그간 본 천이 왜 너에게만은 관대하였는지를……."

그의 말에 구양천상의 안색이 약간 굳어졌다.

'관대하였다고? 어떤 암계가 있었던 것이 아니고?'

그는 부지중에 구양천수를 보았다.

구양천수도 그를 보고 있었다. 그의 눈빛은 지난날과 같이 총명하고 자신감에 찬 맑은 것이 아니었다.

그때, 지궐의 앞에서 사납게 싸우는 소리가 들려오더니 일단의 무림인들이 몰려들어 오기 시작했다.

열, 스물, 서른…….

피투성이가 된 채 달려오고 있는 그들이야말로 진정한 강자들이라고 할 수 있었다.

흑암, 음혈, 백마기(白魔旗) 등 삼 개 친위대의 위사들이 밀려들어 오는 그들을 막으려 하자 구천군주는 고개를 흔들었다.

"들어오도록 그냥 두어라. 어차피 살아 나갈 수 없을 것이니까."

그 순간,

"흥! 과연 누가 살아 나갈 수 없을 것인가는 두고 보아야 할걸?"

차가운 웃음소리가 송곳으로 찌르듯이 지궐을 메아리치며 일단의 인영들이 구양천상의 주위로 다가왔다.

그들의 앞에 서 있는 것은 흑의를 입은 백발의 중년 얼굴을 가진 부인이었는데, 그녀야말로 바로 천도문주였으며 그녀의 좌우로는 남후와 북후, 신기당주, 그리고 구양천상으로서도 얼핏 신분을 알 수 없는 노인 다섯 등으로서 천도문의 정예인 듯했다.

마침내 천도문도 천고지궐에 모습을 드러낸 것이다.

"좋아! 결국은 천도문도 죽음을 찾아서 들어왔군."

백의 몽면의 구천군주가 드높게 웃었다.

구양천상이 천도문주와 남후 등과 암중에 목례를 교환할 때, 갖은 악전고투 끝에 함정기관과 암습자들을 제치고 지궐에 도달한 군웅들은 목전의 상황이 기대한 것과 너무도 다름을 보자 모조리 안색이 달라졌다.

마치 이곳의 주인인 듯 저 높은 곳에 앉아 있는 백의몽면인은 또 누구란 말인가?

"그대는 누구기에 여기에서 주인 행세를 하고 있는 건가?"

지궐의 안으로 들어온 군웅들 중 가장 앞서 도달해 있었던 흑회색 장삼을 입은, 창백한 안색에다 머리에는 괴이하게 생긴 명부관(冥府冠)을 쓰고 있는 노인이 외쳐 물었다.

그의 목소리는 낮고 날카로워 아주 귀에 거슬리면서도 지궐 전체를 메아리쳐 공력이 범상치 않음을 알 수 있었다.

구천군주는 그를 내려다보더니 가볍게 웃었다.

"음산 유명곡(幽冥谷)의 곡주인 명부귀왕(冥府鬼王)이로군…….
환영하오. 당신이야말로 이 자리에 제일 잘 어울리는 이름을 가진 사람이오."

구천군주의 말에 명부귀왕의 안색이 음침히 변했다.

그의 말은 명부귀왕이 곧 죽게 될 것임을 의미하고 있기 때문이다. 하지만 그는 구천군주의 다음 말에 놀라 감히 발작을 할 수 없게 되었다.

"본좌는 구중천의 아홉 하늘을 관장하는 구천군주요. 귀왕은 들어본 적이 있소?"

그의 이 말은 비단 명부귀왕뿐 아니라 여기 모인 모든 사람들을 경악시키기에 족했다.

찬물을 뿌린 듯한 긴장이 삽시간에 지궐 전체에 숨막히게 달려갔다.

당대 무림천하를 뒤흔들고 있는 구중천…… 그 신비의 구중천을 움직인다는 인물 구천군주가 나타나다니!

그때 천도문주가 싸늘히 말했다.

"거기다가 오늘 군웅들을 이 천고지궐로 유인하여 대참살을 일으킨 장본인이기도 하지!"

그녀의 말에 구천군주는 담담히 웃었다.

"틀린 말은 아니로군. 하지만 이 천고지궐은 가짜가 아니며 분명히 한세도왕이 남긴 것이오. 본좌는 다만 다른 사람보다 한걸음 먼저 발견하여 그것을 조금 실용성있게 이용하였을 뿐이지."

그의 말에 군웅들은 다시 놀라고 흥분하고 분노했다.

그 와중에 구양천상은 군웅들의 수효가 점점 불어나는 것을 보고 내심 괴이한 생각이 들기 시작했다.

'기관매복을 거친 사람들마저 지궐에 당도하고 있는데, 어찌하여 모용아경 등 나와 같이 왔던 사람들은 하나도 오지 않고 있단 말인가?'

그것은 실로 괴이한 일이라 하지 않을 수가 없었다.

그가 지나온 길에 있었던 기관매복은 그에 의해 모조리 파괴가 되었으므로 그 뒤를 따르는 모용아경 등은 이미 여기에 당도하고도 남음이 있어야 했던 것이다.

"한세도왕이 남긴 장보는? 그것은 어디에 있소?"

누군가가 외쳤다.

구천군주는 눈을 들어 그쪽을 쓸어보더니 예의 음성으로 말했다.

"당연히 여기에 있지. 구경을 하고 싶은가?"

그는 말을 하면서 손을 들었다.

그러자 그의 뒤에 있던 두 개의 전각의 문이 열리며 안으로부터 보광(寶光)이 쏟아져 나왔다.

문 입구에는 흑의고루인들이 서 있었으며 환한 불이 밝혀져 있는 안에는……

구천군주가 눈이 커지는 군웅들을 향해 말했다.

"한세도왕은 모두 네 군데의 보물창고를 만들어놓았는데, 그것들의 이름은 검전(劍殿), 서전(書殿), 약전(藥殿), 그리고 보전(寶殿)이오. 검전이란 무림 중의 기병을 모아놓은 곳이며, 서전은 그가 천하에서 끌어모은 무공비급과 자신의 무공을 남긴 곳, 약전은 이름 그대로 영단기약(靈丹奇藥)이 쌓인 곳이며, 마지막으로 보전은 무림 중의 기보나 일반의 재보를 모아둔 곳이오."

듣기만 해도 엄청난 일이다.

구천군주가 계속해서 말했다.

"지금 문을 연 곳은 검전과 보전이오. 볼 만하오?"

그의 말에 천도문주가 싸늘히 말했다.

"본좌는 그 말을 믿지 못하겠다! 천고지궐을 가장 먼저 발견했으면서 여기 있던 것을 모조리 그대로 두었단 말인가?"

"당연히 그렇지가 않지! 기실 여기 남은 것은 얼마 되지 않소. 하지만 그래도 천하제일이 되기에는 부족함이 없을 정도요. 능력이 있다면 얼마든지 저 안의 것을 가져갈 수 있소."

그 말이 끝나기도 전에 이미 십여 명의 무림인들이 몸을 날려 검전과 보전을 향해 덮쳐 갔다.

구천군주가 있는 지궐천단은 지궐의 가장 깊은 곳이며 검전 등의 장보전은 지궐천단의 뒤쪽에 위치해 있었다.

그리고 지궐천단의 앞에는 수은으로 된 강과 호수가 운하로 연결되면서 앞을 가로막고 있어 거기에 이르려면 다리를 건너든지,

아니면 일신의 경공(輕功)으로 날아가는 수밖에는 없었다.

하지만 여기까지 온 사람들이 어찌 만만한 사람들이랴.

일단 그들이 몸을 날리게 되자 그들의 신형은 거의 단숨에 수은의 강을 날아 넘고 있었다.

"멈추시오! 그것은……."

그 광경에 구양천상이 벼락같이 외치며 그것을 막으려 했으나,

"으악!"

"와아앗……."

돌연 수은의 강을 날아 넘던 군웅들이 화살에 맞은 새가 떨어지듯 처절한 비명과 함께 허공에서 곤두박질해 수은의 강으로 첨벙 빠져 버렸다.

"……!"

사람들의 입술이 모두 한일자로 굳어져 버렸다.

누구도 그들이 어떻게 하여 수은의 강으로 떨어졌는지 알지 못했으며, 그 의문을 풀어줄 수 있는 사람들…… 수은의 강에 빠진 사람들은 단 하나도 위로 솟아오르지 않았다.

"지독한 수단이로군. 당신은 오늘 천고지궐에 들어온 사람들을 단 하나도 살려두지 않으려는 심산이오?"

구양천상이 노해 외쳤으나 구천군주는 태연했다.

"그럴 리가…… 본 군주와 뜻을 같이한다면, 살려둘 뿐만 아니라 여기 있는 장보를 같이 누릴 수도 있다. 좀 전의 그들은 스스로의 능력을 모르고 움직였던 것뿐 본좌의 잘못은 아니지. 본좌는 분명히 능력이 있다면 가져갈 수 있다고 하였다."

말은 옳다.

그들이 진정으로 강하였다면 저렇듯 수은의 강에 빠져 다시는 솟아오르지 못하는 신세가 되지는 아니하였을 것이니까.

"군주의 뜻은 누구든지 능력이 있다면 강을 건너 장보를 가져가도 막지 않겠다는 뜻이오?"

명부귀왕이 물었다.

구천군주는 그를 내려다보고는 담담히 웃었다.

"본좌가 당신을 막을까 봐 겁이 나는가?"

"그것은……."

구천군주는 명부귀왕이 대답할 기회를 주지 않았다.

"당신에게 참으로 능력이 있다면 어찌 다른 사람이 자신의 앞을 막을 것이 두려우랴? 당신에겐 자격이 없다!"

'으으……!'

창백한 명부귀왕의 얼굴이 돌연 누렇게 떴다.

이 한순간의 물음과 대답은 두 사람의 그릇의 차이를 너무도 명백히 대비해 주고 있어서 명부귀왕은 순식간에 탐욕에 가득 찬 무명소배로 전락해 버리고 말았던 것이다.

그의 머리끝이 곤두서며 옷자락이 절로 펄럭임을 보고 구양천상은 그의 앞을 가로막듯 나서서 말했다.

"구천군주는 교묘한 심계로써 군웅들을 충동질하여 손 하나 쓰지 않고서도 우리들을 몰살시킬 셈입니다. 여러분들은 그의 책동에 말려들어서는 아니 됩니다. 그가 천고지궐을 먼저 발견하고서도 이렇듯 무림천하에 공개하여 사람들을 끌어모은 것이 무엇 때문이겠습니까?"

구천군주가 웃으며 군웅들 대신 물었다.

"그것이 무엇 때문이냐?"

구양천상은 그의 말을 못 들은 척 계속 말하였다.

"그는 천고지궐의 장보를 이용하여 군웅들을 끌어모아 일거에 군웅들을 몰살할 속셈인 것입니다. 보십시오. 오늘 무산에 모인 군웅들 중 여기에 들어온 사람은 모두 천여 명이나 되었지만 과연 여기에 이른 사람이 몇이나 되는가를……."

사람들이 부지간에 주위를 둘러보았으나 그 수효가 칠팔십 명에 불과했다.

"그와 같은 속셈을 지닌 그가 여기에 본래 있었던 장보를 아직 그대로 남겨두었을 리 없습니다. 여러분들은 장보에 더 이상 현혹이 되지 말고 그를 상대함에 힘을 합쳐야만이 이 난국을 헤쳐나갈 수 있게 될 것입니다."

짝짝…….

박수 소리가 지궐을 울리며 우렁차게 사람들의 고막을 때렸다.

구천군주가 박수를 치고 있었다.

"멋진 연설이다! 감동적이군…… 하지만 그 말만으로 과연 몇 사람이 너를 따라와 주겠느냐? 힘을 합친다고 하여 그 인원으로 이곳을 빠져나갈 수 있으리라 생각하느냐? 으하하하……."

그의 웃음소리가 굉량하게 지궐을 뒤흔들었다.

사람들의 안색이 대변했다.

그의 웃음소리에는 지고한 내공이 실려 있어 웃음소리 하나만으로도 강호를 놀라게 하기에 족했던 것이다.

한참을 웃던 구천군주가 돌연 웃음을 뚝 그치며 말했다.

"분명히 말하지만 본좌는 오늘 천고지궐 내에 죽음의 함정을 마련했으며, 일단 이곳에 들어온 사람이라면 승천입지(昇天入地) 할 수 있는 재간이 있기 전에는 아무도 이곳을 빠져나갈 수가 없다! 길은 하나. 투항을 하든지…… 아니면 죽음을 기다리는 것이다."

그의 일거일동은 실로 사람을 누르는 힘이 있어 군웅들의 얼굴은 심각하기 이를 데 없이 변하고 말았다.

이미 보물 욕심은 천만 리 밖으로 달아난 지 오래다.

이제는 과연 어떻게 해야 이곳을 벗어날 수가 있느냐가 최대의 관건이었다.

그때였다.

"으하하하……!"

돌연 구양천상이 앙천대소(仰天大笑)했다.

그의 웃음소리는 지궐을 웅웅 메아리쳐 창공을 나는 용이 신음하듯 하여 그 위세는 실로 구천군주의 웃음소리에 조금도 못지 않아 보였다.

모든 사람들의 눈이 왕방울만 해져 구양천상을 보았다.

과시하듯 웃음을 터뜨린 구양천상은 구천군주를 차갑게 쏘아보았다.

"그처럼 당신에게 자신이 있다면 왜 발동을 하지 않고서 이처럼 힘들여 심기를 허비하고 있는 것이오? 이미 천고지궐에 들어온 그 수많은 사람들을 도살하고서…… 이제 또 무엇을 망설이는 것이오. 갑자기 자비심이 발동했소?"

그 말에 분노의 빛이 모두에게 드러났다.

오늘 이 자리에 온 사람들치고 혼자 온 사람은 거의 없다.

그러나 이 자리에 도착한 사람은 대개 혼자인 셈이니 그 희생이야 말해 무엇 할 것인가.

내 형제, 내 친구, 말 그대로 친인들의 뼈를 묻으며 이곳에 당도한 것이 아니던가.

한 사람이 물었다.

"그대의 이름은 무엇인가? 노부는 산골에서 수십 년 만에 처음 나와 그대와 같은 소년 영웅이 있음을 몰랐군……."

묻는 사람은 동안학발(童顔鶴髮)의 노인으로서 구양천상은 한눈에 그가 형산(衡山)의 선배 장로인 신원(神猿) 장능풍(張凌風)임을 알 수 있었다.

그때였다.

"무량수불…… 그는 바로 우리 구대문파의 연합인 동심맹의 군사를 맡고 있는 구양세가의 대공이신 구양천상이시오."

한 음성이 그 말에 대답을 하며 일단의 사람들이 지궐의 안으로 들어왔다.

"구양 장문인(九陽掌門人)!"

그를 본 구양천상의 눈에 반가운 빛이 떠올랐다.

나타난 사람이야말로 도중에서 그와 갈라진 구양자와 공동의 현도 진인 등 여섯 명이었던 것이다.

흩어진 열일곱 명 중 여섯 명이 남은 것이나 그들의 행색으로 보아 그들이 여기까지 오기 위해 겪은 고초는 짐작이 되고도 남았다.

"무량수불! 무사하여 천만다행이오. 한데 어찌 봉황령주와 다른 분들이 보이지 않는 것이오?"

구양천상의 안색이 조금 변했다.

"오시면서 보지 못했습니까?"

"아니…… 아니, 그들은 구양 군사와 같이 있지 않았소?"

현도 진인의 되물음에 구양천상은 침음했다.

"알 수 없는 일이로군. 이미 도달할 때가 넘었거늘…… 여러분들마저 험로를 거쳐 여기까지 왔는데, 무슨 일이라도 생겼단 말인가?"

그의 중얼거림에 나타난 후에 별다른 움직임을 보이지 않고 있던 천도문주가 참견했다.

"군사는 혹 봉황곡의 모용 계집애를 기다리는 것이 아니오?"

구양천상이 고개를 끄덕였다.

"본 맹의 봉황령주를 기다리고 있습니다. 그녀가 가진 봉황곡 봉황령기라면 여기 계신 여러분들이 안심하고 따를 수 있을 것이니…… 구천군주와 싸우는 데 많은 힘이 될 수 있을 텐데……."

그의 말에 천도문주가 싸늘히 말했다.

"그 말이라면, 아예 기다리지 않는 것이 좋을 것이오. 어차피 구중천이야 모용세가에서 조종하는 것인데 무엇 하러 그 계집애가 힘들여 여기까지 오겠소?"

군웅들의 눈이 이 괴이한 소리에 커질 때 공동파의 현도 진인이 노해 그녀를 쏘아보았다.

"무슨 근거로 그런 소리를 하는 것이오? 모용세가는 가문 대대로 오직 무림 정의를 수호하기 위해 목숨을 바친 충혈지문(忠血之門)……."

"오호호호……!"

천도문주가 그 말이 끝나기도 전에 크게 웃었다.

그녀의 웃음소리 또한 대단하기 이를 데 없어서 군웅들은 다시 안색이 변하고 말았다. 이미 그들의 자부심은 세 사람의 웃음소리에 꺾이고 있다고 해도 과언이 아니었다.

"모용가가 충혈지문이라고? 그 간악한 도배들의 집안이? 하긴 잘도 속여왔지…… 한 손으로 하늘을 가리는 짓을……."

웃음을 그친 천도문주는 냉랭히 뇌까리고 아무 말도 없이 구경하듯 지궐천단의 위에서 자신들을 내려다보고 있는 구천군주를 쏘아보았다.

"하지만 그것도 이젠 끝이 났지! 려산 봉황곡은 지금 이 시각에 잿더미로 화해 있을 테니까."

흠칫, 구천군주의 신형에 흔들림이 일어났다.

"물론 상상치 못했을 테지, 자신이 귀계(鬼計)를 꾸며 천하의 군웅들을 해치고 있을 때 천 리 밖 자신의 본거지가 기왓장 하나 남기지 못하고 무너질 것임은……."

그녀의 말은 구천군주가 웃음으로 끊어지고 말았다.

"확실히 의외로군, 천도문에서 그러한 일을 꾸미다니. 하지만 모용세가가 무너졌는지 서 있는지, 그것이 본 구중천과 무슨 관계가 있단 말인가?"

천도문주는 싸늘히 외쳤다.

"당신은 오늘 이 자리에 온 사람은 어느 누구를 막론하고 살아나갈 수 없다고 장담했다. 과연 그처럼 자신이 있다면 어디 그 얼굴에 하고 있는 몽면을 벗어봄이 어떠한가? 아무리 세상 사람들에게 보일 수 없는 것이 있다 하더라도 여기 있는 사람들은 죽게 될 것이니 소문이 날 리 없지 않은가?"

일단 입을 열자 그녀의 말은 날카롭기 이를 데 없다.

그녀의 말에 구천군주는 여전히 침착하고 탁한 음성으로 말했다.

"본좌의 몽면을 벗김으로써 무엇을 증명하고 싶은가? 본좌와 모용가와의 관계를?"

"잘 알고 있군? 바로 그렇다! 아무리 숨기려 해도 소용이 없어. 우리 천도문은 이미 네가 모용가의 늙어 죽지도 않는 물건인 노태태이거나, 아니면 당대의 모용가를 주지하고 있는 대부인 부옥영임을 알고 있다."

그것은 가히 폭탄선언인지라 모든 사람들의 안색이 돌변했다.

구천군주는 크게 웃었다.

"그거 재미있군! 본좌를 단숨에 여자로 만들어 버리다니……. 하지만 본좌가 모용 가문과 전혀 관계가 없는 사람이라면 어찌할 텐가?"

묻는 그의 음성은 탁하기 이를 데 없어 시종 남녀를 분간할 수가 없었다.

무림고수라면 누구라도 그의 음성이 변성된 것임을 알 수 있었다.

천도문주는 생각할 것도 없다는 듯 내뱉었다.

"그럴 리가 없다! 려산의 소굴이 무너진 지금…… 너는 아직도 자신의 신분을 시인할 담량이 없단 말이냐?"

구천군주는 태연했다.

"보아하니 오늘 본좌는 할 수 없이 이 거추장스러운 물건을 벗겨내야 할 것 같군. 하나, 당신이 여기에 와 있는데 누가 봉황곡을 멸문시킬 수 있단 말인가? 구양천상이 여기에 있는 이상, 동심맹 또한 기병(起兵)할 힘이 없을 텐데?"

움직일 힘이 있다 한들 어찌 동심맹이 모용가를 공격하랴.

그의 물음에 천도문주는 싸늘히 웃었다.

"이제야 걱정이 되는 모양이군? 말해주지. 봉황곡을 멸한 사람은 천축 신성 유가문의 유가법왕 와답랍이다!"

구천군주는 물론이고 구양천상의 눈에서도 놀람의 빛이 일어났다.

"유가법왕이 중원에 들어왔단 말이냐?"

구천군주의 눈빛이 굳어졌다.

"왜? 이제야 다급해지는가? 하지만 때는 이미 늦었지. 지금쯤이라면 려산은 이미 잿더미가 되었을 것이며 그 또한 당신을 찾아 이곳으로 달려오고 있을는지도 모르니까."

천도문주의 비양거림에 구천군주는 차게 웃었다.

"당신에게 그처럼 자신이 있다면 본좌와 생사의 도박을 해볼 담량이 있는가? 본좌가 이 몽면을 벗어 얼굴을 보이되 만약 본좌가 모용가와 관련이 없는 사람이라면?"

그가 이처럼 돌연하고도 쉽게 얼굴을 보이겠다고 할 줄은 뜻밖인지라 천도문주는 그의 의도를 알 수 없어 섣불리 대답을 할 수가 없었다.

천도문주는 문득 누군가의 말을 듣는 듯하더니 당당하게 소리쳤다.

"목이라도 걸지! 하지만 네가 모용가의 사주를 받고 있는 괴뢰라면 이 도박에는 아무런 의미가 없는데?"

구천군주는 구양천상을 힐끗 쳐다보더니 자신있게 말했다.

"본좌의 얼굴을 보고서 남의 조종을 받을 사람이라고 믿는 사람이 있다면…… 그는 정신이 이상한 사람일 것이다!"

그의 태도는 너무나 자신만만하여 천도문주는 내심 괴이하기 이를 데 없었다. 천도문주가 미간을 찡그린 채 말이 없음을 보자 구천군주가 비웃듯 말했다.

"그처럼 자신있게 말하더니 이제 와서 겁이 나는가?"

천도문주가 얼음이 곤두서는 듯한 웃음을 터뜨렸다.

"격장(激將)의 계로써 본좌를 끌어들이려 애쓸 필요는 없다. 하지만 네가 만약 모용가와 관련이 있는 사람이라면?"

"와하하하……!"

돌연, 구천군주가 하늘이 무너져라 앙천대소했다.

그 소리는 구름이라도 꿰뚫고 오를 듯 청량하여 처음에 그가 터뜨린 웃음과는 완전히 달랐으며, 바로 조금 전에 구양천상의 웃음처럼 맑고 강한 힘을 가지고 있었다.

그리고 그는 자신의 얼굴을 가리고 있는 몽면을 잡았다.

"그러한 일은 일어나지 않을 것이다! 어떠한 경우에라도."

그의 음성이 달라졌다.

남자인지 여자인지 분간할 수 없던 그 음성은 중후하고 강한 힘을 가진 남자의 것이었다.

몇 겹으로 가려져 있던 면사가 그의 손에 의해 벗겨지며 마침내 천하의 그 누구도 그 신분을 알지 못한다는 구천군주의 얼굴이 드러났다.

"앗!"

"으윽……!"

"저, 저런…… 저건……?!"

탄성이 아니었다.

놀람과 불신에 가득 찬 외침 소리가 사방에서 일어났다.

'……?'

구양천상의 안색이 괴이하게 굳어졌다.

드러난 구천군주의 얼굴을 보라.

조금 어두운 듯하지만 영준하기 이를 데 없는 불과 사십대의 중년인이었다. 검은 수염은 그의 용모를 더욱 단아하게 만들어주고 있으니, 어느 누구도 그의 얼굴이 이와 같이 기품있을 것임을 짐작한 사람은 없다.

하지만 그의 얼굴을 잘 들여다본다면 누군가와 매우 닮은 것을 알 수 있게 된다. 세월의 흐름을 역행하면…….

알 수 없는 불안이 전신을 엄습한다.

지궐천단의 아래에 서 있는 구양천수의 얼굴과 그 위에 있는 구천군주의 얼굴이 급격히 대비(對比)되었다.

믿을 수 없게 닮았다.

그가 구양천수와 닮았다는 것은 구양천상과도 닮았음을 의미한다.

그때에 누군가가 말했다.

"구양범?"

말한 사람은 자신의 눈을 믿을 수 없는 듯, 자신의 말에 자신이 없는 듯 말했으나 구천군주는 조금도 망설이지 않고서 고개를 끄덕였다.

"바로 나요."

꽝!

벼락은 하늘에서만 치는 것이 아니었다.

바로 자신의 곁에, 아니, 자신에게 벼락이 떨어져도 눈 하나 깜짝하지 않을 수 있는 수양의 구양천상이다.

하지만, 지금 이 순간에는 그야말로 천지가 암흑으로 변한다.

보이는 모든 것들이 희미해져 가는 것이다.

"……."

천도문주가 어이가 없는 듯 벌린 입을 다물지 못했다.

어찌 그녀뿐이랴!

구양천상의 곁에 서 있던 구양자가 두 눈을 부릅뜨고 구천군주를 쏘아보고 있다가 떨리는 음성으로 외쳤다.

"정녕 당신이 지난날 천기수사 구양범이오? 이십 년 전에 홀연히 실종이 되었던 구양세가의 가주이던 그 구양범?"

구천군주는 여전히 고개를 끄덕였다.

"바로 그렇소. 장문인은 이십 년 전 무상단에서보다 늙으셨소……. 이십 년이 지난 오늘날, 이처럼 먼 길을 찾아와 고초를 겪게 하여 대단히 미안하오."

"무, 무량수불…… 이럴 수가……."

구양자가 넋을 잃은 듯 잇달아 머리를 흔들었다.

상대는 진정한 구양범이었다.

이십 년 전, 천기수사 구양범은 실종되기 직전에 그와 무당산에서 만난 적이 있었던 것이다.

천도문주가 얼음같이 굳어진 얼굴로 구양천상을 보았다.
"그대는…… 그대는 이 사실을 알고 있었는가?"
구양천상은 그녀의 말을 듣지 못한 듯이 지궐천단 위에 존재하고 있는 구천군주를…… 그를 쳐다보고 있었다.
구천군주는 그를 쳐다보더니 얼굴에 웃음을 떠올렸다.
"이제 알겠느냐? 본 천이 네게 있어 관대한 이유를? 네가 그처럼 본 천의 모든 행사를 방해하였어도, 너의 모든 행적이 승승장구…… 단 한 번도 실패하지 않을 수 있었음을? 이것이 바로 그 까닭이며 이유이다!"
구양천상은 긴 어둠의 동굴을 지나온 듯 천천히 고개를 저으며 말할 수 없이 가라앉은 음성으로 마침내 입을 열었다.
"정녕 당신이 나의, 구양천상의 아버지이오?"
그의 물음에 구천군주는 서슴없이 고개를 끄덕였다.
"분명히 너는 나의 아들이다."
휘청, 구양천상은 한 걸음 뒤로 물러났다.
차라리…….
차라리 그가 부인하기를 바랐었건만…….
하늘이여…
어찌하여 이런 일이 일어날 수 있단 말이오?
"믿을 수 없군. 참으로 믿을 수 없군……. 구양범, 당신은 무엇 때문에 이러한 일을 하였단 말이오? 지난날의 당신은 결코 이렇지가 않았소……."
구천군주!
당금 천하를 지배하는 가장 강력한 세력의 주인인 구양범은 담담히 웃었다.

"변한 것은 아무것도 없소! 굳이 변한 것이 있다면 본인의 생각이 조금 실용적으로 바뀌었을 뿐이오. 지난날의 나는 심혈을 기울여 무림을 정의로써 바로잡아 보려 했었고, 지금의 나는 힘으로써 무림을 바로잡으려는 그 차이뿐이오. 과정은 다르나 결과는 더욱 확실한 쪽을 택하였으니 여기에 어떤 차이가 있겠소?"

"참으로…… 참으로 믿을 수 없군."

구양자를 비롯하여 지난날 구양범을 아는 모든 사람들이 지금 할 수 있는 말은 오직 그것뿐이었다.

그때였다.

웅웅…….

어디선지 거대한 울림이 지궐 전체를 흔들어대며 서서히 커지기 시작했다.

구천군주, 구양범은 고개를 쳐들고 천장을 쳐다보더니 군웅들을 둘러보며 말했다.

"이제 천고지궐 내부에서 밖으로 통하는 모든 통로는 폐쇄되었으며 죽음을 부르는 모든 기관매복이 발동하기 시작했소. 나를 따를 것인지, 죽음을 기다릴 것인지를 결정하시오."

갑자기 구양천상이 두 눈을 부릅뜨며 외쳤다.

"당신이 살아 있었다면 왜 지난 이십 년간 집에 단 한 번도 연락하지 않았습니까? 그리고 무엇 때문에 내가 당신과 적대하고 있음에도 내 앞에 나타나지 않았었습니까?"

그의 목소리는 비탄으로 피를 토하는 듯하였으나 그 자세나 태도는 여전히 꼿꼿하기만 하였다.

'정사(正邪)…… 양쪽을 대표하는 두 사람이 부자지간이라니…… 정말 믿을 수 없는 일이로군. 만에 하나라도 그들이 암중에 손을 잡고 있었다면…….'

천도문주는 구양천상의 늠연한 태도에 감탄을 하면서 한편으로는 소름이 전신에 돋아남을 금할 수가 없었다.

오늘, 이 지궐 안에서 벌어지고 있는 일은 너무도 상상을 절하는 방향으로 달려가고 있는 것이다.

구천군주 구양범은 여전히 지궐천단의 위에 앉은 채 침착히 대답했다.

"원래 이 구중천은 내가 조직한 것이 아니었다. 우연히…… 이 천고지궐을 발견하고 그 장보를 손에 넣으면서 이 구중천의 기초 조직도 나에게 들어오게 되었지. 그것들의 수습과 발전에 지난 이십 년이 투자되었다면 이해할 수 있겠느냐?"

천하를 뒤흔들던 한세도왕의 모든 것을 손에 쥔 천재 구양범이라면 그 엄청난 구중천을 조직할 수 있었음도 결코 불가능한 것이 아니다.

더구나 거기에 이십 년의 세월이 투자되었음에랴.

'이제 와서 구양범이 정체를 드러낸 것은 나의 충동 때문이 아니다……. 그에게 이제는 스스로를 드러내어도 된다는 자신감이 있기 때문일 것이다…….'

천도문주는 구양범과 직접 상대하여 본 적이 없다.

그러나 구양천상이 어떠한 능력을 지니고 있는지 알고 있는 그녀는 구천군주가, 구양범이 구양천상의 아버지라는 것만으로도 이미 간담이 서늘하고 암중에 손발이 떨려왔다.

아들이 저런데, 하물며 그의 아버지임에랴······.
 구천군주 구양범이 말했다.
 "나는 이미 무림의 분쟁을 종식시키기로 작정했다. 모든 준비는 끝이 났으며 오늘의 일은 바로 시작이라 할 수 있다. 지금까지의 구중천의 움직임은 사실 그 전초일 뿐이다. 나는······ 네가 나의 뜻을 받아주리라 믿는다!"
 구양천상은 대답 대신 지궐천단의 아래에 서 있는 구양천수를 바라보았다.
 "천수······ 그래서, 그래서 네가 구중천과 행동을 같이하고 있는 것이냐? 지난날의 그 정기(正氣)를 모두 다 버리고?"
 구양천수가 구양천상을 마주보더니 말하였다.
 "아버님께서는 무림의 분쟁을 없애기 위해서 노심초사, 밤잠을 설치고 계십니다. 그것은 내가 지옥에 들어가지 않으면 누가 지옥에 가랴 하는 지장보살의 염원과 같은 것이니, 형님께서는 아버님의 고심을 저버리지 말아야 합니다."
 그의 말은 딱딱하였으며 이미 지난날의 구양천수의 그 영기발랄한 음성은 아니었다.
 구양천상은 사납게 머리를 돌려 구양범을 노려보았다.
 "당신은 천수에게 무슨 짓을 한 것이오?"
 "무슨 뜻이냐?"
 "몰라서 묻는단 말이오? 천수의 성격은 부러질지언정 휘어지지 않으니 어찌 지금과 같이 변할 리가 있겠소?"
 구양범의 얼굴이 싸늘히 굳어졌다.
 "네가 감히 나를 심문한단 말이냐? 너는 내가 누군지를 설마 잊어버리고 있는 것이냐?"

순간.

"와하하하……!"

구양천상이 하늘을 우러러 미친 듯이 웃음을 터뜨렸다.

그 소리는 가슴속의 울분을 토해내듯 굉장(宏壯)하여 얼마 전에 터뜨린 것과는 비할 바가 아니었다. 눈꼬리가 찢어지며 피가 흘러내렸고 웃음소리가 지나쳐 목으로부터 피가 튀어나왔다.

하지만 그래도 구양천상은 웃음을 멈추지 않았다.

"구양 군사…… 진정하시오! 몸을 상하게 되오."

곁에서 구양자가 보다 못해 그의 명문에 진력(眞力)이 깃들인 일장을 치며 소리쳤다.

구양천상은 망연한 표정으로 온몸을 부르르 떨면서 웃음을 그치더니 구양자를 향해 고개를 끄덕여 보였다.

"죄송합니다."

구양자가 탄식하며 물었다.

"견딜 수 있으시겠소?"

구양천상은 대답 대신 고개만 끄덕여 보였다.

그리고 지궐천단 위의 구양범, 자신의 아버지를 보는 그의 눈빛은 이미 침착히 가라앉고 있었다.

"당신이 구양천상의 아버지인지는 모르겠지만, 내가 알고 있었으며, 내가 바라고 있던 그 위대한 아버님, 그 자랑스러운 아버님이 아닌 이상, 나는 당신을 나의 아버님으로 인정치 않겠습니다."

그리고 그의 입에서 흘러나오는 말은 그 눈빛보다 더 가라앉아 있었다.

움찔, 그 말에 구양범의 전신에 가벼운 진동이 스치고 지나갔다.

콰아르르……

그 순간, 미미한 진동을 보이던 지궐 전체가 갑자기 거대한 진동에 휘감겨 천장에서 돌가루가 흘러내리기 시작했다.

그 가운데에서 구양범은 크게 웃었다.

"으하하…… 어떠한 경우에라도 사자는 강아지를 낳지 않는 법이지! 그리고 얻은 사자 새끼마저 절벽에서 떨어뜨려 강한 놈만을 키운다 하였다. 좋아, 그런 정도의 패기는 있어야 나의 아들이 될 자격이 있다!"

그는 웃음을 그치며 구양천상을 보았다.

"이제 천고지궐 전체에는 죽음의 기관이 발동하였다. 부디 네가 살아 나와 나를 다시 만날 수 있기를 바라겠다. 네가 훌륭한 사자이기를 바란다!"

궁궁궁…….

그와 함께 그가 앉아 있는 지궐천단이 돌연히 밑으로 가라앉기 시작하였다.

"그를 막아야 한다!"

천도문주가 무엇인가를 느낀 듯 몸을 날렸고, 그 소리에 군웅들도 정신이 번쩍 들었다.

이미 치가 떨리는 기관매복을 경험한 그들이다.

한데, 죽음의 기관이 이제 발동한다는데, 구천군주인 구양범이 여기서 사라진다면……

생각만 해도 끔찍한 일이 아닐 수 없었다.

누가 먼저라 할 것도 없이 군웅들이 몸을 날렸다.

바로 그때였다.

퍽! 화르르…… 촤촤촤!

지궐천단의 앞을 가로막으며 흘러가고 있던 수은의 강과 호수에서 돌연히 거대한 불길이 치솟아올랐다.

그 불길의 위세는 맹렬하기 이를 데 없어서 퍽! 하고 터지는 순간에 무려 십 장 이상의 높이로 타올라 혈육지구를 가진 인간으로서는 통과할 재간이 없었다.

"으아아……!"

몸을 날렸던 군웅 중 응변이 조금 늦은 사람 몇이 그 불길에 휘감겨 땅바닥을 구르며 처절히 울부짖었다.

그래도 불길은 꺼지지 않고 살을 태우며 타올랐다.

공포스럽기 이를 데 없는 광경이었다.

웃음소리가 불길의 벽(壁) 저쪽에서 들려왔다.

"천도문주의 목은…… 만에 하나라도 당신이 천고지궐을 벗어날 수 있다면 그 약속은 없었던 것으로 하겠다……."

그때였다.

갑자기 꽝! 소리와 함께 그들이 들어왔던 지궐의 문이 닫혀 버렸다.

"독 안에 든 쥐가 되었군."

공동파의 현도 진인이 천장에서 떨어져 내리는 돌가루가 돌덩이로 화해 감을 보고 어이가 없는 듯 침중히 중얼거렸다.

그 순간이다.

"와아악……!"

돌변하는 상황에 놀라 닫힌 문으로 가 문을 열려고 하던 군웅들에게서 단말마의 구슬픈 비명이 터져 나왔다. 그들이 문을 열기 위해 힘을 쓰는 순간에 바닥이 꺼지며 그들의 신형을 대번에 삼켜 버리고 만 것이다.

천도문주는 구양범이 이처럼 간단히 사라져 버릴 줄은 생각지도 못했던지라 완전히 뒤통수를 얻어맞은 격이었다.

"참으로 피도 눈물도 없는 자로군! 자신의 아들까지도 돌보지 않고 함정을 발동시키다니……."

그녀의 중얼거림과 눈앞에 드러나는 광경에 구양천상의 얼굴이 괴로움으로 일그러졌다.

구양자는 구양천상의 얼굴이 그와 같이 일그러지는 것을 오늘에서야 처음 볼 수 있었다. 그처럼 침착하던 구양천상이 아니었던가.

'무량수불…… 이 무슨 업보란 말인가? 그처럼 정기늠연하던 사람이 적당의 괴수라니…….'

그때 얼굴을 일그러뜨리던 구양천상은 군웅들이 갈피를 못 잡고 우왕좌왕하는 것을 보고 소리쳤다.

"모두 한자리로 모여주십시오! 이것은 한세도왕이 그의 장보를 욕심내는 사람들을 몰살시키기 위해서 마지막으로 안배한 동귀어진의 필살매복입니다!"

사람들은 구양천상의 주위로 모여들 수밖에 없었다.

어느 누구 하나 약자가 아니건만 그들이 채 손도 쓰지 못한 채 비명횡사함을 눈앞에서 보고는 감히 경거망동할 수가 없었던 것이다.

구양천상은 무겁고 어두운 표정으로 말했다.

"자격이 없음을 알고 있으나, 현재의 상황이 위급하니 여러분들께서는 이곳을 벗어날 때까지만 소생의 말을 따라주십시오."

"말하시오. 본좌는 어떠한 경우에라도 구양 대공을 믿소."

천도문주가 말을 하자 다른 사람들 또한 반대하는 사람이 없었다.

"지금 우리가 어디로 가야 생로(生路)를 찾을 수 있을지 짐작이 가는 분 계십니까?"

구양천상의 물음에 선뜻 대답하는 사람은 없었다.

우르르…….

진동이 격렬해지면서 마침내 천장에 균열이 생기기 시작했다.

신기당주가 나섰다.

"본 당주의 생각으로는…… 위험 부담이 크기는 하지만 생로는 저 불길 뒤쪽 밖에는…… 하지만 저 불길을 통과할 방법이 없소."

구양천상은 그의 말에 서슴없이 고개를 끄덕였다.

"불길이 꺼질 때까지 기다린다면 되겠지만, 지금의 상황으로는 그때까지 기다릴 수가 없으니…… 모험을 할 수밖에 없소. 만에 하나, 내가 돌아오지 못한다면 여기 있는 사람들은 신기당주께서 책임져 주시오."

그는 처음부터 대답하는 사람의 자질을 보기 위해 물었던 것인지라 신기당주의 말은 들을 생각도 하지 않고 그들의 퇴로를 막고 있는 지궐의 철문 앞으로 가 서더니 맑은 기합과 함께 손을 앞으로 쳐냈다.

쏴아앙—

무서운 빛이 불꽃과 같이 철문을 향해 격사되어 나갔다.

카아앙!

가공할 검광이 그의 손짓에 따라 철문과 격돌해 철문은 절반이나 베어져 너덜거리게 되었다.

"어검술이로군!"

검의 명가 구양자가 경악해 신음했다.

구양천상은 돌아오는 보천신검을 받아 들고는 다시 군웅들에게로 돌아왔다.

사람들은 누구나가 볼 수 있었다.

구양천상의 안색은 매우 창백하여 정상이 아님을……

"괜찮소? 정상이 아닌데……"

구양자가 물었으나 구양천상은 가볍게 웃고는 대답 대신 사람들에게 말을 했다.

"이제부터 저는 저 불길 속으로 뛰어들어 활로를 찾아보도록 하겠습니다. 만에 하나, 소생이 돌아오지 못한다면 활로가 없는 것으로 알고 여러분들께서는 저 문으로 나가서 퇴로를 찾아보도록 하십시오. 험악하기는 하겠지만…… 통과가 전혀 불가능하지는 않을 겁니다."

형산의 선배 장로인 신원 장능풍이 눈썹을 찡그렸다.

"그것이 불가능하지 않다면 무엇 때문에 그처럼 위험한 짓을 하려는 것인가? 우리 다 함께 저 문으로 가서 퇴로를 찾아보도록 하지."

구양천상은 그의 어조가 자신을 염려함을 깨닫고 담담히 웃어 보였다.

"만에 하나라도 저 불길을 빠져나갈 수만 있다면 가능성이 훨씬 높아지는 겁니다."

신기당주가 덧붙이듯 말했다.

"저 문으로 나가는 방법은 그대로 죽을 수가 없기에 해야 하는 방법에 불과하니…… 우리는 거기에서 길이 발견되기를 바라야 하오이다."

"……."

사람들은 그제야 상황이 대단히 엄중함을 깨달았다.

화르르르…… 화르르르…….

시뻘건 불길은 거대한 벽으로 타오르고 있어 그 앞으로 접근하기조차 어려웠다. 더구나 좀 전에 본 바와 같이 저 불은 한번 붙으면 잘 꺼지지 않는 특수한 것이었다.

구양천상은 보천신검을 가슴에 세운 채 굳은 표정으로 삼 장 밖에서 벽을 이루고 있는 불길을 쏘아보고 있었다.

사람들은 그의 몸과 검이 하나가 됨을 보았다.

그리고 그 순간에 그의 몸은 한줄기 검광이 되어 불길을 뚫고 들어갔다.

가히 눈에 보이지도 않는 속도였다.

'그가 검을 이러한 경지에까지 수련하였을 줄은 실로 상상밖이로다…… 가히 검신(劍神)의 경지이다!'

구양자 등, 그것을 본 모든 사람들의 눈에 놀람이 가득 찼다.

문득 한 사람이 중얼거렸다.

"그는 구천군주의 아들인데…… 활로를 이미 알고 있었을는지도 모르지. 어쩌면 그는……."

말을 하던 사람은 명부귀왕이었다.

그는 중얼거리다가 자신을 쏘아보는 군웅들의 눈초리가 별로 재미롭지 못함을 깨닫고 슬그머니 입을 다물었다.

하지만 그들은 구양천상이 더 이상 어떻게 되었는지를 기다릴 수가 없게 되었다.

와르르…… 쿵쾅!

천장으로부터 돌덩이가 떨어져 내리며 드디어 지궐이 무너지기 시작하였던 것이다.

그가 다시 나오기를 기다리다가는 떨어지는 돌덩이에 흔적도 없이 될 판이다. 그것이 돌덩이일 적에는 절정의 고수들인 그들인지라 피하거나 쳐낼 수 있었지만 거대한 암반이 떨어져 내리는 데야 대책이 없었다.

"어쩔 수 없습니다! 문밖으로 나가도록 합시다!"

신기당주가 자신도 모르게 외치며 군웅들을 선도하여 앞장섰다.

우르릉…… 쾅쾅!

돌의 비가 지궐에 떨어져 내리고 있었다.

지궐이 무너지고 있었다.

第十章

한세지총(恨世之塚)
―이제 파천(破天)의 계(計)는 시작되었다
이로 인해 구중천은 머리를 잃게 되리니
그는 결코 이 안배에서 헤어나지 못하리라…….
<신주일검 고우양의 다짐 중에서>

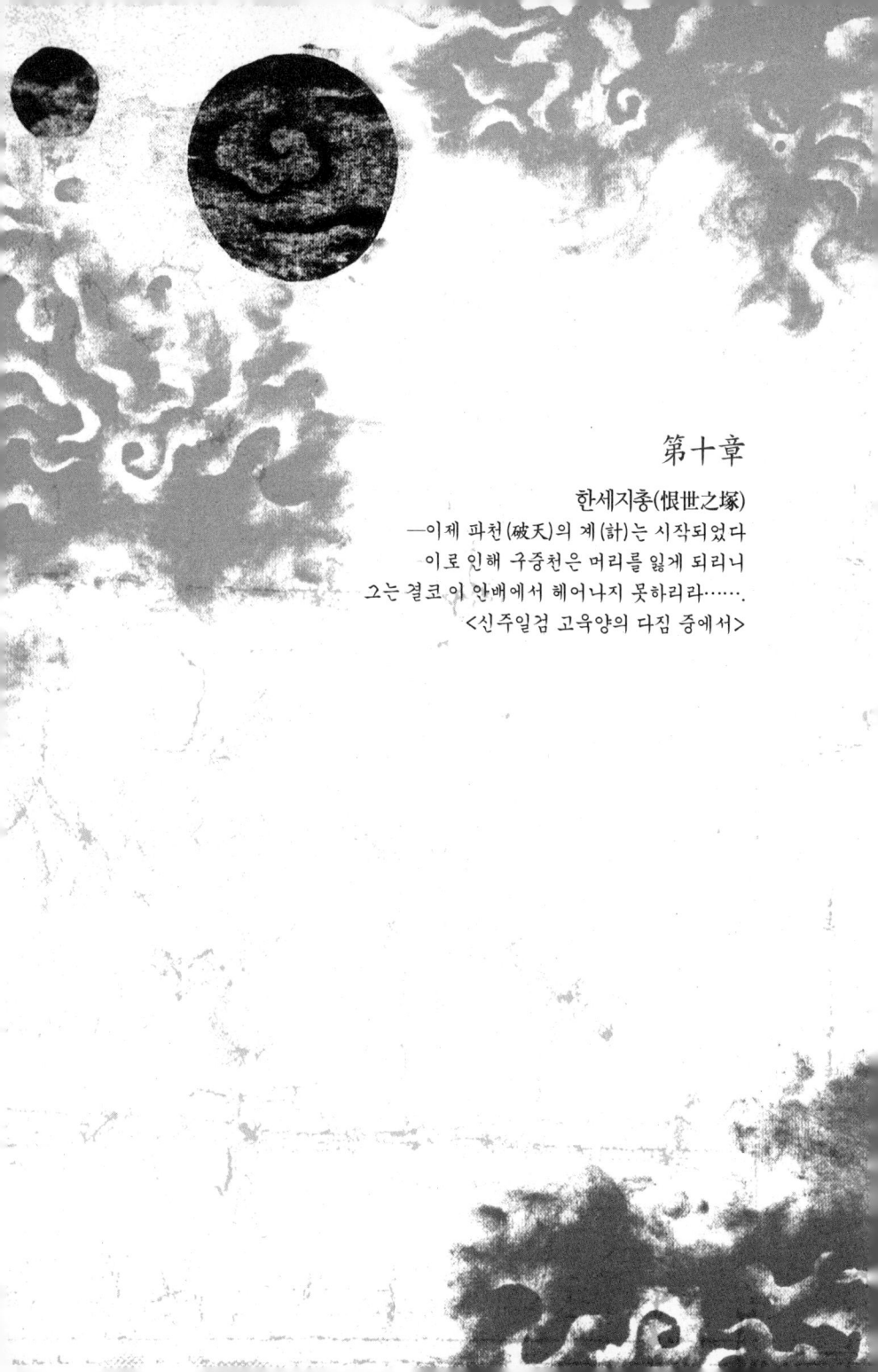

풍운고월
조천하

불의 바다.

지궐의 내부는 바로 그러한 표현만이 존재하게 되었다.

수은의 강은, 호수는, 그것을 연결한 운하는 제왕의 궁과 같은 지궐 후원, 지궐천단 일대를 빈틈없이 휘감고 있어 사위는 악마의 혀와 같은 불길이 십여 장이나 높이 치솟았다.

직접 불길이 닿지 않는 곳이라 할지라도 그 가공할 열기는 뼈를 태우고 쇠를 녹일 듯하였으며, 그 불의 바다 위로도 돌의 비는 떨어져 내리고 있었다.

가히 세상의 종말이다.

구양천상은 신검합일(身劍合一)하여 불길을 뚫고 들어갈 수 있었다. 그러나 그가 그 내부에서 발견할 수 있는 것은 아무것도 없었다.

그의 아버지 구양범도, 구양천수도…… 그리고 지궐천단 일대를 둘러싸고 있던 구천군주의 삼 개 친위대 위사들도…….

모두 사라지고 없었다.

마흔아홉 계단으로 이루어진 지궐천단은 전체가 아래로 가라앉았는지 아예 흔적조차 없다.

구양천상은 불길을 뚫고 안으로 날아들자마자 지궐천단이 있던 곳을 살펴보았다. 제아무리 기관이 발동되었다 할지라도 구양범이 빠져나가기 위해서는 통로가 있어야 할 것이고, 그 통로는 십중팔구 지궐의 중심부인 지궐천단에 있을 것이기 때문이다.

그러나,

'틀렸다! 지궐천단이 아래로 가라앉은 것은 모든 통로가 그와 함께 폐쇄됨을 의미하는 것이다. 이제 지궐의 내부로는 아무도 들어올 수도 없고, 나갈 수도 없다…….'

구양천상은 신음을 베어 물며 다시 돌아가려 하다가 안색이 대변하고 말았다.

불길의 벽…… 자신이 뚫고 들어온 그 불길의 바깥쪽의 천장이 아예 통째로 무너지고 있음을 보았던 것이다.

'퇴로도 없다!'

불길을 뚫고 나간다 하더라도 천장이 무너져 내리는 바에야 어찌 견딜 수 있겠는가.

나아갈 수도, 물러설 수도 없다.

구양천상은 문득 허탈해짐을 느끼고 휘청, 돌로 된 벽에 몸을 기대었다. 뜨거운 열기가 등을 타고 전해진다.

지궐 내부의 건축은 모조리 돌로 되어 불길이 번지지 않았다.

하지만 불길이, 저처럼 가공할 기세로 넘실거리는 불길이 치솟고 있는 수은의 강은, 강으로, 운하로, 혹은 호수로서 이 지궐 내부를 둘러싸고 있어 그 불길이 미치지 않는 곳은 하나도 없다고 해도 과언이 아니었다.

돌이 달아오르고 있음을 보면 그 열기를 짐작하고 남음이 있을 것이었다.

구양천상의 몸에서 만상귀일신공(萬象歸一神功)이 운행되고 있지 않았다면 그의 몸은 이미 그 열기를 이기지 못하고 오그라들고 있었을 것이다.

하지만 그래도 견디는 것에는 한도가 있다.

시간문제였다.

그가 이 지궐에 뼈를 묻는 것은…….

구양천상의 백의가 열기를 이기지 못하고 누렇게 눌어 들어가기 시작하였다.

그럼에도 구양천상의 눈에는 깊음뿐, 생사(生死)의 기로에 선 사람의 다급함은 눈을 씻고 찾아보아도 없었다.

그저……

쓰디쓴 웃음, 그늘진 웃음이 그의 굳게 닫혀진 입가를 떠돌고 있을 뿐이다. 믿었던, 그동안 그가 가지고 있었던 모든 것들이 한꺼번에 무너져 버린 느낌이었다.

무엇을 위해, 누구를 위해 싸웠던가?

자랑스러운 나의 아버지여…

내 아버지여…

"아하하하하……!"

문득 구양천상은 크게 웃기 시작한다.

그가 나를 자신의 아들로 인정하였다 한들, 이제 그것이 무슨 소용이겠는가! 나는 그를 나의 아버지로 인정하지 아니하였다.

하늘이여, 위대한 하늘이여……

그러던 어느 순간, 구양천상의 전신이 벼락을 맞은 듯 부르르 떨렸다. 그리고 그는 웃음을 멈추었다.

뇌리에 불현듯 떠오르는 글 한 줄기…….

―구양범이 나타나거든 보아라.

천기노인 고영창이 그에게 남긴 두 번째 금낭!

구양천상은 거의 찰나간에 금낭을 꺼내 그 안에 있던 서신을 펴들었다.

〈만약 구양법이 구중천의 구천군주로서 나타난다면, 구중천이 천하를 지배할 모든 준비를 완벽히 하였음을 의미한다.

그의 출현은, 배후에 숨어 천하의 혼란을 조종하고 있는 암중의 힘을 표면으로 끌어내기 위해 내가 안배한 파천(破天)의 계(計)도 발동되었음을 의미하는 것이다.

이제부터 너는 당대 개방의 방주인 냉면혈담 석자청을 도와서 네 아버지를 구해내도록 하고, 힘을 합쳐 구중천을 멸하도록 하라.

그는 파천의 계를 수행하도록 안배된, 나의 의발을 전수받은 제자이다.〉

격한 감정이 구양천상의 눈에, 천기노인의 금낭 서신을 든 손에 전달되었다.
 '아버지를 구하라고? 그렇다면……!'
 전율과도 같은 느낌!
 동시에 그는 개방의 방주가 왜 오늘과 같은 날마저도 모습을 보이지 않고 있는가를 알게 되었다.
 천하의 일은 정녕 너무도 놀랍게 이미 죽은 천기노인이 예측하고 안배한 대로 움직여 가고 있었다.
 그러한 그를 죽게 만든 사람은 과연 누구란 말일까?
 그 순간, 구양천상은 가공할 열기가 자신을 엄습함을 느끼고 놀람 속에서 깨어나야 했다.
 손에 들려 있던 서신이 순식간에 불꽃으로 타올랐다.
 보라!
 수은으로 이루어져 있던 강, 불꽃이 이글거리던 그 강과 호수의 수은이 열기를 이기지 못하고 연기를 뿜어내며 마구 끓어오르고 있지 않은가.
 사방의 석조 건물들 전체가 시뻘겋게 달아오르고 있었다.
 '더 이상 견딜 수 없다. 나의 내부는 내상이 있는 상태인 데다 계속하여 무리하게 내공을 운행하여…… 아니, 정상이라 할지라도 이 가공할 열기를 무엇으로 이길 수 있으랴. 더구나 저 수은의 연기는 숨을 쉴 수 없도록 하는 것인데…….'
 천하없는 고수라 할지라도 숨을 쉬지 않고 어떻게 견딜 수 있으랴.
 그런데 바로 그때였다.

촤촤— 쏴아악!

어디선가 파도가 치는 듯한 소리가 들리더니 느닷없이 지궐 한쪽으로부터 물줄기가 노한 파도와 같이 밀려드는 것이 아닌가?

츠츠…… 츠읏! 칙! 치익……!

물줄기는 강의 흐름을 따라 쏟아졌으며, 그것은 불길로 충돌하여 무럭무럭 수증기를 피워 올렸다.

물줄기의 기세는 대단하여 지궐 전체는 거의 단숨에 수증기로 뒤덮이고 말았다. 그런데도 수은 위를 타오르는 불길은 꺼지지 않았다.

'설마하니 이 일대에 화산지화(火山之火)가 있단 말인가? 한세도왕은 정말 대단한 사람이로구나…….'

수증기로 가려져 이제 눈앞도 보이지 않을 지경인 지궐을 보며 구양천상은 그 와중에도 한세도왕에게 감탄을 하지 않을 수 없었다.

'아마도 그는 이 지궐이 완전히 붕괴되는 것을 바라지 않았을 것이다. 그래서 그는 불길로 인해 지궐의 어떤 부분이 파괴되거나 녹을 정도가 되었을 때에 그로 인해 이 물줄기가 지궐의 안으로 들어오도록 안배하였을 것이다…….'

물이 쉬지 않고 쏟아져 들어온다면 결국 불은 꺼지게 될 것이다.

하지만 구양천상은 그때까지 견딜 수가 없었다.

아니, 지금 한순간 한순간을 견디는 것이 기적이었다.

열기가 조금 완화되었다고는 하지만 사방을 가득 메우는 수증기와 한데 어울린 수은의 연기는 숨을 쉴 수 없도록 했다.

그때였다.

구양천상은 무엇인가가 불의 강, 수은의 강을 흘러가고 있음을 발견했다.

'저것은?'

그것은 지궐의 중앙 근처에 있던 호수 가운데에 안치되어 있던 돌로 된 배였다. 그것이 물줄기가 쏟아져 들어오자 그 힘으로 수은의 위로 떠오르게 되어 불길 위를 흘러가고 있는 것이다.

과연 저것은 불길 위를 흘러 어디로 가는 것일까?

구양천상은 그것이 심상케 보이지 않았다.

'굳이 장식도 없는 돌의 배를 여기에 남겨둔 이유가 무엇일까? 만에 하나, 저것이 돌로 된 것이 아니었다면 지금 이 순간에 수은의 위에, 저 불 위에 떠 있을 수 없었을 것이다!'

더 이상 생각하고 망설일 여가는 없다.

구양천상은 전신의 진기를 모아 보천신검과 신검합일하여 몸을 날렸다.

휘이익!

그의 신형이 단숨에 십여 장의 거리를 가로지르며 돌로 된 배[石舟] 위에 도달했다.

불의 강을 흘러가는 배다.

당연히 배 전체는 불길로 휘감겨 있어 구양천상은 전신의 모든 공력을 운행하여 불길에 항거하며 배 위로 날아내렸다.

그는 배로 날아오는 도중에 이미 배의 생김이 앞쪽은 뾰족하고 뒤쪽은 넓고 편평한 데다 갑판은 마치 대패로 깎아놓은 듯 밋밋하고 괴이한 것임을 살펴보고 있었다.

노도, 닻도, 돛대도 없다.

하긴 있어도 필요없는 것들이겠지만 구양천상은 배 위로 내려선 순간에 그 밋밋한 갑판의 위에 손잡이 하나가 달려 있음을 보았다. 생각할 것도 없이 그것을 잡아당기자 갑판에 문이 하나 생겨났다.

'생사를 하늘에 맡기는 수밖에……'

구양천상은 안으로 들어가며 문을 닫았다.

마치 앞을 깎아놓은 석관과 같은 생김의 배의 안은 두어 사람이 있을 수 있는 넓이였지만 높이가 대단히 낮아 앉을 수가 없어 구양천상은 누울 수밖에 없었다.

그래야 문을 닫을 수 있기 때문이다.

한데 그는, 그 순간에 그처럼 가공하게 온몸을 태워오던 열기가 별로 느껴지지 않고 있음을 경각할 수 있었다.

그리고 그는 자신의 머리 위에 박혀 빛을 뿌리고 있는 주먹만한 야명주 하나를 보게 되었다.

"설마…… 이것이 전설로 전해지는…… 불을 피할 수 있다는 피화주(避火珠)란 말인가?"

믿기지 않는 일이지만 그 말 외에 이 돌의 배가 그처럼 가공할 불의 강 위에 떠 있음에도 이와 같을 수 있음은 별다른 설명이 없다.

그때였다.

콰콰콰…….

돌연, 배에 굉장한 진동이 전해지더니 배가 엄청난 요동과 함께 무섭게 달리고 있음을 느낄 수 있었다.

'어디로 가는 것일까? 지궐 내에 안배된 수은의 강과 호수로는 이와 같이 달릴 수가 없을 텐데…….'

그리고 그의 생각이 끝나기도 전이다.

꽝!

갑자기 거대한 충격이 배에 전해졌으며 그 충격으로 구양천상은 전신을 세차게 배에 부딪치고 말았다.

그리고 그로 인해 배의 갑판을 닫았던 문이 열려 구양천상은 놀라 그것을 닫으려다가 문득 상황이 달라졌음을 느끼게 되었다. 뜨거움도 없고 은은한 빛에다 느껴지는 것은 맑은 공기다.

그리고 배는 더 이상 움직이지 않는다.

그는 열린 문을 통해 상체를 일으켰다.

배가 멈춘 곳의 앞쪽은 동굴이다.

높이는 사오 장, 너비는 대략 오 장여…….

종유석이 석순과 한데 엉겨붙은 이곳은 누가 보아도 하나의 천연 동굴 광장이었다.

쏴쏴아…….

배의 뒤쪽은 세찬 물살이 보기 끔찍할 정도로 거세게 꿈틀거리고 있는데, 대체 어떻게 하여서 수은의 강에서 이곳으로 오게 되었는지 알 재간이 없다.

"정말 대단하군!"

배가 멈춘 형국을 본 구양천상은 그 교묘함에 감탄을 금할 수가 없었다.

동굴의 입구에는 돌로써 하나의 선착장과 같은 곳이 만들어져 있는데 그곳은 안으로 날카롭게 깎여 들어가 구양천상이 타고 온 배의 뾰족한 앞쪽이 거기에 들어가서 꽉 물리게 되어 있었던 것이다.

'무엇 때문에 이러한 곳을 심혈을 기울여 만들어놓은 것일까?

설마 이곳도 지궐의 일부란 말인가?'

구양천상은 안으로 걸어 들어가기 시작하였다.

그리고 그는 얼마 들어가지 않아서 높이가 일 장여가 되는 비석이 동굴의 중앙에 서 있음을 발견하게 되었다.

〈한세고왕(恨世孤王) 영면지거(永眠之居)〉!

"한세고왕? 도왕? 설마…… 이곳이 한세도왕의 묘역이란 말일까?"

구양천상은 한세고왕의 묘비를 보고 그것이 과연 한세도왕과 동일인인지 단정할 수가 없었다.

그리고 묘비의 옆으로 약간 걸음을 옮긴 그는 다시 고개를 흔들게 되었다.

그것은 비석이 아니었다.

그 높이, 그 형상 그대로 이 장이나 되는 하나의 긴 석관이었던 것이다.

구양천상은 그 석관을 정면에서 바라보았을 뿐이었다.

석관은 오랜 세월이 흐른 듯 이끼로 덮여 있었다.

"과연 이 사람은 한세도왕이로구나!"

석관의 뒤로 돌아간 구양천상은 나직이 신음하였다.

앞쪽이 한세고왕 영면지거라고 간단히 쓰인 것에 반해 뒤쪽에는 깨알과 같은 글씨가 전체를 가득 메우고 있었던 것이다.

글의 전반부는 그의 불우한 일생을 서술하고 있으며, 후반부는 천하제일의 고수가 된 후의 심경을 적고 있었다.

도왕이라는 호(號)를 스스로 고왕이라 고쳐 부르고 있음은 그가 얼마나 외로운 사람이었는가를 의미한다고 할 수 있었다.

〈천하를 움직일 수 있는 재보를 모으고, 무림을 호령할 수 있는 신공기예를 한몸에 연성하였으되, 죽음에 이르러 그것이 무슨 소용이 있으랴.

인생의 덧없음을 느낀 본왕은 천고지궐을 세우고 무산에 들어 인연이 닿는 자를 기다리며 말년을 보내면서 심심파적으로 하나의 연구를 시작하였으니, 그것은 인간의 정신을 타인이 마음대로 조종할 수 있도록 하는 것이었다.

그리고 그것은 완성되었다.

일컬어 환혼탈백대법(換魂奪魄大法)!

이것은 사람의 정신을 지배할 뿐 아니라, 아예 그 사람의 심성마저도 자신의 의도대로 바꾸어 버릴 수 있는 무서운 수혼수법(搜魂手法)이다.

…….

그러나 나는 죽음에 임박하여 더욱 인생의 덧없음을 느끼게 되어 모든 것을 버리고 천고지궐마저 떠나 이곳에 뼈를 묻기로 하였다.

하나, 죽음을 목전에 두고 생각하니 환혼탈백대법은 하늘의 뜻을 거스르는 역천의 술일 뿐 아니라 그 자체에 미비한 점이 있어 사람에게 사용되어서는 아니 되는 것임을 알게 되었다…….

지궐에 남겨둔 것은 본래 세상의 것이었으니 그 모두가 세상으로 돌아가도 상관이 없으나 만에 하나라도 환혼탈백대법이 당년의 나와 같이 편견된 생각을 가진 사람의 손으로 들어가게 된다면 천하는 그로 인해 종말을 맞이해야 할 것이니, 나는 죽어서도 눈을 감을 수 없게 될 것이다.

그리하여 여기 본왕이 죽음 직전에 깨달아낸 환혼탈백대법을 깰 수 있는 방법을 남겨두니, 인연이 있어 여기 이른 사람이 있다면 그것을 얻게 되리라…….〉

　　　　　＊　　　＊　　　＊

　격탕하는 무협의 물살을 굽어보며 운무(雲霧)에 묻힌 듯 존재하는 무산은 원숭이들의 울음소리만이 은은할 뿐, 언제라도 고요에 묻힌 곳이다.
　그러나 천고지궐의 소문이 천하를 흔들어 사람들의 그림자가 하나둘 모습을 보이기 시작한 후⋯⋯.
　그리고 이제 천고지궐이 문을 연 후, 무산 일대는 공포의 아수라장(阿修羅場)이 되었다.
　어디에선가, 언제부터인가 나타나기 시작한 검은 그림자들에 의해 무산에 모여든 사람들이 피를 뿌리고 쓰러지기 시작하였던 것이다.
　아비규환(阿鼻叫喚), 유혈표저(流血漂杵)⋯⋯.
　공포와 고통에 찬 비명 소리는 아수라장을 이루고 그들이 흘려낸 피로 무산의 강물은 붉게 물들었다.
　어둠이 내려오면서 그 공포의 살육(殺戮)은 하늘에 사무쳤고 살기는 천지를 덮었다.
　죽고 죽이는 그 대살육은 천고지궐 내부에서 벌어진 대참극과 조금도 다르지 않았다.
　아니, 더욱 처절하였다.
　초목 하나, 바위 어디에서 적의 칼날이 번뜩일지 모르기 때문이다. 공포로 머리끝이 곤두서는 밤이었다.

구름 두어 점이 흘러가고 있는 하늘에 뜬 달은 오늘이 보름이기라도 한 듯, 둥글고 밝았다.
 세간에 신녀봉(神女峯)이라 더 알려진 조운봉의 정상에는 한 사람의 백의인이 우뚝 서 무산 일대를 굽어보고 있었다.
 그 사람이야말로 당대 구중천을 암중에서 조종하고 있는 구천군주 구양범이었다. 그의 얼굴에는 여전히 면사가 씌워져 있었다.
 그의 뒤에는 구양천수가 무표정하게 서 있었다.
 구양범의 발 아래 무산 일대에서는 끊이지 않고 고함 소리와 구슬픈 비명 소리가 들려오고 있었다.
 무엇을 생각하는지 묵묵히 아래만을 내려다보고 있던 구양범은 담담한 어조로 입을 열었다.
 "네 형이 지궐에서 살아 나올 수 있을 것 같으냐?"
 무표정하던 구양천수의 얼굴이 조금 움직이더니 말했다.
 "아마 그럴 것입니다."
 구양범은 몸을 돌려 구양천수를 보았다.
 "너는 네 형에 대한 믿음이 대단히 큰 모양이로구나?"
 구양천수의 얼굴이 약간 일그러졌다.
 "형은…… 내 생애에 있어 가장 위대한 우상이었습니다. 아마 그랬었던 것 같습니다……."
 구양범은 무거운 눈빛으로 그를 보더니 다시 물었다.
 "지금은?"
 "지금은…… 지금은…… 그저 막연합니다."
 그의 태도에 구양범의 눈빛이 괴롭게 일그러졌다.
 '처음 만났을 때의 그 당당하고 자신에 찬 너의 모습은 어디에

서도 찾을 수가 없구나…… 네가 받은 금제는…….'
 그때다.
 휘익…….
 부엉이의 울음소리와 같은 휘파람 소리가 어디선가 가늘게 들리는 듯하더니 이내 한 사람이 낙엽과 같이 구양범의 앞에 도달하여 무릎을 꿇었다.
 "종동천의 천주가 군주각하를 배견합니다."
 "무슨 일이냐?"
 구양범의 눈빛이 다시 냉엄히 돌아섰다.
 스스로를 종동천, 구중천의 제일천이라 호(號)한 복면인은 침중한 어조로 말했다.
 "무산 일대에서 벌어지고 있는 유향대계(流香大計)가 막바지에 들어서고 있습니다."
 구양범이 침묵을 지키고 있자 종동천주는 다시 말했다.
 "귀진(歸眞)의 계를 속행할 것인지를 하명해 주십시오."
 구양범이 말했다.
 "시행할 준비는 다 되었는가?"
 "예! 무산 전체를 에워싸고 요소요소에 수라대진(修羅大陣)이 펼쳐져 있어 무산에 들어선 사람이라면 피아를 막론하고 살아날 수 없게 될 것입니다. 물론…… 본 구중천의 전력도 막대한 타격을 받게 되겠지만……."
 구양범은 시선을 돌렸다.
 그의 눈 아래 놓인 무산 일대…….
 여기저기에서는 의미를 알 수 없는 푸르고, 붉고 누런 불꽃들이 번뜩이다 사라지고 있었다.

다른 사람은 몰라도 구양범은 그것이 무슨 의미인지를 알고 있다.

구중천이 오늘 무산 일대에서 벌이고 있는 공포의 대도살이 마무리 단계에 와 있다는 신호인 것이다.

    *   *   *

선녀가 하늘에 오를 듯 기묘한 생김의 조운봉 아래에는 무산신녀를 제사하는 신녀묘(神女廟)가 있다.

신선과 같은 용모로써 후세에까지 미남자의 대명사로 일컬어지는 초의 문인(文人) 송옥(宋玉)의 고당부(高唐賦)에서는 무산신녀에 대한 전설을 다음과 같이 적고 있다.

〈초의 양왕(襄王)이 송옥과 함께 고당(高唐)의 경치를 유람하다가 산 위에 기이한 기운이 어려 있음을 보고 저것이 무엇인가를 묻자, 송옥은 저것이 바로 조운(朝雲)이라고 대답하였다.

왕은 무엇을 일러 조운이라 하는가를 물었고 송옥은 다음과 같이 대답하였다.

지난날 선왕(先王:초회왕)께서도 이따금 고당에 와 쉬셨는데 어느 날 선왕께서 낮에 잠이 드셨을 때에 꿈에 한 부인이 나타나 '첩은 무산의 여인인데, 왕께서 고당에 오셨다는 말을 듣고 시침(侍寢)코자 왔다'고 하여 왕은 그녀와 신선과 같은 하루를 보내게 되었고 그녀가 돌아가며 말하기를, '첩은 이제부터 산의 남쪽 높은 곳에서 아침에는 구름[朝雲]이 되고 저녁에는 비[行雨]가 되어 아침저녁으로 상을 기다리겠습니다' 하고는 돌아갔는데, 초회왕이 깨어나 보니 과연 무산의 아침 구름과 저녁 비의 형상이 신비롭기 이를 데 없는지라 그 무산녀를 잊지 못해 봉우리 아래에다 묘(廟)를 세우고 그녀를 제사케 하니 그 묘의 이름이 조운묘(朝雲廟)이며 바로 오늘날의 신녀묘인 것이다.

이 말은 남녀간의 사랑을 묘사하는 운우(雲雨:조운모우(朝雲暮雨)의 준말)의 출전이 되었거니와, 태평광기(太平廣記)에는 무산신녀를 일러 서왕모(西王母)의 스물세 번째 딸이라 하여 이름을 요희(瑤姬), 호를 운화부인(雲華夫人)이라 한다 하였다.)

그 무산신녀를 제사하는 신녀모의 규모는 상당하였고 무산 일대 제일의 명소라 하여도 과언이 아니었다.
하지만 천고지궐의 일로 인해 무산 일대가 일대 아수라장이 되면서 무산십이봉의 주위는 유람객이 끊어져 오늘 밤과 같이 사방에서 처절한 비명이 하늘을 찌르는 상태에서는 이 신녀묘도 쥐 죽은 듯 고요할 수밖에는 없다.
두둥실 떠 빛나고 있는 달 아래 드러난 신녀묘의 후원은 수많은 버드나무로 그윽하다.
그러한 어느 순간, 한 사람이 그 버드나무 숲을 지나 신녀묘 후원으로 소리도 없이 다가서고 있었다.
백의를 걸치고 얼굴에는 면사로써 몽면을 한 그는 사람들의 눈을 거리낄 필요가 없는 듯 당당한 걸음으로써 신녀묘의 후원에 도달했다.
구양범이었다.

그는 신녀묘 후원 정전(正殿)의 뜰 앞에 섰다.

그가 정전의 뜰 앞에 서자 마치 기다리기나 한 듯이 후원 정전의 문이 좌우로 소리도 없이 스르르 열렸다.

정전의 안은 불빛 하나 없이 칠흑 같은 어둠에 잠겨 있어 바깥 달빛이 밝은 만큼 더욱 어두웠다.

하지만 구양범의 안력은 그 어둠을 뚫고서 그 속에 한 사람이 태사의에 몸을 묻고 있음을 알아볼 수 있었다.

구양범이 아무 말 없이 서 있기만 하자 안으로부터 괴이한 여운을 담은 싸늘한 음성이 들려왔다.

"일에 차질이 발생하였는가?"

"그렇지 않습니다."

구양범은 간단하지만 정중한 어조로 대답했다.

그의 이러한 태도는 족히 놀라운 것이다.

그는 당금 천하를 뒤흔든다는 구중천의 지배자이거늘, 그러한 그가 대체 어떤 사람에게 이처럼 공손한 것이란 말인가?

구양범의 대답에 정전의 안에서는 잠시 침묵이 흘러가더니 예의 음성이 다시 싸늘히 들려왔다.

"그렇다면 무엇 때문에 나를 찾아왔는가? 모든 일이 완수된 후에 오기로 되어 있지 않았던가?"

음성에는 힐책하는 의미가 역력하였으며 구양범은 잠시 망설이는 듯하더니 입을 열었다.

"과연…… 귀진의 계를 시행하여야 할 것인지…… 마지막으로 한 번 더 영유(令諭)를 받들고자 찾아왔습니다."

돌연,

"너는 지금 나와 장난을 하자는 것이냐?"

정전의 안으로부터 무서운 질타가 터져 나왔다.

그 소리는 크지 않았으나 그 소리의 여운은 가공하게도 바닥의 먼지를 피워 올릴 정도였다.

면사로 가리워진 구양범의 눈 속에 한 가닥 두려운 빛이 떠올랐으나 그는 이를 악물고는 말했다.

"이 일로 인해 생기는 여파는 너무도 큽니다……. 귀진의 계가 그대로 시행될 경우에는 무산에 모인 사천여 군웅이 하나도 남김없이 몰살을 함은 물론, 본 천도 절대적인 타격을 면치 못하게 됩니다. 거기다 각파에까지 그 귀진의 계가 진행된다면 무림의 고수는 거의 다 죽음을 피하지 못하게 될 것이니…… 이와 같이 해서 무림을 제패한들 무슨 의미가 있겠습니까? 해서……."

날카로운 웃음소리가 구양범의 말을 막았다.

"내가 가장 싫어하는 것이 무엇인지 너는 그새 잊어버린 모양이구나. 감히 네가 나의 명에 반항을 하자는 것이냐?"

구양범은 어둠 속에서 무서운 눈빛이 자신을 쏘아오고 있음을 보았다.

'으윽……!'

그의 전신에 강렬한 흔들림이 지나갔다.

그리고 그는 믿을 수 없게도 머리를 떨구었다.

"죄송합니다."

음성이 다시 들려왔다.

"바로 돌아가 즉시 시행토록 해라! 귀진의 계를……."

구양범은 고개를 숙여 보이고는 신형을 돌렸다.

문이 닫히는 소리를 들으며 그는 묵묵히 걸음을 옮겼다.
발걸음이 흔들림을 그는 느낄 수 있었다.
그는 구천군주였다…….
구중천의 모든 사람들로부터 신과 같은 존재로, 공포의 대상이 되고 있는 구천군주였다.
묵묵히 걸음을 옮기고 있던 구양범은 어느 순간, 문득 고개를 들며 그의 왼쪽에 우거져 있는 버드나무 숲을 쏘아보며 차갑게 말했다.
"누가 숨어 엿보고 있느냐?"
"……."
대답은 없다.
구양범의 눈빛이 싸늘해졌다.
"숨어 있을 담력과 기(氣)는 가지고 있으면서도 현신(現身)할 용기는 없는가?"
순간, 버드나무 그늘 사이로 한 사람이 서서히 걸어나왔다.
백의로 궁장을 한 미모의 부인이었다.
불과 삼십이나 되었을까?
수려하고 차며 기품있는 그 모습은 무산의 신녀가 세상에 모습을 드러낸 듯하였다.
"운……!"
그녀의 얼굴을 본 구양범은 자신도 모르게 한마디를 흘려내다가 입을 다물었다.
그처럼 평정하던 그의 전신에 흔들림이 보이고 있었다.
백의 궁장의 미부인, 그녀는 지난날 황산 백운곡에 나타났었던 성모궁의 궁주, 바로 그녀였다.

그녀의 출현은 너무도 의외인지라 구양범은 일시간 입이 벌어지지 않는 듯했다.

밤바람이 목석이 된 듯 우뚝 서 서로를 바라보고 있는 두 사람의 옷자락을 펄럭이자, 마치 저녁놀에 반사되어 변화하는 물빛과 같은 눈으로 구양범을 바라보고 있던 성모궁주는 천천히 입을 열었다.

"당신의 그 기태(氣態)는 여전하군요?"

그녀의 음성에 구양범의 신형에는 다시 흔들림이 일었다.

"정녕…… 당신이로군…… 운지……!"

쓸쓸한 웃음이 성모궁주의 그 아름다운 얼굴에 번져 갔다.

"철없을 때에 불리던 이름이죠. 이 세상으로부터 경화일미라고 불리던 모용운지는 이미 이십 년 전에 사라졌어요."

구양범은 말없이 그녀를 바라보았다.

너무도 뜻밖이다.

그녀가 이처럼 홀연히 자신의 앞에 나타나리라고는…….

그때, 현재 성모궁주이며 지난날 모용운지였던 그녀가 길게 탄식하며 구양범에게 말하였다.

"중지해요! 지금 당신이 무산에서 벌이고 있는 이 무서운 도살을! 만약에 당신이 지금 진행되고 있는 유향지계에 이어 귀진지계까지 발동시킨다면 당신은 무림에 영원히 씻을 수 없는 죄를 짓게 될 거예요."

"……!"

구양범은 흠칫, 그녀를 보았다.

그리고 그는 무겁게 말했다.

"당신은 믿을 수 없을 만큼 많은 것을 알고 있군?"

그는 말과 함께 고개를 젓더니 싸늘히 말했다.

"이 일은 당신이 상관할 일이 아니오. 돌아가시오. 이 일은 무림 중의 패권……."

모용운지, 성모궁주가 단호하게 말을 잘랐다.

"천상이, 그 아이가 누군지 당신도 알고 있겠지요? 그날 밤…… 그 일로 인해 생긴 우리 두 사람의…… 그 아이가 관련되어 있는데도 내가 상관할 일이 아니라고 할 수 있나요? 당신은 그 아이를 어떻게 했나요? 스스로의 신분조차 확신하지 못한 채, 아버지와 어머니의 품에 한번도 안겨보지 못하고 자라난 그 불쌍한 아이…… 스스로 그처럼 대견히 커온 그 아이를 당신은 어떻게 했나요?"

천 장 절벽에서 떨어지는 물줄기를 일러 폭포수라 한다.

그녀의 폭포처럼 쏟아지는 절절한 피를 토하는 것 같은 외침에 구양범은 입을 다물어야 했다.

"설마…… 설마 그 아이를 천고지궐의 함정에 내동댕이친 것은 아니겠지요? 천고지궐에 들어간 사람 모두는 매복에 걸려 아직 아무도 돌아 나오지 못했다고 들었어요. 설마……."

"닥쳐!"

구양범이 눈을 부릅떴다.

면사 속의 두 눈에서 싸늘한 신광이 두 자루 비수와 같이 쏟아져 나오고 있었다.

구양범은 그녀를 쏘아보며 차갑게 말했다.

"그날 밤의 일은 당신을 구하기 위해서였을 뿐이다! 그 일로 인해 그 아이가 생겼음은 내가 상관할 일이 아니야! 그처럼 그 아이가 걱정이 된다면, 여기서 서성이지 말고 그 아이를 구하러 천고지궐로 들어가 보도록 해!"

"당신……"

너무도 어이가 없어 성모궁주 모용운지는 벌린 입을 다물지 못했다.

이십 년 전…… 아니, 정확히 이십삼 년 전의 구양범은 저러하지 않았다.

그는 만인의 우상이었으며 뭇 여인들의 기림을 받는 꿈의 낭군이었다. 모용세가의 금지옥엽이었던 모용운지는 강호를 협행(俠行)하다가 그 악명 높은 분면신마(粉面神魔)에게 걸려 순결을 빼앗길 위기에 있었다.

그 상황에서 그녀를 구한 것이 구양범이었다.

그가 분면신마를 격퇴하고 모용운지를 구하였을 때에 그녀는 이미 음약에 중독이 되어 촌각을 다투고 있었다. 다른 방법이 없었다. 오직 몸을 섞음으로써 그녀의 체내에 들끓고 있는 욕정을 해소시켜 주는 방법밖에는…….

모용운지는 살아났으나, 그녀의 앞에 선 구양범의 표정은 어두웠다.

구양범과 그녀의 오라버니인 철혈무쌍 모용비룡은 당시 후기제일의 고수라고 일컬어지던 신주일검 고욱양과 더불어 형제와 같은 우정을 가지고 있어 구양범이야말로 그녀가 마음속으로 그리는 연인이었다.

하지만 그녀는 그에게 이미 사랑하는 여인이 있음을 듣고는 절망에 빠지지 않을 수가 없었다. 그가 사랑하는 은하협녀 이옥환이야말로 그녀가 언니라고 부르는 사람이었던 까닭이다.

집으로 돌아온 그녀는 자신이 임신하였음을 알고는 더욱 절망에 빠진다.

그러한 그녀를 보고 괴로워하는 사람도 있으니 바로 후일 비명에 죽어가야 했던 사자철장 도기룡이었다.

그러던 중, 그녀가 임신하였음이 노태태에게 알려져 집안은 발칵 뒤집어지고 만다. 사자철장 도기룡의 도움으로 간신히 집안을 빠져나온 그녀는 홀로 산골 농가에서 해산을 하여 구양천상을 낳게 된다.

구양천상을 낳아 강호에 나온 그녀는 모용가에 변고가 생겼음을 알게 되고, 구양범 또한 이미 은하협녀 이옥환과 신혼임을 알고는 완전히 삶의 의욕을 잃어버리게 되었다.

그렇다고 아이를 안고 구양범과 이옥환과의 사이에 나타나기는 죽기보다 싫은 그녀였다.

이옥환의 성품이 어짊을 아는 모용운지는 궁리 끝에 아이를 이옥환에게로 보내고는 자신은 천장단애의 아래로 몸을 날려서 죽고자 하였다.

하지만…… 그녀의 명운(命運)은 그것으로 끝이 아니었던지, 그녀는 마침 그곳을 지나던 한 노인으로부터 구함을 받게 되고 그녀의 사정을 들은 그 노인이 그녀를 성모궁으로 데려다 주었다.

그 노인의 이름은 고영창, 천기노인이라 불리는 사람이었다.

성모궁주 모용운지의 안색이 얼음과 같이 차가워졌다.

하나, 그때 그녀의 뇌리에 한 사람이 하던 말이 떠올랐다.

그를 움직일 수 있는 사람은 오직…… 궁주뿐이오. 만에 하나라도 그의 마음을 돌릴 수 있게 된다면 수천의 무림인들이 그로 인해 광명을 되찾을 수 있게 될 것이오. 그리고 천수(天數)를 헤아려 보건대, 구양천상은 그리 쉽게 변을 당할 사람이 아니니 궁주는 너무 심려하지 마시오…….

모용운지는 길게 한숨을 쉬더니 굳어진 안색을 가라앉히며 천천히 말했다.
"당신의 겉모습…… 분위기는 지난날과 조금도 다름이 없는데 그 내면은 전과는 비교조차 할 수 없군요?"
그녀의 말에 구양범의 신형에 진동이 일어났다.
그는 자신의 실태를 깨달은 듯 암중에 고개를 흔들더니 차가운 어조로 계속 말했다.
"십 년이면 산천이 변하는데, 하물며 사람이야, 당연한 일이지……."
모용운지는 그의 말에 고개를 살래살래 저었다.
"둘러댈 필요는 없어요. 나는 당신의 이 행동이 다른 사람의 강요에 의한 것임을 잘 알고 있으니까요."
"무슨 소리요?"
구양범이 흠칫, 모용운지를 쏘아보았다.
모용운지는 눈길을 돌리지 않고 그를 마주보았다.
"당신이 신녀묘 후원 정전에서 어떠한 행동을 하였는가를 내가 굳이 말하여야 하겠어요?"

"으음……."

부지중에 신음이 구양범에게서 흘러나왔다.

그는 무서운 시선으로 모용운지를 쏘아보더니 천천히 말했다.

"당신이 나로 하여금 막다른 길을 선택하게 하는군."

그의 몸에서 살기가 일어남을 깨달은 모용운지는 침착하게 말하였다.

"당신은 구천군주예요."

"……?"

구양범은 이 마당에 그녀가 무슨 뜻으로 그런 말을 하는지를 몰라 아무 말도 없이 그녀를 보았다.

"당신이 어떤 사람으로부터 조종을 받고 있든 간에, 구중천을 움직이고 있는 구천군주는 바로 당신이에요! 이 말이 의미하고 있는 것을 당신은 짐작할 수 있나요?"

구양범은 미간을 찡그렸다.

"날더러 반역을 하라는 것인가?"

"반역? 당신을 조종하고 있는 사람이 당조(當朝:현 조정)의 천자라도 된단 말인가요? 반역이라는 말을 쓰게? 그는 당신을 이용하고 있을 뿐이에요. 당신이 마음만 돌린다면, 당신은 바로 지난날의 그 자랑스러웠던 구양세가의 가주로 돌아갈 수 있어요."

"구양세가……."

"그래요! 구양세가……."

사납던 구양범의 눈빛이 누그러지는 것을 본 모용운지는 급히 그의 말을 되받았다.

그런데 바로 그 순간이었다.

"으흐흐흐……."

느닷없이 까마귀가 피를 토하는 듯 괴이무비한 웃음소리가 주위를 뒤흔들며 울려 퍼지는 것이 아닌가.

구양범과 모용운지의 안색이 돌변했다.

동시에 네 사람의 복면인이 호위한 무개(無蓋) 사인교자 하나가 그들의 앞으로 날아내렸다.

교자의 위에는 기대 누울 수 있을 정도의 아주 편한 태사의가 설치되어 있었으며, 그 위에는 한 사람의 백발 노부인이 앙상한 두 손을 깍지 낀 채 앉아 있었다.

불면 날아갈 듯한 모습인 백발의 노부인이었지만 그녀를 본 구양범과 모용운지의 얼굴은 더 이상 변할 수 없이 변했다.

"할머니……."

모용운지는 자신도 모르게 한마디를 중얼거렸다.

할머니……

삼대조(三代祖) 할머니…….

第十一章

용집봉회(龍集鳳會)
―파천의 계가 시행되었음에도 그가 나타나지 않다니……
모든 것이 나의 기우였던가?
하늘이여, 차라리 그러하기를…….
<어느 사람의 기원(祈願) 중에서>

풍운고월
조천하

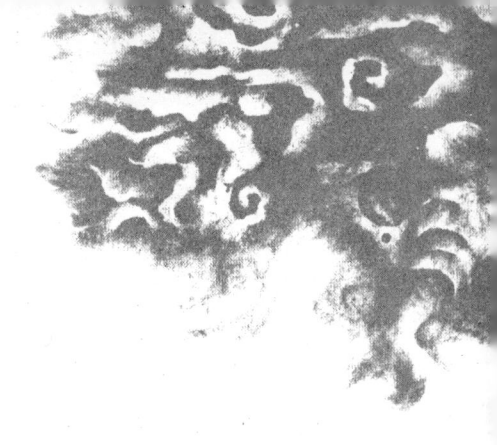

휙! 휘익! 휘이익!

느닷없이 한줄기 질풍이 일대를 휘몰며 일어나기 시작했다.

검은 구름이 홀연히 하늘에 퍼지는 듯 주위가 어두워졌다.

미친 바람[狂風]이 귀신의 흩어진 머리카락과 같이 버드나무 숲을 온통 흔들어놓지만 거기 선 구양범과 모용운지는 굳어진 표정으로 움직이지 않았다.

돌연히 나타난 백발의 노부인.

금방이라도 날아갈 듯 앙상한 몸에다 불어오는 바람에 몇 가닥의 백발이 힘없이 흩날린다.

그처럼 불면 쓰러질 듯한 형상의 백발의 노부인이건만, 그녀의 출현에 의해 천 근과 같이 무거워진 공기는 가슴을 짓눌러 숨을 쉴 수 없게 한다.

그녀의 이름은 우문기영.

바로 당금 천하제일가라는 절세모용 가문의 노태태였다.

네 사람의 복면인이 드는 사인교자에 의해 표홀히 두 사람의 앞에 나타난 노태태는 모용운지를 바라보더니 차게 웃었다.

"괘씸한 계집애…… 감히 나를 보고도 그처럼 뻣뻣이 서 있을 수 있더란 말이냐?"

말은 크지 않다.

하지만 그 말을 들은 모용운지는 하마터면 그 자리에 당장 무릎을 꿇을 뻔하였다.

어렸을 때부터 노태태는 그녀에게 있어 존경과 공포가 함께하는, 외경(畏敬)의 대상이었었다.

아니, 그녀뿐만이 아니라 모용세가의 사람들에게 있어서 그녀의 존재는 곧 절대라 해도 과언이 아니었다. 그 어떤 사람이라 할지라도 그녀에게 거역할 수는 없다는 것이 모용세가의 철칙이었다. 비록 집을 떠난 지 이십 년이라고는 하지만, 막상 노태태를 눈앞에 두게 되자 잠재의식 속에 남아 있는 그녀의 그 거대한 그림자에 의해 전신이 흔들림은 어찌할 수 없는 일이었다.

하지만 모용운지는 이를 악물며 신형을 바로 세웠다.

그리고 그녀는 노태태를 향해 가볍게 허리를 굽혀 보이며 애써 침착한 어조로 말했다.

"저는 지금 할머님의 손녀라는 신분이 아니라…… 성모궁의 궁주라는 신분으로 이 자리에 있기 때문에 대례를 드리지 못함을 용서하십시오."

"성모궁의 궁주라고?"

노태태는 그 말이 의외인 듯 모용운지를 쳐다보더니 이내 고개를 끄덕였다.
"당연하지…… 모용가의 사람이 어찌 범상한 곳에 있으랴……."
마치 독백하듯 중얼거린 노태태는 그녀가 나타난 후 석상이라도 된 듯이 서 있는 구양범을 힐끗 보고는 모용운지를 향해 물었다.
"네가 알고 있는 것은 얼마나 되느냐?"
비록 간단한 듯한 질문이었지만 모용운지는 여기에 무서운 뜻이 숨어 있음을 직감할 수 있었다.
그녀는 암암리에 숨을 들이마시며 무거운 어조로 말했다.
"소손이 알고 있는 것은 미미한 것에 불과합니다."
그녀는 말을 하면서 노태태를 보았으나 노태태는 묵묵히 그녀를 쳐다보고만 있었다.
모용운지는 무거운 짐을 들 듯 천천히 말했다.
"소손이 알고 있는 것은 구중천을 조직하고, 구천군주를 조종하여 당금 천하의 대국을 암중에서 주지하고 있는 배후 인물이 바로 삼대조 할머님이라는 것뿐입니다."
그녀에게서 흘러나오고 있는 말은 실로 천하무림을 경동(驚動)시키고 남음이 있는 가공할 의미를 품고 있었다.
"후후후후훗……."
노태태는 모용운지의 말을 부인하는 대신 싸늘히 웃었다.
그리고 그녀는 말했다.
"어떻게 하여 그러한 생각을 하게 된 것이지? 그래, 너 외에 또 누가 그러한 생각을 하고 있느냐?"

노태태의 물음에 모용운지는 괴로운 표정이 되었다.

"무엇 때문에 이러셔야 합니까? 지난 세월, 삼대조 할아버님 이래로 쌓아온, 그 피[血]로써 지켜온 찬란한 영명(英名)을 어찌시려고 합니까? 소손은 할머님께서 얼마나 강하고 정의로우셨는지를 잘 알고 있습니다! 이십 년 전에…… 그때에도 할머님은 무림을 위해 오빠와 아버님을 기꺼이 희생시켰댔습니다. 그런데, 무엇이 오늘에 와서 할머님을 이렇게……."

그녀의 말은 날카로운 노태태의 웃음소리에 여지없이 잘리고 말았다. 소름끼치도록 무서운 웃음소리였다.

"영명이라고? 무엇이 찬란한 영명이냐? 가문 오 대가 피 흘리고 절손(絶孫:대가 끊김)되면서 얻은 것이 무엇이냐? 그까짓 허울 좋은 천하제일가의 현판 하나? 아니면 이불감조차 되지 않는 그 조그만 봉황령기라는 천 조각 하나? 그까짓 것이 무슨 소용이 있단 말이냐?"

앙상한 나뭇가지와 같은 모습으로 허리 아래를 한 폭의 천으로 덮은 채 태사의에 파묻히듯 앉아 있는 노태태의 눈에서 무서운 신광이 일어나기 시작했다.

세월로 주름진 그녀의 입가가 일그러졌다.

"내 아들, 내 손자들의 피로써, 목숨으로써 지킨 무림을 제 놈들이 잘나서 지킨 줄 아는 허수아비들…… 흐흐흐…… 이제 보여주겠다! 제 놈들이 얼마나 미약한 존재인가를! 내 아들, 내 손자들이 피로써 지킨 그 무림을 이제…… 내 손으로 무너뜨려 보이겠다!"

"할머니!"

모용운지는 소리치다가 다음 순간에 입을 다물고 말았다.

그녀를 쏘아보는 노태태의 눈에서 쏟아지는 무서운 광채, 그리고 철사와 같이 꼿꼿이 곤두서는 그녀의 백발……

그것은 처절한 집착과 일종의 광기(狂氣)가 한데 어울려, 보는 사람의 머리끝을 곤두서게 하는 모습이었다.

그러한 그녀의 얼굴에 얼음과 같은 웃음이 떠올랐다.

"철저히…… 철저히 무너뜨리겠다! 흔적도 없이…… 아니, 아예 그 존재를 소멸시켜 버리고 말겠다!"

그녀의 말은 모용운지나 구양범에게 하는 것이 아니었다.

마치 자신에게 하는 다짐과 같이 느껴졌다.

그 어조는…… 수백, 수천 번을 스스로에게 다짐하고 다짐했던 바로 그러한 태도, 어조로 보여졌다.

모용운지는 전신을 떨면서 소리쳤다.

"할머니, 그것은 잘못이에요! 이 일은…… 그간 그처럼 많은 피를 흘린 우리 모용가의 모든 것을 한 번에 무너뜨리는 것이에요! 제발……"

"닥쳐라!"

노태태는 두 눈을 부릅떴다.

"찢어 죽일 년…… 가문에 먹칠을 한 주제에 이제 나타나서 감히 누구를 훈계하려는 것이냐?"

그녀는 날카롭게 꾸짖고 석상과 같이 서 있는 구양범을 향해 소리쳤다.

"속히 가서 당장 귀진지계를 발동시켜라!"

그녀의 소리침에 구양범은 온몸을 부르르 떨더니 고개를 숙여 보이고는 몸을 돌렸다.

"멈춰요! 정말 당신이 그러한 일을 하지는 않겠지요?"

모용운지가 소리치며 그를 막으려 했다.

그것을 보자 노태태는 음산하게 웃어대었다.

"방자한 것, 감히 네년이 내가 하는 일을 막겠단 말이냐?"

그녀는 소리침과 동시에 태사의에 앉은 자세 그대로 손을 들었다.

순간, 모용운지는 거대한 힘이 그물과 같이 자신을 조여옴을 느끼고 감히 구양범을 막을 수가 없게 되었다.

비록 주화입마에 들었다고는 하지만 노태태야말로 천하무림을 좌지우지할 수 있는 능력을 지닌 당대 최고의 고수인 것이다.

"죄를 짓습니다!"

그녀는 소리치면서 두 손을 합장하여 노태태에게 밀어 보냈다. 뼈를 깎을 듯한 한기(寒氣)가 그녀의 장세에서 서리와 같이 일어났다.

"광한신공(廣寒神功)?"

그것을 본 노태태가 가볍게 눈살을 찌푸리더니 쳐들었던 손을 밀어내었다.

쓰쓰쓰—

두 사람의 장세가 일 장 정도의 거리를 두고서 접하게 되자, 굉음 대신 듣는 이의 가슴을 섬뜩하게 하는 기이한 소리가 일어나면서 돌연, 주위에 맹렬한 질풍이 일어났다.

그것은 시야를 가릴 정도였으며, 모용운지의 신형은 격렬히 흔들렸지만 노태태는 태사의에 앉은 자세 그대로 꼼짝도 하지 않고서 그녀를 쏘아보고 있었다.

하지만 그녀가 앉아 있는 태사의가 땅으로 묻히고 있음은 일어난 질풍으로 인해 잘 알아볼 수 없었다.

"듣기로 광한신공은 성모궁의 절기 중 제일이라 역대 궁주 중에서도 연성한 사람이 극히 적다고 하던데, 네가 그것을 연성했으니 모용가의 이름을 더럽히지는 않은 셈이로구나."

냉랭한 어조로 내뱉듯 말한 그녀는 이내 싸늘히 웃었다.

"어디, 과연 성모궁의 절학이 소문대로인지 보자."

그때였다.

두 사람이 일장을 마주침을 본 구양범이 막 그 자리를 떠나려 하다가 한바탕 어깨를 흔들더니 튕겨나듯이 뒤로 물러서며 외쳤다.

"누가 숨어 있느냐?"

순간이다.

"으하하하……."

밤하늘을 울리는 긴 웃음소리가 구양범이 지나가려던 버드나무 숲 안에서 흘러나오며 그 안으로부터 한 사람이 천천히 걸어나왔다.

노태태의 미간이 찡그려졌다.

'신녀묘 일대에 잠복한 놈들이 모두 밥통이라 할지라도…… 내가 미처 알아차리지 못했다면 간단치 않은 자이다. 대체 누구에게 이러한 능력이 있을까?'

나타난 사람은 회삼(灰衫)을 걸친 아주 평범한 용모의 사람이었다. 체구도 그리 크지 않았으며 누가 보아도 주의를 기울이지 않을 수 있는 사람이었다.

하지만 그에 반해 그의 안색은 마치 얼음으로 깎아놓은 듯 차가워 그 점만은 대단히 뚜렷한 특징이었으며, 그 차가운 얼굴에 자리한 두 눈은 찌를 듯한 신광을 뿜어내고 있어 위엄이 있었다.

그를 본 구양범은 그의 신분을 일시간 알아낼 수 없어 눈빛을 침잠히 했다가 돌연, 그의 얼굴빛에서 한 생각이 떠오른 듯 말했다.

"냉면혈담 석자청……? 개방 방주?"

그의 말에 회삼인은 서슴없이 고개를 끄덕였다.

"바로 본인이오."

그는 조금도 망설이지 않고 자신의 신분을 시인했다.

개방 방주, 냉면혈담 석자청!

세상에 그 모습을 보이지 않던 신비의 인물이 드디어 여기에 나타난 것이다.

냉면혈담 석자청은 껄껄 웃더니 태사의에 앉아 자신을 쏘아보고 있는 노태태를 향해 포권을 해 보이면서 말을 계속했다.

"진작에 찾아뵈어야 했었지만, 확신을 할 수가 없어서 이처럼 늦었으니 책하지 말고 해량하십시오! 개방의 석자청이라 합니다."

'……'

노태태는 그의 말에 미간을 찡그리고 생각에 잠겼다.

'그간 내가 추진해 온 일은 귀신도 알 수 없었고, 단 한 번도 파탄이 노출된 적이 없었는데…… 이자가 하는 말은 이미 오래전

부터 모든 것을 알고 조사하고 있었다는 뜻이 아닌가?'

그녀는 모용운지를 쏘아보았다.

"너와 같이 온 자이냐?"

모용운지는 그녀의 물음에 한 걸음 뒤로 물러나 냉면혈담 석자청과의 거리를 가깝게 하면서 머리를 끄덕였다.

"그렇습니다."

노태태의 눈빛이 음침해졌다.

"너희들은 언제 무산에 왔느냐?"

그녀의 물음에 대한 대답은 냉면혈담 석자청이 했다.

"성모궁주께서 도착하신 것은 얼마 되지 않았고, 소생이 여기 온 것은 불과 삼 일 전입니다."

"삼 일 전이라고?"

노태태가 부지중에 그 말을 되뇌었다.

삼 일 전이라면 천고지궐의 문이 열리기도 전이다.

냉면혈담 석자청은 고개를 끄덕이었다.

"준비할 것이 조금 있어서 미리 와 있었지만…… 그것이 오늘에서야 완결되어 이제야 인사를 드리게 되었습니다. 죄송합니다."

"준비……?"

노태태의 미간이 다시 찌푸려졌다.

그녀는 이 평범해 보이는 인물이 헤아리기 힘든 심기를 가진 사람임을 느끼기 시작한 것이다.

그는 자신의 모든 것을 알고 있는 듯한데도, 자신이 그에 대해서 아는 것은 아무것도 없었다.

"그간 개방 방주의 능력이 간단치 않다는 소리를 들었으면서도 그것을 간과(看過)하였더니…… 그것이 잘못이었군! 너는 누구냐?"

노태태는 음랭히 중얼거리더니 개방 방주 냉면혈담 석자청을 향해 괴이한 물음을 던졌다.

그녀의 물음은 언뜻 이해하기 곤란한 것인지라 냉면혈담 석자청은 아무 말도 하지 않았으며, 노태태는 그런 그를 보고 냉랭히 코웃음 쳤다.

"호연신개 원종도가 무슨 능력이 있다고 너와 같은 인물을 키워낼 수 있더란 말이냐? 그까짓 표정도 드러나지 않는 허울로 다른 사람은 속일 수 있을지 몰라도 나까지 속일 수 있다고 생각했다면 어림도 없는 일이지!"

그녀의 말에 냉면혈담 석자청은 흠칫하는 듯하더니 이내 고개를 끄덕였다.

"처음부터 노태태의 혜안(慧眼)을 속일 수 있으리라고는 기대치 않았지요. 과연……."

그는 중얼거리듯 말하더니 돌연 그 무표정하고 차가운 얼굴에 의미 모를 웃음을 한 가닥 떠올리면서 노태태에게 말하였다.

"지난날…… 소생은 비룡 아우와 함께 여러 번 노태태의 존안을 찾아뵈온 적이 있었습니다. 노태태께서는 저의 이 얼굴이 본 모습이 아님을 알아보셨으면서도 저를 기억하지 못하시겠습니까?"

괴이한 빛이 노태태의 얼굴을 스쳐 갔다.

"나를 본 적이 있다고?"

"그렇습니다."

냉면혈담 석자청은 우뚝 서서 형형한 시선으로 자신을 뚫어질 듯 쏘아보고 있는 구양범을 돌아보며 다시 말했다.

"비룡 아우뿐만이 아니라, 여기 있는 이 구양 아우도 함께인 적이 몇 번 있었던 것으로 기억합니다. 당시 노태태께서는 천하 무림의 진정한 어른이셨었습니다……."

순간, 구양범의 신형이 부르르 떨렸다.

"설마……? 설마 당신이? 아니, 그럴 리가…… 그는 이미 이십 년 전에 죽었는데……."

그가 믿을 수 없다는 듯이 고개를 젓자 냉면혈담 석자청은 가라앉은 음성으로 말하였다.

"내가 죽었음을 본 사람이 누구인가? 때론 세상이 알고 있는 것들이 지금 이 자리에서와 같이 전혀 진실이 아닐 수도 있다네, 구양 아우."

그는 말을 하면서 손을 뻗어 얼굴을 쓰다듬었다.

그러자 그의 얼굴은 찰나간에 완전히 다른 모습으로 변해 버렸다.

그 평범한 얼굴이 비범하고 강인한 형상을 지닌 갓 오십대의 얼굴로…… 대여섯 줄기 이상의 검흔(劍痕)인 듯한 흉터가 얼굴을 덮고 있지만 그것은 그가 겪은 풍상을 말할 뿐, 그의 기도에 하등의 손상도 가져다줄 수 없었다.

"신주일검 고욱양……?"

구양범은 신음하듯 중얼거렸다.

믿을 수 없는 일이었다.

천하의 개방 방주, 신비의 인물 개방 방주 냉면혈담 석자청이 바로 지난날 무림 후기 최고의 고수라 불리던 신주일검 고욱양일 줄을 누가 상상이라도 하였으랴.

더구나 그는 천축 신성 유가문과의 생사혈전에서 치명상을 입고 죽었다고 알려졌지 않은가!

노태태도 뜻밖인 듯하였다.

"설마 너일 줄이야 생각지도 못했군……."

"이런 장소에서 뵙게 되어 유감일 뿐입니다……."

냉면혈담 석자청, 아니, 지난날의 신주일검 고욱양은 구양범을 돌아보더니 나직이 탄식하고는 노태태에게 간곡한 어조로 말하였다.

"어른께서는 다시 한 번 생각해 보심이 어떠십니까? 비룡 아우는 죽음 직전까지도 무림을 생각하고 무림을 위해 살았습니다."

노태태가 그 말에 두 눈을 부릅떴다.

"네놈이 감히 룡아를 들먹거려 나를 위협할 셈이냐?"

"어찌 그럴 리가! 하지만 지금 이 상황을 비룡 아우가 지하에서 보고 있다면 어찌 통탄치 않겠습니까?"

유난히도 마지막 손자였던 모용비룡을 사랑했었던 노태태였다.

그녀는 신주일검 고욱양이 계속 모용비룡을 입에 올리자 노기충천하여 소리쳤다.

"룡아는 이미 말을 할 수가 없게 되었지만 네놈들은 잘도 아가리를 놀려대는구나? 모용가의 비룡은 죽고 없는데, 네놈들은 이렇듯 멀쩡히 살아 있으니…… 으흐흐흐…… 이것만으로도 하늘이 모용가에 불공평한 것은 알고도 남음이 있다! 왜 모용가의 피로써 네놈들이 살아남아야 한단 말이냐?"

신주일검 고욱양은 그녀의 눈에서 무서운 빛이 쏘아짐을 보고도 미동도 하지 않고서 말했다.

"소생 등이 살아 있음이 마음에 걸리신다면 기꺼이 목을 바칠 수도 있습니다. 어른께서 마음을 돌려주시기만 한다면……."

노태태는 눈살을 찌푸리며 신주일검 고욱양을 쳐다보았다.

"내가 마음을 돌린다면 네놈이 죽어주기라도 하겠다는 말이냐?"

"그럴 용의가 있습니다. 천하를 구할 수 있다면 소생의 한목숨이 뭐 그리 아까울 것이 있겠습니까?"

노태태는 싸늘히 웃었다.

"가히 일대 대협의 풍도가 여실하구나! 감탄했다…… 좋아, 그럼 당장 이 자리에서 죽어봐라."

신주일검 고욱양이 말했다.

"그 말씀은 이 도살을 멈추고 무림에서 물러나시겠다는 뜻입니까?"

"네놈이 먼저 죽는 것을 본다면 다시 생각해 보겠다!"

노태태의 외침에 신주일검 고욱양은 굳은 표정으로 말하였다.

"이십 년 전 소생이 어른을 뵐 때만 해도 어르신네께서는 분명히 일대의 협녀이고 여걸이셨는데…… 대체 그사이에 무엇이 이처럼 어르신네를 변하게 했는지 알 수가 없군요."

그 말에 노태태는 미친 듯이 웃었다.

"칼칼칼칼…… 아직도 모르겠느냐? 그것은 바로 너희들이다!

그리고 무림…… 그러기에 나는 그 쓸모없는 것들을 세상에서 말살해 버리려고 하는 것이다!"

그 외침은, 그 웃음은 까마귀가 피를 토하고 여귀(厲鬼)가 울부짖는 듯하여 도저히 웃음 같지가 않고 악마의 악다구니와 같았다.

그 순간, 태사의에 앉아 있던 노태태가 돌연 놀라운 속도로 떠오르더니 사오 장 거리에 있는 신주일검 고욱양을 향해 덮쳐 갔다.

깡마른 그녀의 몸이 날아오르며 가공할 위세가 일어났다.

"조심해요!"

모용운지가 소리침과 함께 신주일검 고욱양의 얼굴에도 긴장이 드러났다.

한데 바로 그때였다.

"우문기영……."

차갑기 이를 데 없는 소리가 호곡하듯이 들려오며 검은 그림자 하나가 신주일검 고욱양을 향해 덮쳐 가는 노태태를 향해 유령과 같이 습래(襲來)해 왔다.

그 검은 그림자의 움직임은 거의 귀신과 같이 빨라 노태태가 먼저 움직였음에도 불구하고 노태태가 날아오름과 거의 동시에 이미 노태태에게 도달하고 있었다.

쓰쓰— 파팍! 팍!

노태태와 검은 인영이 허공에서 얽혀 한바탕 무서운 속도로 회전하더니 갈라졌다.

노태태는 허공에서 회전하여 다시금 그녀가 있던 태사의에 정확히 내려앉았다.

하지만 그녀의 얼굴에는 온통 경악과 불신의 빛, 그리고 보는 사람의 가슴이 떨릴 정도의 무서운 빛이 충만해 있었다.

"귀호섭백음(鬼號攝魄吟)…… 지부음마장(地府陰魔掌)…… 이것들은 모두 당대에는 구사하는 사람이 없는 암흑마교의 구대마공 중 절기인데…… 너는 누구냐?"

천하의 노태태와 일장 박투를 벌인 검은 그림자는 전신을 검은 바람막이로 감싼 채 노태태와 오륙 장 정도 떨어진 곳에 내려서서 냉전과 같은 시선으로 노태태를 노려보고 있었다.

그 눈에는 지독한 증오와 살기가 이글거리고 있었다.

두 사람의 격돌에 의해 일대에는 다시 한 가닥 회오리바람이 몰고 갔으며, 그 와중에도 신주일검 고욱양은 눈 하나 깜짝하지 않고서 그 자리에 우뚝 버티고 서 있었다.

그의 태도로 볼 때 흑영의 출현을 알고 있었음이 틀림없었다.

그는 노태태의 부르짖음과 반대로 침착한 어조로 입을 열었다.

"소생이 삼 일 전에 여기 도착하였음에도 이 처참한 상황을 지켜보기만 하고 나서지 않았음은…… 우연이거나, 어부지리만을 노린 것은 아니었습니다."

"무슨 뜻이지?"

노태태는 싸늘히 외치다가 입을 다물었다.

천하를 피보라로 몰아넣은 무서운 여인이 그녀다.

그녀는 묻다가 순간적으로 그렇다면 그가 그동안 무엇인가를 기다리고 있었음을 생각해 낼 수 있었고, 지금은 그것이 이루어졌음을 경각할 수 있었던 것이다.

"무엇을 기다리고 있었더냐?"

그녀의 물음에 대한 대답은 고욱양이 아니라 새로이 나타난 신비한 흑영이 하였다.

"별다른 것이 아니다…… 우문기영…… 너의 보금자리이자, 악의 온상인 려산 봉황곡을 청소하고 오는 시간일 뿐이다……."

"음!"

노태태의 전신에 흔들림이 일어났다.

"무, 무슨 소리냐? 설마……."

"아하하하하하…… 왜? 믿지 못하겠느냐? 그 저주받을 땅이 불타 없어졌음을 더 말해줄까? 거기 있던 모용가의 개들이 단 하나도 살아남지 못했음을…… 기왓장 하나 남겨두지 않았다!"

"으으으……."

노태태의 백발이 빳빳이 곤두섰다.

가히 공포스러운 모습이었다.

그녀는 잡아먹을 듯 신비한 흑영을 쏘아보다가 구양범을 무서운 눈빛으로 노려보았다.

"어떻게 된 일이냐? 그러한 것이 사실이냐?"

구양범은 무겁고 위축된 빛으로 말했다.

"천고지궐 내에서 천도문의 문주가 그러한 말을 하기는 하였습니다만 확인된 일은 아닙니다. 듣건대 천축 신성 유가문의 법왕 와답랍이 중원으로 들어와 봉황곡을 쳤다고 하여 지금 확인 중에 있습니다……."

"유가문? 유가문이 말이냐?"

노태태가 노해 두 눈을 부릅떴다.

무림을 저주하고, 그 무림을 아예 피바다로 만들어 말살시켜 버리려는 그녀다. 그런 그녀에게 있어 그보다 더 한스러운 존재는 바로 소홍옥과 암흑마교였으며, 모용세가의 대를 끊어지게 만든 신성 유가문이라 할 수 있었다.

그러하기에 그녀는 천도문이 암흑마교의 후신임이 밝혀지자 모든 것을 돌보지 않고 구중천까지 움직여 천도문을 공격하였던 것이다.

한데 너무도 멀리 있어서 속으로 벼르고만 있었던 천축의 오랑캐, 그놈들이 감히……

처절한 분노가 전신을 휘감는다.

드드드드—

그녀가 앉아 있는 태사의가 돌연 절로 떨리며 주위의 흙먼지가 회오리치며 피어올랐다.

그 광경을 보고 신비의 흑영은 눈 하나 깜박이지 않고 오히려 노태태를 조소하듯 입을 열었다.

"또다시 무슨 확인이 필요할까? 천축의 중들에 의해 쑥밭이 된 모용가에다 직접 불을 놓은 것이 나이거늘……"

노태태의 얼굴이 흉신악살과 같이 일그러졌다.

"문연은? 옥영은 어떻게 되었느냐?"

노태태가 대부인 부옥영과 그 며느리 강문연의 안위를 묻자 신비의 흑영은 소름끼치는 웃음을 터뜨렸다.

"으흐흐흐…… 그것들은 내 손에 죽었다! 바로 이 손에 의해 그 내장들을 땅바닥에 쏟으며 갈가리 찢겨 죽었지…… 바로 이 손에 의해서……!"

신비의 흑영은 공포스럽게 웃으며 바람막이 속에 감추고 있던 기이하게 흰 손을 쳐들었다. 그 손은 희다 못해 회색이었다.

"……"

노태태의 목줄기가 부르르 떨렸다.

그녀는 한참을 신비의 흑영을 쏘아보더니 음산하기 이를 데 없는 음성으로 물었다.

"너는 누구냐?"

신비의 흑영은 미친 듯이 웃어대었다.

"으흐흐흐으으…… 우문기영…… 네년답지 않구나! 지난날의 그 놀라운 기억력은 다 어디로 갔느냐? 홍! 아직도 나를 몰라보겠단 말이냐?"

순간, 노태태의 안색이 변하며 전신이 벼락이라도 맞은 듯이 와르르 흔들렸다.

"설…… 설마…… 네년이란 말이냐? 네년이 죽지 않았단 말이냐?"

"오홋홋호호…… 우문기영, 네년이 살아 있거늘, 내가 어찌 먼저 눈을 감을 수가 있을까?"

신비의 흑영은 날카롭게 웃으며 걸치고 있던 바람막이를 벗어 노태태를 향해 집어던졌다.

쏴아악—

바람막이가 마치 철판으로 변한 듯 빳빳이 펴져서 날카로운 휘파람 소리를 동반한 채 노태태를 덮쳐 갔다.

놀라운 위세였다.

하지만 노태태는 그 자리에서 눈 하나 깜박하지 않고 손을 쳐들더니 허공을 격하고 날아오는 바람막이를 눌렀다.

쐑쐑쐑—

형언할 수 없이 괴이한 소리가 들리더니 날아오던 바람막이가 그녀의 손에서 일어나는 무서운 경력에 의해 갈기갈기 찢겨 사방으로 흩어져 갔다.

그러나 노태태는 그것은 쳐다보지도 않고 오직 바람막이를 벗어 자신에게 집어던진 흑영을 쏘아보고만 있었다.

끔찍한 얼굴이다.

나이를 알아볼 수 없도록 주름살과 흉터가 얽혀 있는 그 얼굴은 백발이 휘날리고 있어 가히 공포스러울 정도였다.

어느 순간, 갑자기 노태태가 부르짖었다.

"너냐? 소홍옥! 너냐? 정말 소홍옥 네년이란 말이냐? 정말 네년이냐?"

그녀의 어조는 매우 떨리고 흥분되어 있어 과연 기뻐하는지 노한 것인지 알 수가 없었다.

추괴(醜怪)한 얼굴의 흑의부인……

노태태로부터, 지난날 암흑마교의 비밀 소교주였던 소홍옥으로 불린 흑의부인은 음산히 대꾸했다.

"그래, 바로 나다! 지난 세월, 오직 오늘과 같은 날만을 기다리면서 살아온 소홍옥이다. 우문기영……."

그녀의 부름 속에는 괴이한 여운이 함유되어 있어서 그 이름을 불리는 사람은 절로 가슴이 떨리게 되는 힘이 있었다.

이것이야말로 마교 구대마공 중 하나인 귀호섭백음으로서 공력이 약한 사람이라면 이름을 불리는 것만으로도 정신이 혼돈되고 피를 토하게 되는 위력이 있는 무서운 것이었다.

갑자기, 의미를 알 수 없는 기이한 웃음이 환하게, 그처럼 일그러져 있던 노태태의 얼굴에 떠올라 왔다.

"이따금 하늘이 무심치 않을 때도 있구나…… 네년을 살려서 내 앞에 나타나도록 안배하다니……."

얼핏 들으면 담담한 듯한 그 중얼거림 속에는 실로 형언할 수 없는 증오와 한이 어려 있었다.

그 가운데에 모용운지는 굳은 표정으로 서 있었다.

어떤 자리인가?

그녀가 서 있을 자리는……

바로 그때였다.

펑! 펑!

밤하늘 저쪽으로부터 붉고 푸른 신호탄이 잇달아 터지며 잦아들어 가는 듯하던 비명 소리와 싸움 소리가 해일이 일 듯 크게 일어났다.

'이것은 강적이 유향지계의 대진(大陣)을 돌파하고 있다는 긴급 신호인데!'

그 신호를 본 구양범과 노태태의 안색이 같이 굳어졌다.

무산 일대에는 거미줄과 같은 포위망이 형성되어 있다.

거기에는 구중천의 전력(全力)이 투입되어 있어서 가히 천하제일의 포위망이라 할 수 있었다. 한데 어떤 자들이기에, 어떤 자들이 그 포위망을 돌파해 들어오고 있단 말인가?

노태태는 부지간에 신주일검 고욱양을 보았다.

그녀의 시선을 느낀 신주일검 고욱양은 미미한 웃음을 떠올려

보이면서 입을 열었다.

"아마도 천축 신성 유가문의 유가법왕 와답랍이 도착한 모양입니다."

"와답랍?"

노태태는 어이가 없었다.

자신이 찾아가기도 전에 유가문이 자신을 여기까지 찾아왔단 말인가?

그러고 보니 괴이하기 짝이 없다.

그들이 왜 이십 년이나 지난 오늘날에 이르러 공교롭게도 자신이 봉황곡을 비운 틈을 타 봉황곡을 공격하였단 말인가.

거기까지는 공교롭다고 치더라도 자신이 여기 있음을 그들이 어떻게 알았단 말인가?

신주일검 고욱양을 쳐다보는 그녀의 눈에서 살기가 이글이글 타오르기 시작했다.

"무슨 장난을 친 것이냐?"

신주일검 고욱양의 태도는 태연하다.

"어르신네를 상대로 하여 장난을 치고 있을 만큼 고욱양은 담이 크지 못합니다. 다만 듣기로 유가법왕은 노태태께 무자천서가 있다는 확실한 정보를 가지고 있어, 그로 인해 어르신네를 찾고 있는 것으로 압니다."

"내게…… 무자천서가……?"

되뇌이듯 그 말을 중얼거려 본 노태태는 화가 치밀다 못해서 오히려 웃음이 나오는 듯 안색이 괴이하게 부드러워졌다.

"미꾸라지 한 마리가 온 강을 휘저어 흙탕을 만들어놓는다고 하더니…… 너를 방치한 것이 하마터면 대업을 망칠 뻔하였구나!"

그녀의 중얼거림에 신주일검 고욱양은 담담한 태도로 그녀의 말을 받았다.

"자신이 없었다면 소생은 어르신네의 앞에 나타나지 않았을 것입니다. 오늘 무산에서의 유향계(流香計)로 인해 소생은 이미 구중천의 명령 체계와 조직을 완전히 파악하였습니다. 죄송한 말씀이오나, 어르신네께서만 물러나 주신다면 소생은 구중천을 아무런 흔적 없이 와해시킬 자신이 있습니다."

회색빛 웃음이 노태태의 얼굴을 달려갔다.

"그럴 자신이 있느냐?"

시주일검 고욱양은 주위를 쓸어보면서 서슴없이 고개를 끄덕였다.

"이 상태라면……."

노태태가 싸늘히 웃으며 그녀의 태사의 옆에서 있는 네 사람의 복면인을 가리키듯 말했다.

"이들을 계산에 넣지 않은 것이 실수인 것을 생각지 못하는구나. 이들이 단순한 가마꾼인 줄 알았다면 그것이야말로 천려일실(千慮一失)이라 할 수 있지!"

신주일검 고욱양은 여전히 침착했다.

"여기까지 오면서 소생이 혼자라면, 어르신네를 너무 가볍게 보았다는 질책을 면키 어려울 겁니다."

"……."

노태태는 입술만 떨면서 말을 잇지 못했다.

극도로 치민 화가 오히려 그녀의 침착성을 되찾게 한 듯하였지만, 상황이 이렇게 되고 보니 이제는 치미는 노화를 성인(聖人)이 아니고서는 감당할 길이 없어진다.

"와아앗!"

노태태는 갑자기 발작하듯 대갈일성하며 무서운 속도로 신주일검 고욱양을 향해 덮쳐 갔다.

칠 장 십이 초가 단 일 장의 흐름 속에 담겨 절세무쌍(絕世無雙)의 위력으로써 신주일검 고욱양의 전신을 장세의 회오리 안으로 감아 넣고 있었다.

신주일검 고욱양의 눈에 긴장이 드러났다.

하지만 그는 이미 이러한 상황을 예측하고 있었기에 노태태가 태사의에서 솟아오르는 순간에 이미 허리에 있던 보검을 뽑아 노태태의 장세를 향해 무찔러 가고 있었다.

쓰으 쓰으……

그의 검끝에서 눈이 멀 듯 찬란한 검광(劍光)이 일어났다.

"검강(劍罡)!"

한순간의 소리침과 동시에,

"우문…… 기영…… 목을 내놓아라……!"

소홍옥이 회색빛 손을 들어 노태태의 측면으로부터 쳐들어갔다.

그 광경을 보고 구양범이 호통치며 날아올랐으나, 그가 날아오르는 곳에는 이미 모용운지가 그를 기다리고 있었다.

윙윙—

검광이 흔들리고 귀신 호곡하듯 장풍수영(掌風袖影)이 사방을 휘젓는 가운데 세 사람이 갈라섰다.
 "과연이었군……!"
 검을 가슴에 세운 채 뒤로 한 걸음 물러난 신주일검 고욱양이 두 사람의 합격을 받아 격퇴된 노태태가 땅으로 내려섬을 보고 신음하듯 말했다.
 보라.
 주화입마되었다던 노태태가 멀쩡히 땅에 내려서고 있지 않은가!
 "교활한……."
 소홍옥은 이를 갈았다.
 땅 위에 내려선 노태태는 흉하게 웃었다.
 "모두 죽이겠다! 하나도 남겨두지 않겠다아……!"
 그녀는 미친 듯이 소리치면서 다시 날아올랐다.
 당금 천하제일이라 불리는 절대의 고수들이 여기 모여 있었다.
 이 싸움은 바로 무림의 운명(運命)이었다.
 하나…….

第十二章

신주대협(神州大俠)
―마침내 천하의 대국(大局)을 주지하는 거인(巨人)들이
그 모습을 드러내니…….

풍운고월
조천하

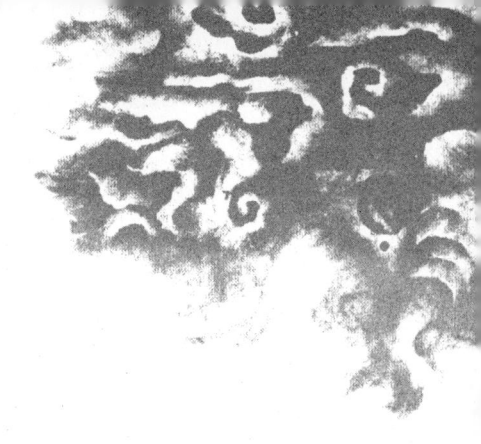

무산(巫山).

그 열두 봉우리 중, 하나가 아님에도 불구하고 깎아지른 듯한 봉우리 하나가 있다.

일컬어 노수(猱愁).

신녀봉에서 갈라져 나간 이 칼날 같은 봉우리는 험악하기 이를 데 없어서 원숭이조차도 시름겨워한다고 하여 노수라고 나무꾼들이 이름붙였다.

깎아지른 절벽으로 이루어진 이 봉우리의 밑으로는 무협 팔십 리 물길 중에서도 가장 험하다는 예탄(洩灘)이 이빨을 갈아대고 있어 내려다보기만 해도 등골에 살얼음이 얼 정도이다.

절반쯤 구름에 가린 달은 이 노수봉 위에서도 좀 전보다 어둡기는 하지만 밝은 빛으로 빛난다.

그런데, 언제인가부터 원숭이조차도 쉽게 기어올라 가지 못한다는 이 노수봉의 가장 높은 곳에는 한 사람의 노인이 서서 아래를 내려다보고 있었다.

그는 선비들의 심의(深衣)를 입고서 무협의 물살이 아닌 신녀봉 쪽을 내려다보고 있는 중이었다.

어둡고 까마득한 거리다.

그럼에도 이 눈빛처럼 흰 심의를 입고 머리에 평정유건을 쓴 노인은 신녀봉에서 무엇이 보이는지 자못 심각한 표정으로 신녀봉을 보고 있었다.

어느 순간, 노문사는 길게 숨쉬며 중얼거렸다.

"파천의 계는 예정대로 완벽히 수행된 셈이로군……. 노태태는 안배를 벗어나지 못할 것이다."

그는 의미심장한 말과 함께 고개를 들고서 구름에 서린 달을 보았다.

희뿌연 달빛 아래 드러난 그의 얼굴은 언젠가부터 낯익은 것이었다.

지난날 구양천상이 개봉 관도변에 있는 암자에서 만났던 그 사람, 바로 천기노인 고영창이었다.

믿을 수 없는 일이 여기 또 존재하고 있었다.

이미 죽은 것으로 알려진 천기노인 고영창이 무산의 절정에서 대세를 관망하고 있다니…….

그의 중얼거림을 대체 무엇을 의미하고 있는가.

달빛은 밝지만, 달빛 아래 드러난 그의 얼굴은 어딘지 어두운 그늘이 있었다.

"마지막 순간까지 그가 나타나지 않다니…… 내 예상이 틀렸단 말인가? 그는 정말로 죽었단 말인가?"

그는 나직이 독백하더니 머리를 흔들었다.

"차라리 그러하기를…… 모든 것이 나의 기우였기를……."

그의 그러한 염원 어린 말이 끝난 바로 다음이었다.

"무엇이 기우이던가?"

창노하면서도 조용한 음성이 그의 뒤에서 들려온 것은.

부르르…….

천기노인의 신형이 참을 수 없는 충격으로 떨렸다.

그리고 그는 천천히 몸을 돌렸다.

한 사람이 달빛을 밟으며 봉우리 위로 올라오고 있었다.

신선 같은 풍모다.

동안학발(童顔鶴髮)에다 어린아이의 것처럼 맑은 얼굴, 눈빛, 가볍게 펄럭이는 장삼 자락은 기품과 위엄이 한데 어울려 보인다.

두 사람이 마주서자 참으로 긴 듯한 침묵이 찰나간 수많은 의미로써 흘렀다.

먼저 입을 연 것은 방금 나타난 신선과 같은 노인이었다.

"참으로 오랜만이로군…… 삼제(三弟). 대사형과 헤어진 이래 우리 사형제가 이렇듯 한자리에 서게 됨이 과연 얼마 만인지 기억할 수 있겠나?"

천기노인은 대답 대신 장탄식하였다.

"결국…… 당신은 나의 예측대로 건재해 있군. 당금 강호상에 빚어진 이 많은 사건들이 모두 나의 추측대로 당신이 뒤에 있기 때문이었구려……."

천기노인의 말에 노인은 담담히 웃었다.

"과찬의 말이로군. 내가 한 일은 별로 없었다네. 그저 자네가 하는 일들을 지켜보고 있는 것이 고작이었지……."

그는 천기노인의 곁에 서서 신녀봉 쪽을 굽어보았다.

저 아래 까마득히 신녀묘의 모습이 그려져 있고 거기서 움직이는 사람들의 모습이 보인다. 보통 사람들이라면 그것조차 보이지 않을 테지만 그는 그 사람들이 어떻게 싸우는지까지도 알아볼 수 있는 놀라운 안력을 가지고 있었다.

그야말로 당세에 현존하는 제일의 고수인 까닭이다.

잠시 노태태 등이 싸우고 있는 모습을 지켜보고 있던 노인은 말을 이어나갔다.

"단 한 번도 표면에 나서지 않고 여기까지 상황을 이끌어낸 것은 실로 감탄하지 않을 수 없는 신산귀모(神算鬼謀)였네. 고영창이 아니라면 아무도 할 수 없는 일이었지! 무자천서의 소문을 흘려 천축의 꼬마 법왕을 끌어들이고, 복수에 눈이 뒤집힌 홍옥으로 하여금 세력을 조장토록 방조하여 천도문을 세워 구중천을 견제하고…… 거기다 죽음에 이른 고욱양이라는 아이를 살려내어 자신의 분신(分身)으로 삼아 강호의 대국을 주지케 하니, 어느 누가 당금 강호 정세가 한 사람의 생각대로 되고 있음을 짐작이라도 할 수 있겠는가?"

잔잔한 그의 말은 천기노인의 안색을 고동빛으로 만들었다.

그는 허탈한 웃음을 떠올렸다.

"그러한 고심이 무슨 소용이겠소? 당신이 그 모든 것을 꿰뚫어 보고 있는 이상, 그것들이야 하잘것없는 광대의 춤사위에 불과할 따름인데……."

노인은 고개를 저었다.

"천하의 어디를 뒤져 보아도 자네가 아니라면 할 수 없는 절세의 춤사위이지. 잘 보았네……."

순간, 천기노인은 신광이 감도는 눈으로 그를 직시하였다.

"무엇 때문에, 그처럼 모든 것을 다 꿰뚫어 보고 있었으면서도 무엇 때문에 이처럼 오랜 세월을, 무려 육십 년이라는 세월을 흘려 보내면서도 나타나지 않았던 것이오?"

그의 물음에 노인은 가볍게 탄식했다.

"그것은 전혀 나의 본의가 아니었지! 암흑마교와의 일전에서 내가 당한 부상은 사실 살아 있다고 볼 수 없는 치명적인 것이라 그것을 치료하는 데…… 걸린 시간만 사십 년이었다네……. 이해할 수 있겠나? 살아나기 위해, 살아남기 위해서 보낸 사십 년의 와신상담 세월을?"

그는 반문하다가 세차게 머리를 저었다.

"거기다 어이없게도 내가 강호에 나왔을 때에는 이미 우리 모용가는 단손(斷孫)이 되고 난 다음이었어. 후후후…… 어리석은 놈들이 나의 유지(遺志)를 계승한답시고 무작정 목숨을 버렸더군……."

천기노인이 머리를 흔들었다.

"그들은 순수했고 정의로웠소."

쓴웃음이 노인의 얼굴에 맴돌았다.

"어리석은 일이야……. 어떠한 진리(眞理)라 할지라도 생이 마감된 후에야 그것이 무슨 의미가 있겠나?"

말을 하는 노인.

그의 말에서 의미하는 그의 신분은 대체 누구를 의미하는 것일까. 만약…… 그것이 사실이라면 그것이야말로 경천동지할 일이었다.

노인은 머리를 저었다.

"쓸데없는 일로 자네와 다툼을 하고 싶진 않으니 그만두지. 자네와 나는 언제나 의견이 맞는 법이 없었으니까! 내가 강호에 나와 모습을 드러내지 않았던 가장 큰 이유는 바로 삼제, 자네의 행방을 알아낼 수가 없었기 때문이기도 했네."

"나 때문에?"

천기노인의 되물음에 노인은 그렇다는 듯 고개를 끄덕였다.

"대사형이 모습을 감춘 후, 환우(寰宇)를 둘러보아 나의 적수가 될 만한 사람은 아무도 없었지. 오직 삼제, 자네의 신산(神算)만이 나의 근심이었다네. 자네만 아니었더라면 나는 사실 그처럼 일을 복잡하게 꾸며 마교의 역습을 초래하지 않았을 것이고 이처럼 기나긴 세월을 허비하지도 않았을 걸세……. 세상에 고영창이 없었다면 누가 있어 나의 앞을 막을 수 있었겠나?"

담담한 그의 말에 어린 거대한 자부심.

하나, 천기노인만은 그것이 자부심이 아니라 사실임을 안다.

그가 그처럼 무서운 능력을 가진 사람이 아니었다면 천기노인 또한 그처럼 막대한 심혈을 기울이지 않았을 것이다.

천기노인은 말했다.

"수하들을 시켜 백운곡을 무너뜨리고 나를 포위하여 죽음에 이르게 하였음에도 그것을 믿을 수 없었소?"

미미한 웃음이 노인의 얼굴에 스쳐 갔다.

"다른 사람이었다면 믿을 수 있었겠지. 하지만 그것이 자네인 이상, 죽은 시신만 보고 그것이 자네라고는 믿을 수 없었지. 우리가 헤어진 지 이미 팔십 년이 아니던가! 당년의 홍안이 오늘의 백발이 되었는데 당연한 일이지……."

그것은 사실이다.

지금 그들에겐 어떤 느낌만이 그들의 존재를 서로에게 확인시켜 줄 뿐, 그 오랜 세월이 그들의 외형을 너무도 많이 바꾸어놓았던 것이다.

노인의 말에 천기노인은 탄식하며 말하였다.

"이사형(二師兄)의 나이는 이미 백 세 하고도 이십을 바라보는데, 무엇 때문에 아직도 그처럼 세속의 명리에 연연하고 있는 것이오? 이사형의 신공이 아무리 하늘에 닿는다 하더라도 설마 불사영생(不死永生)한다고 믿는 것은 아니겠지요?"

그의 말에 노인은 미소를 떠올렸다.

"삼제는 내가 지금에 이르러서도 무림의 패권에 연연하여 이러고 있는 것으로 생각을 하는 모양이군."

"……?"

노인은 굳어지는 천기노인에게서 시선을 돌려 아래를 굽어보았다.

잠시 신녀묘 일대의 싸움을 지켜보고 있던 노인은 평정한 태도로 중얼거렸다.

"내가 무명천고를 얻게 된 것은 실로 우연한 일이었지만, 그 일로 인해 나의 불우한 생은 크게 바뀌게 되었지. 한세도왕이 천고지궐에 남긴 무공과 장보는 모용세가를 중흥시키고도 남음이 있는 엄청난 것이었으니까!"
　그의 입에서 흘러나오고 있는 말이야말로 봉황곡 절세모용가가 어떻게 세워졌는가에 대한 설명과 같은 것이었다.
　그는 산봉 아래 까마득한 거리에서 벌어지고 있는 생사박투를 내려다보며 계속 말했다.
　"그사이 기영의 무공은 최고의 경지에 올라섰군……. 하지만 그녀는 내가 암흑마교의 무공과 한세도왕의 무공을 연구하고 있었던 당시의 기록을…… 말이 조금 이상하기는 하지만, 나의 사후에 발견하여 그것을 토대로 무공을 연마하였기 때문에 무공이 편격일변도로 흘러 이미 중도(中道)를 잃고 마도(魔道)에 들어섰으니 지난날의 한세도왕의 무공이 절정에 올랐던 때와 비슷한 처지가 된 듯하군……. 하긴 그렇지 않았다면 그녀가 마음을 돌려 구중천을 조직하지는 않았을 테지만……."
　그의 중얼거림에 천기노인이 차가운 어조로 말하였다.
　"그것은 아마도 당신의 의중에 있었던 계산된 일이었을 것이오."
　미미한 웃음이 노인의 얼굴에 스쳐 갔다.
　"부인하지는 않겠네. 기영은 가문을 믿고 맡길 수 있는 여장부이기는 하였지만 남자에게 사랑받을 수 있는 여인은 아니였었다네……. 그녀가 그러한 여인이었었다면 내가 강호에 나와 그녀를 찾아보지 않았을 리 없지. 하지만 거기에 비해 오히려 괘씸하기는 하였지만 홍옥은 남자가 사랑하지 않고는 배길 수 없는 여인이었지!"

그는 과거를 회상하듯 중얼거리고는 입을 다물었다.

사랑할 수 없는 여인은 가문을 지켰으되, 사랑하는 여인은 가문을 망쳤다.

세상의 일이 이와 같으니, 어찌 사람의 감정을 척도(尺度)로 잴 수 있으랴.

산상의 바람 소리만이 세차다.

그리고 무산 일대를 에워싸고 들리는 싸움 소리와 신음, 비명…… 들리는 것은 그것뿐이다.

"들리는가?"

입을 다물고 아래를 굽어보고 있던 노인이 문득 천기노인 고영창을 보고 물었다.

천기노인이 일시지간에 그 말의 의미를 알 수 없어 그를 보자 노인은 처음부터 그의 대답을 기다리지 않았던 듯 계속해서 말하였다.

"저것이…… 바로 무림의 실상이네. 죽고 죽이는 피의 투쟁…… 그들은 어떤 이유를 찾아서든 간에 싸우고 또 싸우고 있네. 혹자는 무림을 지배하고 이름을 날리려 하고, 혹자는 그것을 저지하기 위해 생명을 초개와 같이 피보라 속에 내던지네……. 싸움은 굴러가는 수레바퀴와 같이 결코 멈추는 법이 없지. 하지만, 그 싸움은 언젠가…… 누군가가 반드시 막아야 하네. 다시는 일어나지 않도록…… 알겠나? 이제 내가 그것을 하려고 하네!"

노인은 천기노인을 바라보았다.

"……!"

천기노인은 뜻밖인 듯 노인을 쳐다보았다.

담담한 웃음이 노인의 얼굴에 번져 갔다.

"왜? 뜻밖인가?"

천기노인은 고개를 끄덕였다.

그리고 그는 말했다.

"말은 매우 그럴듯하나 그 싸움을 막기 위해서 또다시 싸움을 해야 한다면, 결국 다른 것이 어디에 있겠소?"

노인은 다시 웃었다.

"사소취대(捨小取大)는 천고의 진리이지. 그리고 그 싸움 또한 자네가 우려하듯 그렇게 심하지는 않을 걸세. 그들은 즐겨 나의 뜻을 받들게 될 테니까."

천기노인이 굳은 표정으로 노인을 바라보았다.

노인은 다시 말했다.

"한세도왕이 죽음 직전에 사람의 정신을 지배하는 방법을 남겨두었네. 살아 있는 사람이라면 누구라도 기꺼이 나의 뜻을 받들게 될 것일세. 물론 자네라 할지라도!"

그는 웃었다.

천기노인의 얼굴이 하얗게 탈색되었다.

노인은 말했다.

"아래의 싸움 형세를 보아하니 이제는 내가 나가볼 때가 된 듯하네. 같이 가볼까?"

그가 말하며 다가서자 천기노인은 굳은 표정으로 한 걸음 뒤로 물러서며 무겁게 말했다.

"나를 지배할 생각은 마시오. 팔십 년 전에도 무공으로 당신을 당하지 못했었지만…… 그렇다고 나 또한 놀고만 있었던 것이 아니오."

그는 말과 함께 손을 쳐들었다.

전신의 옷자락이 풍선과 같이 부풀어올랐으며 웅장한 기류 한 가닥이 그의 몸 주위에 형성되기 시작하였다.

가만히 그 형상을 보고 있던 노인이 물었다.

"천하의 어디를 뒤져 보아도 그러한 무공이 있다는 말은 들어본 적이 없군! 자네가 만들어낸 무공인가?"

천기노인은 무겁게 대답했다.

"잠룡기공(潛龍炁功)이오."

그는 더 이상 말하지 않았으며 웅장한 힘은 마치 한 마리 용과 같이 그의 몸을 휘감게 되었다.

"좋아, 천하의 유일한 나의 적수가 창안한 무공이라면 얼마든지……. 당금 천하에 오직 자네만이 자격이 있으니까!"

노인은 말을 함과 동시에 손을 쳐들었으며, 그의 얼굴은 단숨에 맑기 이를 데 없는 청옥(青玉)빛으로 변해갔다.

"한세도왕이 아미태산의 사자성승을 패배시킨 것은 양의무극신공(兩儀無極神功)이었으며, 당시 그의 양의무극신공은 채 완성되지 않은 상태였네……. 하지만, 나의 이 양의무극신공은 이미 노화순청(爐火純靑)의 경지에 이르렀으니 조심하게!"

천기노인은 그의 말을 들으면서 기선을 제압하기 위해 우레와 같은 고함과 함께 그를 덮쳐 갔다.

과아아…….

가히 사막의 회오리바람과 같은 기세가 그의 움직임에서 일어났다.

 그의 잠룡기공은 체내의 힘을 농축하여 일순간에 쳐내는 것으로, 겉보기에는 그 위세가 대단찮아 보이지만 일단 부딪치는 순간에는 상대에게 실로 가공할 타격을 주는 무공이다.

 아마도 이 일격을 막아낼 수 있는 사람은 당대 무림 중에 저 노인을 제외하고 나면 누가 있을지 천기노인은 잘 생각해 낼 수 없을 지경이었다.

 그러나, 그가 쳐낸 잠룡기공이 상대의 양의무극신공과 어울리게 되자 천기노인은 상황이 심상치 않음을 직감하게 되었다.

 양의무극신공은 음양이기를 한꺼번에 구사하는 절세의 선천신공으로써, 부드럽고[柔] 강(剛)한 기운과 차갑고 뜨거운 기운이 번갈아가며 그의 잠룡기공의 힘을 일변 막고, 일변 쳐 흩뜨리고 있어 천기노인은 도저히 힘을 써볼 수가 없음을 느끼게 되었던 것이다.

 그의 예봉이 꺾이는 순간, 노인은 크게 웃으며 일장을 쳐왔고 그 일장에는 흩어졌다 모이는 음양이기가 한데 어울려 있어 천기노인은 그것을 향해 전신의 잠룡기공을 마주 쳐낼 수밖에 없었다.

 노인의 양의무극신공은 실로 괴이하여 일단 그가 손을 쓰게 되자 한줄기 흡인력이 주위에 형성되어 도저히 그 범위를 벗어날 수가 없었던 것이다.

 꽝!

 날벼락과 같은 굉음이 터지는 순간,

 "우욱!"

천기노인은 거대한 충격을 이기지 못하고 피를 토하면서 쿵쿵거리며 잇달아 뒤로 물러나야 했다.

"이럴 수가……?"

천기노인은 치미는 기혈 속에서 믿을 수 없는 듯 두 눈을 부릅떴다.

그럴 수밖에 없는 것이 그와 상대의 무공 차이는 원래 대단한 것이 아니라, 천 초 이상 싸워야 우열이 가려질 정도였기에 그는 노인의 능력을 한번 시험해 보고는 이 자리를 피할 생각을 하고 있었던 것이다.

한데 단 일 격에 그가 피를 토하는 중상을 입게 될 줄이야 어찌 상상이라도 하였으랴.

더구나 상대의 공세는 면면부절하여 그와 일격을 부딪치는 순간에도 계속하여 밀려들고 있어 다른 생각을 할 틈도 없었다.

일반적으로 충격이란 한쪽만 받는 것이 아니기에 제아무리 강자와 부딪쳤다고 하더라도 한순간의 틈은 있는 것이다.

하지만 노인의 양의무극신공은 그러한 것이 없었다.

음과 양이 교차하면서 상대가 강하면 그것을 쳐 흩뜨리고 막으며, 적의 힘이 약화되면 음과 양이 하나가 되어 적을 공격하니 실로 천하무쌍이었다.

천기노인은 상대의 힘을 가늠하기 위해 일장에 전력을 다했었기에 불의의 일격을 입어 단 일 장에 재기 불능의 상태가 되었다.

다시 일격을 당한다면 손 하나 들어 올릴 수 없는 입장이 되어 상대의 처분만을 바라는 신세가 되어야 할 것이다.

'차라리……!'

천기노인은 이를 악물고 상대의 신공 안으로 뛰어들었다. 적의 꼭두각시가 되느니 차라리 분사(憤死)할 작정인 것이다.

"핫핫하…… 그것이 마음대로 될까?"

노인이 크게 웃으며 장세를 거두어들이려 하였다.

한데 그 순간에 돌연 바람을 끊는 예리무비한 기세가 휘파람 소리를 일으키며 그의 배후를 엄습해 왔다.

"누구냐?"

노인이 대경하여 외치며 신형을 풍차와 같이 돌려 양의무극신공을 이용해 암격을 막아갔다.

쓰쓰쓰…….

매서운 기세가 소용돌이치며 노인을 공격했던 광채가 그의 신공과 일돌하고는 거대한 원을 그리며 되돌아갔다.

한 사람이 하늘에서 날아내리며 되돌아오는 검을 받아 들고 있었다. 봉두난발에 원래는 백의였을 듯한 옷은 누렇게 변한데다가 군데군데가 타 너덜너덜 떨어져 있다.

하지만 그의 눈만은 깊고 맑게 빛나고 있었다.

그가 날아내린 곳은 그 지독한 예탄의 급류가 소용돌이치고 있는 절벽 쪽이라, 이 돌연히 나타난 사람은 그쪽으로 올라온 것으로밖에는 생각할 수가 없었다.

원숭이조차 기어오를 수 없다 하여 이름한 노수봉…….

노인은 나타난 상대가 너무도 젊음을 보고 자신의 눈을 믿을 수가 없었다.

"너는 누구냐?"

그때 양의무극신공에 밀려 뒤로 물러났던 천기노인은 검을 받아 들며 날아내리는 사람을 보고는 안색이 돌변하고 말았다.

그 사람이야말로 구양천상이었기 때문이다.

"네가 어떻게?"

그의 물음에 구양천상은 침착한 빛으로 신비의 노인을 쏘아보며 말했다.

"소생이 뒤를 맡겠으니 어르신네께서는 이 자리를 피하십시오!"

그의 어조로 보아 그는 이미 두 사람의 대화를 거의 다 들은 듯하였다.

그렇지 않다면 죽었던 천기노인이 살아 있음을 보고도 이처럼 담담하지 않을 것이기 때문이다.

상황은 실로 공교로웠다.

한세도왕의 무덤에서 밖으로 빠져나오는 길이 바로 이 노수봉 중턱일 줄이야 누가 짐작이라도 하였으랴.

더구나 거기에서 그처럼 흉악하게 소용돌이치는 예탄을 향해 뛰어들 사람은 없으니 어느 누구라도 노수봉으로 올라오는 것은 필연이었다.

"당금 무림 중에 너와 같은 나이로 이기어검(以氣馭劒)하는 사람이 있음은 들은 적이 없는데…… 삼제가 키운 아이인가?"

신비의 노인은 말을 하다가 자신의 말에 어폐가 있음을 느끼고는 입을 다물었다. 구양천상의 무공이 절대로 천기노인에 뒤지지 않음을 알았던 것이다.

그의 물음에 천기노인 고영창은 가슴이 섬뜩해졌다.

상황이 이렇게 된 이상, 그가 구양천상을 그냥 두려 하지 않을 것이기 때문이다.

"피해라! 지금 당장은 아무도 이자를 막을 수 없다!"

그는 전음술로 구양천상에게 외치며 대갈일성하면서 노인에게 덮쳐 갔다.

구양천상이 도주할 시간을 벌어주기 위함임을 노인과 구양천상 어느 누구도 모를 리 없다.

천기노인이 노인을 덮침과 동시에 노인이 날아올랐고, 구양천상이 날아올랐다.

노인은 구양천상이 도주함을 막고자 하였으나 구양천상은 도주하기는커녕, 오히려 그를 공격해 갔다.

국면은 졸지에 이 대 일!

천하고수 세 사람이 한데 얽혀 누가 누구인지 알아볼 수도 없도록 무서운 속도로 돌아갔다.

쏴아아…… 펑! 펑!

"으윽!"

천기노인이 피를 뿜으며 나가떨어지고 신비의 노인 또한 미간을 찡그리며 물러나고 있었다.

그의 어깨에는 한 줄기 혈흔이 비치고 있었다.

그는 경악을 금치 못하고 있었으며 그와 마주하여 보천신검을 가슴에 세우고 있는 구양천상의 안색은 납덩이와 같았다. 겉으로는 아무렇지도 않은 듯하지만 내부적으로는 적지 않은 타격을 받은 듯했다.

하지만 그는 천기노인이 땅에 쓰러져 피를 쏟아냄을 보고도 감히 함부로 움직일 수 없었다.

신비의 노인은 신음하듯 말하였다.

"대사형 이래…… 너와 같은 검도고수는 단 한 번도 본 적이 없다! 너는 누구냐?"

구양천상은 대답하지 않았다.

그가 검을 가슴에 세운 채 움직이지 않고 있음을 본 천기노인이 일그러진 얼굴로 외쳤다.

"무슨 너답지 않은 행동이냐? 물러나라! 지금은 때가 아니야……."

그의 외침에 구양천상이 말했다.

"소생이 가고자 하여도 이제는 그가 보내주지 않을 겁니다."

신비의 노인은 껄껄 웃었다.

"옳아! 노부는 너와 같이 영리한 아이를 좋아하지……. 지금의 나에게 있어 가장 필요한 것은 곁에서 나를 도와줄, 바로 너와 같은 출중한 인재이다."

구양천상의 얼굴에 서늘한 웃음이 스쳐 갔다.

"출중한 인재는 남의 밑에 있지 않는 법이지요."

노인은 눈 하나 깜짝하지 않았다.

"노부는 어떠한 인재라 할지라도 거둘 수 있지. 시험해 보겠느냐?"

그의 시험해 보겠느냐? 라는 말이 채 그의 입 밖으로 다 빠져 나오기도 전에 무서운 섬광(閃光)이 구양천상에게서 뻗어 나와 그를 덮쳤다.

그것은 보고도 믿을 수 없을 정도의 빠르기였다.

쏴— 쏴……!

무서운 경력이 소용돌이치며 일어나고 눈이 멀 듯 찬란한 검광이 번뜩였다.

단 한 순간에 수십 초가 연관되어 단 한 초식 속에서 이루어졌으며 거기 포함된 무공은 박대정심(博大精深)하기 이를 데 없었다.

"무섭군……."

노인이 중얼거렸다.

구양천상과 격돌한 그는 순간적으로 뒤로 물러섰는데 양 소매가 완전히 걸레가 되다시피 하였으며 가슴팍의 옷자락이 너울거리고 있었다.

구양천상이 이 한 수에서 득세한 것이 틀림없었다.

하지만 검을 거두고 물러서는 그의 안색은 창백하리만큼 굳어져 있었다.

방금 그가 펼친 것은 그 무서운 검마의 고혼일검이었으며, 그는 그 속에다가 다시 무개옥합상의 조화검결마저 섞어 단 한 순간의 여유도 주지 않고 계속하여 상대를 공격하였었다.

이 일 검은 말이 일 검이지, 사실은 수십 검과 같은 위력과 변화를 가지고 있었음에도 노인의 털끝 하나를 상해치 못하였던 것이다.

노인은 무서운 눈빛으로 뚫어지게 구양천상을 쳐다보더니 천천히 말했다.

"방금 네가 노부를 공격한 검식의 검로(劍路)는 비록 변형되기는 하였으되, 분명히 검문(劍門)의 검결이 근기(根基)를 이루고 있었다! 너는 그 검결을 어디에서 배운 것이냐?"

그의 말에는 천기노인도 의외인 듯 구양천상을 쳐다보았다.

"나의 조화검은 바로 무개옥합에서 유래되었소."

그의 말에 신비노인은 미간을 찡그렸다.

"무개옥합상에 검문검결이 섞여 있다고? 말도 되지 않는 소리! 내가 확인해 보겠다! 너는 조심하라!"

그는 말과 함께 천마와 같이 하늘을 날아 구양천상을 덮쳐 왔다. 보이지 않는 힘줄기가 거대한 그물과 같이 밀려듦을 구양천상은 알 수 있었다.

그리고 그는 다음 순간에 안색이 돌변했다.

상대의 힘에는 괴이무비한 흡력이 있어서 검이 잘 움직이지 않음을 느낄 수 있었던 것이다. 뿐만 아니라 몸의 움직임도 마찬가지였다.

그는 천기노인이 왜 그처럼 허망하게 당했는가를 이제야 알 수 있었다.

최고의 고수에게 있어서 단 한 순간의 빈틈이라는 것은 곧 패배를 의미한다. 하수들에게는 다시 기회가 있지만, 절세의 고수들에게는 그런 것이 없었다.

"검을 놓아라!"

신비노인이 소리쳤다.

구양천상은 무서운 압력이 사방에서 밀려들어 보천신검을 거의 움직일 수 없게 되었음을 깨달았다.

억지로 버틴다면 몸도 빠져나가지 못한다.

방법은 단 한 가지!

검을 놓고 노인의 말대로 뒤로 물러나는 것뿐이다.

하지만 구양천상은 그렇게 하지 않았다.

"물러나시오!"

구양천상은 이를 악물고 소리치면서 왼손을 쳐들어 전력을 다해 준비했던 수류천파의 지력을 쳐냈다.

쉭쉭……!

잘 갈아놓은 송곳과 같은 지풍이 가공할 기세로 노인의 양의무극신공을 파고들어 갔다.

만약 그가 그대로 구양천상의 손에서 검을 놓게 하려 한다면 그는 가슴팍에 구멍이 뚫리는 참변을 면치 못할 것이었다.

그는 경악을 금치 못하고 구양천상의 손에서 검을 뺏으려던 생각을 수정하여 이제는 전심전력을 다하여 구양천상에게 양의무극신공을 발동하였다.

그가 지금에 이르러 물러나게 된다면 활기를 얻은 저 검이 무서운 속도로 움직이기 시작할 것이니, 잘못하면 피동으로 몰릴 우려가 있었던 것이다.

칙칙…….

양의무극신공이 수류천파의 지공을 막아냄과 동시에 구양천상의 검도 전력을 다해 고혼일검과 조화검결을 펼쳐 억지로 신비노인의 공세를 무찔러 갔다.

윙윙윙……!

보천신검이 찬란한 광채를 뿌리며 그의 가슴으로 파고드는 순간,

땅, 하는 소리와 함께 양의무극신공의 거대한 압력을 이기지 못한 보천신검이 구름까지 메아리치는 울음을 토해내면서 두 동

강이가 나고 말았다.

 그리고 검세에 가로막혀 있던 양의무극신공의 가공할 힘이 한데 합쳐지면서 그대로 구양천상의 가슴을 후려갈겼다.

 "으아악……!"

 구양천상의 몸이 그대로 훌훌 하늘로 날아올랐다.

 피분수가 어둠을 가르는 그의 궤적(軌迹)을 따라 그어졌다.

 공중으로 떠올랐던 그의 신형은 유성과 같이 아래로 떨어지기 시작하였으며 그 아래에 있는 것은 거세게 소용돌이치고 있는 예탄의 급류였다.

 그는 어느새 절벽의 끝까지 밀려와 있었던 것이다.

 "아뿔싸!"

 신비노인은 혀를 차며 아래를 내려다보았다.

 유성과 같이 떨어져 내리는 구양천상의 형체가 보이는 듯하더니 이내 이빨을 갈아대는 예탄의 급류에 휘말려 자취조차 찾을 길이 없게 되었다.

 칼날처럼 삐죽삐죽 튀어나와 허연 소용돌이 속에서 웃고 있는 암석들이 달빛 아래 괴기(怪奇)롭다. 쇳덩이라도 거기에 걸리면 분쇄되고 말 것 같았다.

 신비노인은 미간을 찌푸린 채 자신의 가슴을 내려다보았다.

 구양천상이 마지막에 뿜어낸 검기에 자신의 가슴팍에서는 한 줄기 선혈이 비치고 있었다.

 만에 하나라도 보천신검이 부러지는 시각이 조금만 늦었다면 쓰러지는 것은 구양천상이 아니라 자신이었을는지도 몰랐다.

 "무서운 아이로다…… 이대로 십 년만 흘렀다면 나는 그의 적수가 아니었다…….”

　노인은 고개를 절레절레 흔들었다.

　그리고 그는 천기노인을 바라보았다.

　천기노인은 망연한 빛으로 구양천상이 떨어진 곳을 보고 있었다.

　"하늘이여…….”

　그는 자신을 향해 다가오고 있는 노인을 느끼자 난생처음으로 비탄과 절망에 찬 탄식을 불어내었다.

　유일한 희망이었던 구양천상이 저렇게 되었으니, 이제 누가 있어 그를 막는단 말이냐?

　그 아이마저 가고 없으니…… 욕되더라도 내 한목숨 스스로 끊어 일신의 청절(清節)을 도모키도 어렵구나…….

　하늘이여,

　하늘이여…… 어찌 이런 시련을…….

第十三章

금검지존(金劍至尊)
―무(武)…… 그 궁극(窮極)의 길.
전설은 그 모습을 드러내고…….

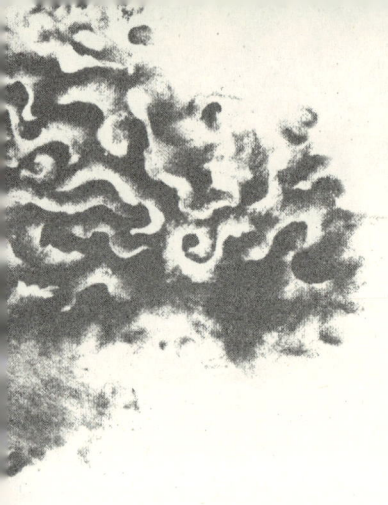

풍운고월
조천하

〈네게 이 글을 남기되,

노부는 네가 이 글을 보지 않기를 바란다.

만에 하나라도 네가 이 글을 보게 되는 일이 있다면, 신주대협 모용중경이 살아 있으며, 그가 나타났음을 의미하기 때문이다.

나는 그를 당금 천하의 혼란을 조성하고 있는 배후 인물로 의심하고 있으나 그의 행사는 너무도 철저하여 한 가닥의 단서조차 남아 있지 않다.

하지만 그럼에도 내가 그를 의심하지 않을 수 없음은 그가 결코 쉽사리 죽을 사람이 아니기 때문이다.

그가 세상에 나타났다면 당금 천하의 어느 누구도 그를 상대할 수 없다.

나도 그러하며, 너도 그러하다. 십전(十全)의 자신이 있지 아니하면 모습을 드러낼 그가 아닌 까닭이다.

그를 상대할 수 있는 방법은 단 하나뿐이다.

바로 전설의 금검지존(金劍至尊)을 찾는 길이다.
천하를 통틀어 오직 그만이 그를 이길 수 있다. …(후략)……〉

*　　　*　　　*

천하무림의 영원한 우상…… 금검지존!
그는 평생을 통해 오직 한 사람의 제자만을 거두었다.

〈신검대협(神劍大俠) 환룡(幻龍)!〉

그는 절대의 인물이 아니었다.
하지만 그는 소박하고 대범(大凡)하여 약한 자를 아낄 줄 아는 대협의 풍도를 지니고 있었다.
피나는 노력으로 인해 당당한 천하제일의 무공을 지니고 있음에도 그것을 드러내어 자랑하지 않았다. 시정의 상인들도 그와 어울려 웃을 수 있었고 동네 꼬마들도 그의 어깨 위에 무등 타고 두 팔 벌려 하늘을 아우를 수 있었다.
박식한 천재는 분명히 아니되, 천하의 모든 사람이 다 그를 일러 대협(大俠)이라 하였다.
그러한 그는 천하를 통틀어 가장 뛰어난 천재 두 사람을 알게 되었다.
두 사람은 그를 대형(大兄)으로 따르며 그를 존경하였다.
그들이 비록 천하제일의 기재들이라 할지라도 그의 흉금은 그들을 받아들이고도 남음이 있을 정도로 넉넉하였던 것이다.

그러던 어느 날, 두 사람의 기재는 신검대협 환룡에게 간곡한 청을 하게 된다.

자신들을 금검지존의 문인으로 받아달라는…….

금검지존의 일문은 일맥단전(一脈單傳)으로써 일대(一代)에 일인이 문파를 이어가도록 되어 있음을 앎에도 불구하고 두 사람이 그의 앞에 무릎을 꿇고 일어나지 않자 신검대협 환룡은 매우 난처하였다.

그는 이 총명한 두 청년 기재들을 정말로 좋아하였던 것이다.

하지만 사부인 금검지존은 그의 청을 거절하였다.

그러나 신검대협 환룡의 끈질긴 청에 금검지존은 일단 그들을 무기명 제자들로 인정하고, 당면한 문제가 해결되는 일 년 뒤 그들을 만나보고 그들의 정식 입문을 허락하겠다고 했다.

하지만 세상의 일을 누가 알랴. 채 일 년이 되지 않아 금검지존이 천하를 떠나 은거하게 될 것임을…….

두 사람의 기재는 결국 언제까지나 정식 문인이 아니라, 무기명전인으로 남을 수밖에 없게 되었다. 금검지존의 은거지는 그의 의발제자인 신검대협마저도 알지 못하였던 것이다.

세월이 흐르는 가운데, 두 청년기재는 장년이 되었고 그 능력이 점점 더 두각을 드러내게 되었다.

그러던 어느 날, 그들의 대사형 신검대협 환룡이 홀연히 자취를 감추고 말았다.

두 사람은 천하를 헤매다시피 그를 찾아보았지만 그의 행적은 망망대해에 바늘이 떨어진 듯 도저히 찾을 길이 없었다.

그로부터, 두 사람의 기재들 사이에는 의미 모를 균열이 생기기 시작하였으며…… 결국 그들은 천하를 사이에 두고 반목을 하기 시작했다.

그들의 이름은 바로 모용중경과 고영창이었다.

*　　　*　　　*

보이는 것은 까마득한 하늘.

사방을 돌아가며 막아선, 그야말로 도끼로 쪼개어 세운 듯한 천인(千仞)의 단애(斷崖)…….

그 까마득한 높이의 절벽은 끝이 보이지 않는다.

사시사철 거의 일 년 내내 안개구름이 그것을 덮고 있기 때문이다. 하늘조차 제대로 보이지 않으며 하루 중에 해가 드는 때는 태양이 중천에 도달하는 정오 무렵 잠깐.

오지(奧地)이며, 절지(絕地)인 이 호리병 속과 같은 곳에 구양천상은 존재하고 있었다.

호리병 속이 넓듯, 절곡의 내부는 의외로 넓다.

깊은 땅속인지라 대기의 영향을 받지 않아서 기온은 사시사철 봄날과 같아 거의 변동이 없다.

세상에 보기 드문 수목, 기화이초가 만발하여 토끼와 노루 등의 순한 짐승들도 눈에 뜨인다. 가히 도원경(桃源境)이다.

그러나 그 속에 또한 황량함도 공존하고 있다.

쏴쏴…… 쏴아아…….

곡 내의 유일한 수원(水原)인 십여 장 둘레의 담(潭)은 오늘도 변함없이 무서운 기세로 소용돌이치고 치솟다간 떨어지고 있었다.

 구양천상은 조용히 무릎을 세우고 앉아서 그 광경을 바라보고 있었다.

 '반년……'

 창백한 병색이 감도는 안색의 그는 쿠르릉거리는 용담(龍潭)을 보고 생각했다.

 신비의 노인, 바로 신주대협 모용중경의 양의무극신공을 가슴으로 받아내고는 그처럼 무거운 예탄의 급류에 떨어진 그는 급류에 휘말리면서 정신을 잃었다.

 그리고 정신을 차린 것이 바로 이 절곡.

 그는 저 치솟는 용담 속에서 튕겨져 나와 여기에 내던져지듯이 버려졌다.

 이것이 바로 반년 전이다.

 "아직도 바깥 세상을 그리워하나?"

 문득 그의 뒤에서 굵직한 음성이 들려왔다.

 그의 뒤에는 한 사람의 괴인이 서 있었다.

 산발이 된 반백의 머리칼은 허리를 넘고 전신에 걸친 것은 겨우 국부 부근을 가린 짐승의 가죽뿐이다.

 얼굴 또한 희고 검은 수염으로 뒤덮여 있어 그 가운데 자리한 외눈[獨目] 하나만이 뚜렷하며 팔도 왼쪽 하나밖에는 남지 않았다.

 그를 본 구양천상의 창백한 얼굴엔 담담한 웃음기가 흘러갔다.

 "생각만으로 될 일은 아닙니다. 어차피 제가 솟아 나온 이 용담으로 들어가거나, 노선배께서 떨어진 저 절벽 위로 날아올라

가기 전에는 이곳을 벗어날 수가 없으니까요."

나이를 짐작할 수 없는 외팔이괴인은 웃는 듯했다.

"그래도 미련을 버리지 못한 모양이지?"

구양천상의 창백한 그 얼굴이 가볍게 굳어졌다.

"미련이 남은 게 아닙니다. 할 일이 남아서지요. 이 일은 저 혼자만을 위한 것이 아닙니다……."

그는 말을 하다가 무엇인가가 자신의 목을 핥고 있음을 느끼고 말을 멈추었다.

사슴 한 마리가 다가와 장난을 치고 있었다.

구양천상이 녀석의 머리를 쓰다듬어 주자 사슴은 눈을 감으며 머리를 부벼대었고, 그 순간에 그의 무릎 위로는 토끼 한 마리가 깡총 뛰어올랐다.

눈망울을 요리조리 굴리고 있는 토끼를 보고 구양천상은 조용한 웃음을 떠올렸다.

"그렇지만 않으면 이곳을 벗어나지 못해 그렇게 조급해할 필요도 없겠지요. 이곳이야말로 가장 이상적인…… 완전한 곳이니까요."

그의 말에 외팔이괴인은 가볍게 웃었다.

"자연은 있는 그 자체로 완전하지. 네가 보기에는 어느 곳이 완전치 못하더냐? 만약 바깥 세상을 일러 완전치 못하다고 한다면 그것은 너의 편견이다. 이곳은 그 거대한 세상의 일부일 따름이지……. 무위(無爲)란 함이 없는 것이 아니라, 하지 않아도 스스로 되는 것이라고 생각지 않느냐? 자연은 바로 그렇게 존재하지……."

외팔이노인은 그 말을 끝으로 몸을 돌려 성큼성큼 사라져 갔다.

"하지 않아도 스스로 된다…… 존재하는 그 자체로써 완전하단 말인가……."

구양천상은 그의 뒷모습을 보며 중얼거렸다.

그는 언제나 그러했다.

하늘의 푸르름에도, 구름의 흩어졌다 모임에도, 구양천상이 그것을 보고 있다면 그렇게 한마디를 던지고 구양천상은 또 까닭 모르게 그가 던진 말을 되씹곤 했다.

그가 사라져 가자 구양천상에게 어리광을 피우고 있던 놈들이 껑충거리며 외팔이괴인을 따라갔다. 사람을 무서워하지 않는 이곳 동물들은 무슨 이유에선지 구양천상보다 저 외팔이괴인을 더 잘 따른다.

구양천상보다 더 오랜 시간을 같이 보내서일까?

그런 것 같지는 않았다.

새로 태어난 새끼도 걷는 순간부터 그러하니까…….

이 절곡에 사는 사람은 그들 둘뿐이다.

대체 어떻게 하여 무협의 그 험악한 소용돌이 속에서 그가 이러한 곳으로 들어오게 되었는지 알 순 없었지만, 만약 저 외팔이괴인이 먼저 이 절곡에 살고 있지 않았더라면 구양천상은 지금처럼 살아 숨쉬고 있지 못했을 것이었다.

용담의 밖으로 내동댕이쳐진 그의 상태는 이미 시체와 같아 만상귀일신공의 호심진기(護心眞氣) 한 가닥만이 겨우 남아 있었던 것이다.

멀어져 가는 외팔이괴인의 뒷모습을 바라보고 있던 구양천상의 창백한 안색은 다시 어두워진다.

'반년이 지났음에도 불구하고 나의 상세는 별로 좋아지지 않고 있다……. 이러한 상태로는 밖으로 나간다 해도 무슨 일을 할 수 있겠는가…….'

그는 좀 전에 떠올렸던 천기노인의 금낭봉서를 다시 생각했다. 이제 이 모든 비밀을 아는 사람은 천하에 그 혼자뿐일지도 모른다. 아니, 분명히 그러할 것이다.

하지만 그가 이 절곡을 벗어나지 못하는 이상, 그것이 무슨 소용이 있으랴.

'이곳을 벗어나지 않고 어찌 금검지존을 찾을 수 있단 말인가…….'

구양천상은 장탄식을 하고는 눈을 내리감았다.

그의 얼굴이 엄숙해지면서 만상귀일신공이 운행되기 시작했다. 하지만 시간이 흐를수록 그의 얼굴에는 점점 더 괴로운 빛이 드러날 뿐이었다.

"정말 가공할 무공이로구나……. 한세도왕이 창안한 무공이 위력이 이렇듯 지독하니, 그가 고안한 정신금제 또한 얼마나 무서운 것이랴……."

한참의 시간이 흐르고 구양천상은 다시 눈을 뜨며 길게 탄식했다.

그가 입었던 상세는 너무도 극심하여 반년이 지난 오늘날까지도 구양천상은 전날의 힘을 삼사 할 정도밖에는 회복치 못하고 있었던 것이다.

'양의무극신공의 음양이기가 전신 구대주맥(九大主脈)과 임독이맥의 운행을 가로막고 있으니…… 이대로라면 몇 년이 흐른 후에야 본래 나의 공력을 찾을 수가 있을 것이다…….'

모용중경이 한세도왕의 무공을 얻었다면 구양천상은 무개옥합상의 무공을 얻었다.

그들이 얻은 무공은 과연 어느 것이 강한지 분별할 수 있는 것이 아니었다. 다만 그것을 얻은 사람의 자질과 그 수련 정도에 따라서 강약이 드러날 뿐이었다.

'수련의 정도로 따지자면 나는 도저히 그를 따라갈 수 없다…….'

당연한 일이다.

모용중경의 나이는 구양천상보다 거의 백 세나 많은 것이다.

자질로 따지더라도 그러하다.

구양천상이 제아무리 하늘을 놀라게 할 천재라 할지라도 모용중경 또한 그에 못지않은 절세의 천재임은 천하가 주지하는 사실이 아니던가?

'본신의 능력을 회복한다 하더라도 그의 생애에 그를 이길 수 있는 가능성은 거의 없다…….'

구양천상은 천기노인 고영창이 자신에게 금낭을 남겨 금검지존을 찾도록 한 이유를 시간이 지나면서 더욱 뚜렷이 알게 되었다.

그의 앞에는 한 자루의 단검(斷劍)이 놓여져 있었다.

비록 반 동강의 검이지만 삼엄한 기운은 여전하다.

그 검을 보는 구양천상의 눈빛은 지난날의 그답지 않게 암울하였다.

 '금검지존을 찾을 수 있는 유일한 단서라는 보천신검을 나의 잘못으로 인해 이렇듯 두 동강을 내놓았으니……'

 지난 반년간 구양천상은 단 한시도 보천신검을 그의 곁에서 떼지 않고서 살펴보았지만 그 어디에도 이상한 점은 발견되질 않았다.

 그는 묵묵히 머리를 저었다.

 제아무리 수양이 깊은 구양천상이라 할지라도 이런 상황하에서는 가슴이 답답하지 않을 수가 없었다.

 쏴쏴! 쿠르르…….

 눈앞에서는 용담이 언제나처럼 변함없이 물기둥을 뿜어 올리고 있었다. 이삼 장 혹은 칠팔 장까지도 물기둥을 뿜어 올리는 용담…….

 구양천상은 외팔이괴인의 만류를 뿌리치고 이미 몇 번인가 용담의 안으로 뛰쳐 들어가 보았으나, 그때마다 여지없이 물 밖으로 내동댕이쳐지고 말았다.

 가공할 소용돌이의 힘이, 대자연의 힘이 거기 있었다.

 그의 공력이 완전히 회복되기 전에는 어림도 없었다.

 하지만 이곳을 벗어날 수 있다고 한들, 모용중경을 이길 수 있다고 한들 어찌한단 말인가?

 그는 구양천상, 자신의 외가 사대조 할아버지가 아니던가…….

 도연명이 일러 세월은 사람을 기다리지 않는다[歲月不待人]하였다.

과연 그러했다.

실로 눈 깜박할 사이에 절곡의 시간은 다시 반년여가 흘러가 버린 것이다.

구양천상은 무거운 표정으로 절곡의 한 끝에 서 있었다.

주위는 황량하다.

절곡의 안은 어디나 도원경과 같이 아늑하지만 이곳만은 유독히 풀포기조차 구경하기 어렵다. 드러난 기암괴석들과 허리 꺾어진 고목들이 보일 뿐…….

이곳은 호리병과 같은 절곡 내에서도 다시 호리병과 같이 생긴 매우 특이한 지세를 가진 곳이다.

그가 서 있는 앞에는 절벽이 길게 갈라진 틈이 있었다.

저곳이야말로 이 주위 일대를 황량히 만드는 해답을 가지고 있는 곳이었다. 한 달에 한 번, 안으로부터 무서운 기세의 광풍(狂風)이 불어 나오기 때문이다.

구양천상은 한 자 반 정도 남은 보천신검을 가슴에 세워 들고 저 절벽의 갈라진 틈을 노려보고 있었다.

그의 얼굴에 어려 있던 병색은 반년이 지나면서 거의 사라져 그의 내상이 상당히 호전되었음을 짐작케 했다.

해가 지고 난 뒤의 어두움와 같은 밝기의 주위…….

그 어느 순간, 하늘로부터 찬란한 빛 줄기가 거대한 신검(神劍)과 같이 쏟아져 내려왔다.

정오가 된 것이다.

절곡의 형세는 너무도 험악하여 오직 정오에만 햇빛이 잠깐 들 뿐이었다.

그와 동시다.

우우…….

악마가 고통에 겨워 신음하는 듯한 소리가 울리더니, 이내 까마득한 높이로 치뻗어 있는 절벽의 갈라진 틈 사이로 한줄기 바람이 불어왔다.

일기 시작한 바람은 순식간에 거대한 광풍이 되어 세상의 모든 것을 날려 보낼 듯이 악을 써대기 시작했다.

돌멩이가 구르고 부서진 돌조각이 날아올랐다.

무서운 광경이 벌어지기 시작했다.

지형이 괴이하여 불어 나오는 바람이 빠져나갈 곳이 없는지라 그 거센 광풍이 구양천상이 서 있는 일대로만 회오리치기 시작한 것이다. 끊임없이 불어 나오는 바람은 빠져나갈 곳이 없자 소용돌이로 변해서 시간이 지날수록 공포스럽게 변해 머리통만 한 돌멩이를 떠올리고, 거대한 바위마저 들먹거리게 했다.

왜 이 일대(一帶)만이 그처럼 황량한지 이해가 되고도 남음이 있는 광경이었다.

그 가운데 구양천상은 우뚝 서 있었다.

공포의 회오리바람이 그의 몸을 휘말아 올리고 있건만, 그의 몸은 바닥에 뿌리를 내린 듯 꼼짝도 하지 않았다.

그리고 어느 순간, 그의 가슴에 새워져 있던 보천신검이 움직이기 시작했다.

형언할 수 없는 속도로 검이 흘렀다.

그를 향해 날아들던 돌멩이들이 그 검의 흐름에 의해 갈라져 사방으로 날아갔다. 검(劍)은 하늘에서 쏟아져 내리는 햇빛 한줄기를 받아 가히 환상적인 움직임을 보이고 있었다.

가공할 빠르기와 변화!

마침내 고혼일검과 조화검결이 하나로 이어지고 있는 것이다.

한데 느닷없이 그처럼 웅웅거리는 바람 소리를 뚫고서 걸걸한 웃음소리가 들려왔다.

외팔이노인이 그 긴 반백의 머리를 바람에 날리며 구양천상을 보며 웃고 있었다.

"무엇이 그리 우습습니까?"

검을 거두며 그를 보는 구양천상을 향해 외팔이괴인은 웃음을 거두면서 되물었다.

"그러는 너는 무엇을 그리 힘들여 찌르고 있느냐?"

구양천상은 기가 막혀 입을 열려다가 문득 입을 다물었다.

무엇을 찌르느냐…….

실로 간단한 이 질문은 막상 대답을 하려고 하자 그 대답이 정말로 쉽지 않았다.

돌멩이를 찌른 것일까? 그것은 분명코 아니다.

바람을 벤 것인가? 아니면 검을 수련한 것일까?

그도 아니라면 그의 마음속에 있는 어떤 것을…….

그의 질문은 언제나 이렇다.

구양천상은 지난 일 년간을 그와 함께 있었지만 그가 누군지조차 알지 못했다. 다만 그가 무애자재(無碍自在)한 태도로써 삶을 누리고 있는 일대의 기인(奇人)이라는 것을 짐작할 뿐이다.

구양천상이 입을 다물고 있자 외팔이괴인은 다시 입을 열어 물었다.

"네가 지금 장난하고 있는 것이 아니라면, 참으로 무엇을 찌르고 싶다면, 먼저 그 찌르려는 생각을 버려야 한다. 거기 얽매여 있는 한은…… 너는 언제나 지금의 경지를 벗어나지 못할 것이다."

'참으로 무엇을 찌르고 싶다면…… 그 찌르려는 생각을 버려야 한다고……?'

괴이한 말이 아닐 수 없다.

목표를 정하지 않고서 무엇을 찌를 수 있단 말인가?

"지금 너를 향해 불어오는 이 바람이 너를 목표로 하여 불어온다고 생각하느냐?"

그것은 분명히 아니다.

"바람이 불어 바위를 쓰러뜨리고 거목을 뿌리째 뽑아버리기는 하지만, 그는 자신이 무엇을 하는지 알지 못한다. 다시 말해서 그 앞에 바위나 거목이 없었다면 그는 결코 그것들을 쓰러뜨리거나 날려 보내지 않았을 것이다."

그는 하늘을 올려다보았다.

사방에 둘러쳐진 절벽으로 인해 좁은 하늘의 중앙에서는 해가 아직도 한줄기 햇살을 쏟아붓고 있었다.

"너는 저 해가 스스로 빛나고자 하여 빛나는 것으로, 떠오르고자 하여 떠오르는 것으로 생각을 하느냐? 아니지…… 해는 그저 떠오를 뿐이다. 그는 원래 빛을 가지고 있으며 그는 그 빛으로 그저 정해놓은 길을 흘러갈 뿐이다."

그는 천천히 숨쉬었다.

"이것이 바로 무위이다. 하고자 하지 않아도 스스로 되는······."

그 순간, 구양천상은 실로 놀라운 광경을 목도하게 되었다.

검을 거두게 되자 그는 공격을 운기하여 호신강기(護身罡氣)로써 날아드는 돌멩이와 바람에 항거하고 있었다.

한데 외팔이괴인은 말을 하면서 그저 서 있었다.

바람이 그의 몸을 그냥 스치고 지나가듯 함은 그렇다 치더라도 날아드는 돌멩이마저, 그 머리통만 한 돌덩이들이 그의 몸을 보지 못한 듯 그대로 스치고 날아가는 것이 아닌가······.

어찌 저럴 수가 있단 말인가?

그의 몸은 실체가 아니라 허상이란 말인가?

사람이 아니라 유령이라도 된단 말인가?

이것이 바로 무위이다! 하고자 하지 않아도 스스로 되는!

구양천상의 전신에 거대한 충격이 전율과 같이 달려갔다.

담담한 웃음이 그를 바라보고 있는 외팔이괴인의 눈에 물결쳤다.

"네가 어디에 있는가는 중요한 것이 아니다. 마음만 먹는다면 너는 이 순간, 천 리 밖에도 있을 수가 있다. 알겠느냐? 네가 이 자리에서 형용할 수 없이 빠른 속도로 움직인다고 한다면 너는 어디에든 가지 못할 곳이 없다. 가히 시간과 공간을 초월하여 어디에든 너의 존재가 있게 되는 것이다. 그것을 일러 무소부재(無所不在)······ 같은 시간 천하 어디에서라도 너는 존재할 수 있지.

그것은 다시 말한다면 천하의 그 어디에도 네가 없다는 것과 같다."

꽝!

거대한 울림이 구양천상의 뇌리를 꿰뚫고 지나갔다.

돌연, 그의 주위에 서렸던 강한 기세가 눈 녹듯이 사라졌다.

구양천상이 눈을 내리감았다.

그것을 보고 외팔이노인은 자애한 웃음을 머금었다.

"과연 가르칠 만한 아이로다……."

그는 성큼성큼 걸어가 구양천상의 머리 위에 손을 얹었다.

고오오…….

바람 소리는 거대하기 이를 데 없고 머리통만 한 돌멩이가 미친 듯이 날아다니건만 괴이하게도 그들에게는 아무런 영향도 주지 않는 듯하였다.

그러던 어느 순간, 구양천상이 들고 있던 보천신검이 부르르 떨리더니 갑자기 눈이 멀듯 찬란한 금광(金光)이 뿜어져 나오기 시작했다.

금광은 찬란히 빛나더니 구양천상의 온몸을 휘감았다.

다시 얼마나 지났을까?

땅! 소리와 함께 돌연히 보천신검이 박살이 나 흩어지면서 금광이 하늘을 찌를 듯 일어났다.

구양천상이 눈을 떴다.

그리고 그는 자신의 손으로부터 놀라운 금광을 발산하고 있는 한 자 반 정도의 금검(金劍)을 발견하게 되었다.

"이것은……!"

구양천상이 돌연한 변고에 경악을 금치 못할 때,

"이제 너를 금검문(金劍門) 제구대 장문인(掌門人)으로 선택하겠다."

조용한 음성이 그의 뒤에서 들려왔다.

그가 놀라 고개를 돌리자 외팔이괴인이 그와 일 장 정도 떨어진 바위 위에 앉아 있음을 볼 수 있었다.

그사이 바람은 멎어 미풍만이 남았고, 외팔괴인의 모습은 너무도 변해 있었다. 반백의 머리카락은 눈보다 더 흰 백발이 되었으며, 눈썹도 수염도 그러했다. 한 사람의 괴인이 졸지에 한 사람의 노인으로 변해 있었다.

구양천상을 바라보는 노인의 눈은 자애로웠다.

"지금까지 네가 배운 것은 바로 무자천서(無字天書)상의 검도(劍道)이다. 검의 도는 곧 무의 도…… 너는 이것을 잊지 말아야 할 것이다. 원래 무자천서라는 것은 세상에 존재하지 않는다. 지극한 도는 말이나 글로써 표현될 수 없는 것이기 때문이다……. 강호상에 떠도는 무자천서란 기실 호사가(好事家)들이 만들어낸 가짜일 뿐이다."

그의 말은 불가해삼보의 하나인 무자천서의 신비를 풀어주는 것이었다.

존재하지 않는 책에서 어찌 글자가 나타나랴…….

"어르신네……."

구양천상은 너무도 의외의 상황이 전개됨에 말을 잇지 못했다.

노인은 웃었다.

"이리 와 앉도록 해라. 이제 내가 우화(羽化)할 시간이 얼마 남지 않았다."
 구양천상은 신형이 부르르 떨렸다.
 하지만 그가 어찌 보통 사람이랴.
 그는 노인의 앞으로 가 무릎을 꿇고 앉았다.
 "이끌어주신 은혜, 어찌해야 갚을 수 있을는지…… 어르신네께서 바로 환 자, 룡 자 쓰시는 신검대협 그분이십니까?"
 노인은 고개를 끄덕였다.
 "내가 바로 금검문 제팔대 장문인 환룡이다. 세상 사람들이 표현을 빌면 여덟 번째 금검지존이지……."
 그의 얼굴에 다시 미소가 떠올랐다.
 "다행히 하늘이 도와 나의 탈태(脫胎) 이전에 후인을 보내어주어 대를 잇게 하여 금검을 다시 세상에 나오게 하였구나……."
 구양천상의 가슴이 진동하였다.
 "이것이 정녕, 전설의 금검입니까?"
 노인은 고개를 끄덕였다.
 "그렇다. 내가 세상에 있을 때에 사부께서 앞으로 백 년 내에는 금검이 쓰일 일이 없을 것이라 하시면서 외피를 싸두셨지……. 과연 그분의 예측대로 검이 주인을 만나게 되자 스스로 옷을 벗었구나."
 "아아……."
 구양천상은 가슴이 벅차 탄성을 흘려내었다.
 과연 이것이 우연이기만 한 것일까.
 신검대협, 제팔대 금검지존 환룡은 무릎을 꿇은 구양천상을 보고 물었다.

"너는 네가 금검문의 제구대 장문인이 됨에 불만이 있느냐?"
그의 말에 구양천상은 불현듯 실태를 깨달았다.
"사부님!"
그가 일어나 구배(九拜)를 시작하자 제팔대 금검지존 환룡은 세상이 떠나가도록 크게 웃었다.
"으하하하…… 으하하하……!"
웃음소리 속에서 위대한 한 거인은 시대를 물려주고 있었다.

第十四章

군림천하(君臨天下)
―천하가 그를 향해 경배하니,
누가 그의 앞을 가로막을 수 있을 것인가

풍운고월
조천하

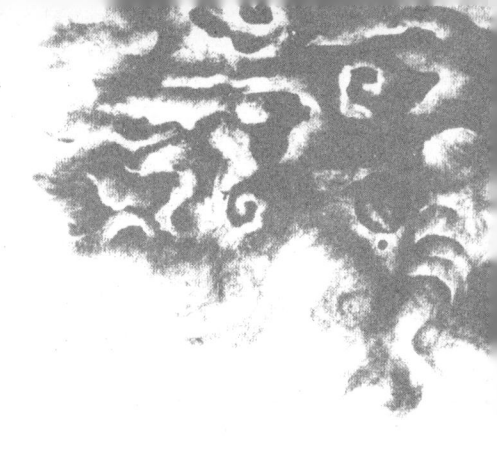

평화(平和).

그렇게 이름하는 태평의 세월이 당금의 강호를 대변한다.

무림이라는 세계가 이와 같은 고요의 세월을 보낸 적은 단 한 번도 없었다.

그것은 한 사람의 등장으로 인해 이루어졌다.

〈신주대협 모용중경!〉

그 오랜 세월 동안 죽었다고 알려졌던 그는 어느 날 홀연히 나타나, 천하무림을 석권하다시피 하고 있는 구중천을 일거에 와해시키고 구천군주를 처단하였다.

천도문이 그에 의해 다시 무너지고, 암흑마교의 소교주로서 무림을 지배코자 암중 획책하던 천도문의 태상문주인 암흑마모(暗黑魔母) 소홍옥 또한 그에 의해 정의의 심판을 받았다.

구대문파의 단심맹이 제일 먼저 그에 대한 전폭적인 지지를 표명하고, 맹주인 곤륜파 장문인 함령 진인이 그의 앞에 존경의 배례를 하였다.

천축 신성 유가문에 의해 불타 버린 려산 봉황곡 모용세가는 천하제일가라는 이름으로서 다시금 거대히 세워졌다.

그 규모는 이전보다 세 배 이상이나 되었다.

그것은 신주대협 모용중경의 만류에도 불구하고 무림인들의 자발적인 참여로 인해 어거지로 이루어졌다고 알려졌다.

그는 만가(萬家)의 생불(生佛)과 같은 존재로 받들어졌으며, 강호명숙(江湖名宿)들이 연명하여 그에게 무림의 질서를 바로잡아 줄 것을 탄원하였다.

몇 번이나 극구 사양하던 모용중경은 너무도 간곡한 무림인들의 요청에 의해 할 수 없이 잠시간 그 일을 맡아보겠노라고 응낙을 할 수밖에 없었다.

그리고 그는 천하 흑백양도(黑白兩道)의 맹주로 군림하게 되었으며, 맹주로 추대받던 날 포고(布告)를 발표하였다.

개인 간의 사사로운 싸움을 금한다.
모든 원한은 모용세가에서 해결한다……!

그러한 대명제(大命題)가 붙은 총 십이 장에 달하는 포고문을 처음에 접한 무림인들 중에는 상당히 불만을 가진 사람이 많았다.

하지만 그들은 모용세가의 일 처리가 신속 정확하여 공정무사(公正無私)하기 이를 데 없음을 보고 어느 누구 하나 불만을 가지는 사람이 없게 되었다.

이제 천하무림에 있어 신주대협 모용중경이라는 이름을 접하고 무릎을 꿇지 않는 사람이 없었으며, 그에게 심복(心服)하지 않는 사람 또한 없게 되었다.

간혹, 그에게 불만을 가지는 사람이 있다 하더라도, 신주대협 모용중경은 그를 무조건 벌하지 않고 반드시 친히 그를 만나보았으며, 신주대협 모용중경을 만난 사람들은 그의 그 거대한 흉금에 앙모(仰慕)의 정을 금치 못하고서 머리를 땅에서 들지 못하며 물러났다.

천하의 모든 영웅기인들이 그의 주위로 몰려들었으며, 그를 받들기를 원하였다.

싸움이 사라졌다.

사사로운 동네 꼬마들의 장난이나 불량배들의 소란이 있을 뿐, 무림인들의 그 끊임없던 세력 다툼들이, 명예욕들이 차츰 자취를 감추어갔다.

그것들은 모두 총 십이 장에 달하는 포고문에 의해 지켜졌으며 그 질서 유지는 모용세가에서 천하로 파견한 구천위대(九天衛隊)에 의해 이루어지고 있었다.

구천위대란 바로 지난날의 구중천의 후신이다.

모용중경은 구중천을 해산하고 그들의 금제에 걸려 본의 아니게 구중천에 협력하였던 많은 사람들의 중독을 풀어주고 금제를 없애주니, 자유로워진 그 사람들은 흩어지지 않고 재생의 은인인 신주대협 모용중경의 휘하에 있기를 소원하였다.

신주대협 모용중경은 그것을 허락지 아니하였으나, 그들은 스스로 구천위대라 이름하고 모용세가의 주위에 경비를 서니, 신주대협 모용중경도 마침내 그들의 충심에 그들을 거두어들일 것을 허락하고 말았다.

그렇게 하여 천하무림은 평화롭게 다스려지고 있었다.

정말로 피의 세월은 가라앉는 듯했다.

이제야말로 그처럼 영원히 멈추지 않고 구르던 피의 수레바퀴가 멈추는 것 같았다.

단 몇 마디의 말도 언성이 높아지고 칼을 뽑아 들던 무림인들의 기질이 서로 양보하고 참는 것으로 바뀌어져 가고 있었다.

정말로 태평의 세월이 오고 있었다.

그러던 어느 날.

장안(長安) 일대에서 명망 높은 무림고수 철수신룡(鐵手神龍) 조천두(趙天斗)가 자신의 칠십 회 생일 날, 극히 사소한 일로 시비를 참살하고, 그를 말리는 무림인들 일곱 명을 살해하는 일이 발생했다.

그는 구천위대에 의해 즉각 호송되었으며, 구천위대의 장안 지부에서 받은 심문에서 자신이 왜 그러한 일을 하였는지 알 수가 없다고 진술하였다.

그처럼 흉신악살과 같이 날뛰던 그의 태도는 너무도 달라져 있었다.

괴이함을 금치 못한 구천위대 장안 지부장은 그를 일단 수감하고 그 처분을 신주대협 모용중경에게 품신(稟申)하여 처리하려 했다.

그러나 그날 밤 철수신룡 조천두는 경비가 소홀한 틈을 타서 감옥을 부수고 도주하였으며 결국은 추적하던 구천위대에 의해 격투 끝에 살해되었다.

이 일은 놀라운 파문과 의문을 몰고 왔으나, 철수신룡 조천두가 정신분열의 증세를 보인 것으로 판단되어 그대로 묻히게 되었다.

그런 일이 그뿐이었다면 그 일은 정말 그렇게 묻히고 말았을 것이다.

하지만 그것은 시작일 뿐이었다.

그로부터 벌어질…….

* * *

"헉헉……."

숨이 턱에 차다.

무공을 배운 이래 아직까지 한 번도 이렇게 헐떡인 적은 없었던 것 같다. 금방이라도 심장이 터질 듯 쿵쾅거렸다.

두 손을 무릎에 댄 채로 허리를 굽힌 채 숨을 헐떡거렸다.

한참을 상처 입은 개처럼 헐떡거린 다음에야 서서히 심신이 안정되고 호흡이 정상으로 돌아왔다.

여기는 어딘가?

고개를 든 그의 얼굴이 갑자기 납덩이처럼 굳어졌다.

지옥도(地獄圖).

그의 눈앞에 펼쳐진 것은 말 그대로 한 폭의 지옥도였다.

조금 전까지도 자신과 함께 웃고 술을 마시던 친구들. 그들이 푸줏간의 고기가 되어 피바다 속에 널브러져 있었다.

뚝.

검끝에서 선혈이 떨어졌다.

언제부터 들고 있었던가. 피로 얼룩진 보검에서 떨어진 핏방울은 바닥에 흥건히 고이고 신발마저도 섬뜩한 선혈로 물든 상태였다.

"꾸, 꿈이 아니었단 말인가?"

섬전검 유창은 넋을 잃은 듯 중얼거렸다.

촉망받는 후기지수.

종남파의 진전을 받았고 섬서제일인 진천표국의 장자. 서른을 바라보는 그의 앞날은 탄탄대로였다. 곧 있을 자신의 결혼식 축하를 위해 친구들과 모여 술잔을 기울이며 고담준론으로 밤을 지새웠다.

다섯 명의 친구.

세 명의 악사(樂士), 그리고 두 명의 무희(舞姬).

무공을 모르던 친구 둘은 공포에 질린 채 문을 열고 나가다가 등짝이 걸레가 되어 피바다 속에 엎어져 죽었다. 그들을 보호하려던 안령도객 필우진 등 친구 셋은 지금 섬전검 유창의 앞에 죽어 있었다. 눈을 감지 못한 채로.

어떻게 네가 나를?

그런 눈빛이 그 부릅뜬 눈에는 너무도 역력했다.

댕그렁.

힘이 풀린 손아귀에서 보검이 떨어져 비명을 지른다.

"어, 어떻게 이런 일이……."

아무것도 아니었다.

아무것도 아니었는데, 정말 아무것도 아닌 일에 갑자기 참을 수 없이 화가 났다. 그리곤 치밀어 오르는 살기에 검을 뽑았던 것 같고 이어 눈앞에 있는 모든 사람들을…

"마, 말도 안 돼……."

"헉헉……."

섬전검 유창은 다시금 가쁜 숨을 토해냈다.

가슴이 터질 것만 같았다.

집으로도 갈 수 없고 그 길로 죽을힘을 다해 도주했다. 미칠 것만 같았다. 하늘이 노래졌고 먹은 것을 다 토해낸 다음이라 올라오는 헛구역질엔 쓴물만 가득할 뿐 아무것도 없었다.

"이건 악몽이야. 제발 꿈에서 깨어나기를……."

섬전검 유창은 구부렸던 허리를 펴 하늘을 가리며 솟구쳐 오른 노송에 등을 대면서 중얼거렸다.

석양이 아름답다.

눈꼬리가 축축이 젖어들었다.

시야가 뿌옇게 흐려졌다. 과연 내일 저 석양을 볼 수 있을까.

"어떻게 이런 일이…… 왜? 내가 어떻게?"

"그래, 말해봐라. 네가 어떻게 그런 짓을 한 것인지?"

난데없이 들려온 소리에 섬전검 유창은 혼비백산, 깜짝 놀라서 소리가 들려온 쪽을 돌아보았다.

그가 지금 있는 곳은 형양에서 백여 리 떨어진 숲속.

일을 저지른 후, 미친 듯 달리기만 했었다. 형양을 빠져나오자마자 사람의 눈을 피해 숲으로 달리고 개울을 건너뛰어 도주했었다. 누구도 그를 찾지 못하도록.
 "일권차천(一拳遮天)……."
 섬전검 유창의 입에서 부지중에 신음이 흘렸다.
 한 사람이 숲속에서 걸어나오고 있었다.
 솥뚜껑처럼 큰 손이 인상적인 사람. 사십대 후반일까, 부리한 눈에서는 신광이 폭죽처럼 강렬했다. 그가 나타남과 함께 주변으로 사람들의 기척이 번져 감을 섬전검 유창은 알 수가 있었다.
 포위된 것이다.
 일권차천 신대형.
 구천위대의 섬서 지부장이 바로 그였다.
 보름 뒤, 그는 구천위대 섬서 지부의 제삼로 대장으로 임명될 예정이었기에 누구보다 그를 잘 알았다. 그가 나타난 이상, 자신이 도주할 길이 없음도.
 "말해봐, 왜 그런 짓을 한 것인지. 평소의 너라면 절대로 그런 일을 할 리가 없지 않은가?"
 뚜벅뚜벅 걸어온 일권차천 신대형이 물었다.
 "저, 저도 모르겠습니다. 갑자기 살심이 치밀어 올라…… 정신을 차리고 보니 이미 일이 벌어진 다음이었습니다. 왜인지, 정말 모르겠습니다!"
 섬전검 유창이 일그러진 얼굴로 뱉아내듯 말했다.
 그를 본 순간에 더 이상 도주할 힘이 사라진 듯 그는 그 자리에 주저앉아 버렸다.

"그렇다면 왜 도주했지? 나를 찾아와 사정 이야기를 하고 상황을 조사해 봤어야 하지 않느냐?"

그 말에 섬전검 유창의 얼굴에 일그러진 웃음이 떠올랐다.

"상황을 조사한다구요? 어떻게? 이미 벌어진 일에 대해서도 아무것도 알지 못하지 않습니까? 본가로 압송된 사람들은 누구도 소식을 알지 못하는데……."

일권차천 신대형의 미간이 찌푸려졌다.

"이미 벌어진 일이라니?"

"들었습니다. 섬서에서만 이달 들어 벌써 일곱 건의 살인사건이 벌어졌고, 그것들이 전부 저와 같은 상태였다는 걸. 조사를 했지만 알아낸 것은 아무것도 없었고 모두 본가로 압송된 다음에는 소식이 끊겼다는 것도……."

"누가 네게 그런 말을 했단 말이냐?"

일권차천 신대형의 눈에서 신광이 쏟아졌.

그 일은 사방에 알려지기도 했지만, 비밀을 유지하기 위해서 총력을 쏟고 있기도 했다. 당사자가 아니라면 알 수 없어야 했다.

털썩.

그때 섬전검 유창이 무릎을 꿇었다.

"절, 절 놓아주십시오. 저는, 전 이대로 죽기 싫습니다. 제가 왜 이런 일을 했는지 알아내야만 하겠습니다. 알아낸 다음, 제 발로 지부장님을 찾아가겠습니다! 제발!"

"불가."

일권차천 신대형은 한마디로 잘랐다.

"네가 조사해서 알아낼 일이라면, 우리가 알아낸다. 평소의 너라면 결코 그런 일을 할 리가 없을 터이니, 억울함이 있다면 반드시 알아낼 것이다. 설마, 너는 모용 맹주님의 공평무사함을 믿지 못한단 말이냐?"

"그, 그런 것이 아니라……."

섬전검 유창은 식은땀을 흘렸다.

당금 천하에서 어느 누가 감히 모용중경의 공평무사함에 의문을 가질 것인가. 그의 발치에서나마, 그를 한 번 보는 것이 평생 소원인 사람이 부지기수였고 섬전검 유창 또한 그런 사람 중 하나였었다.

"데려가라."

일권차천 신대형의 명에 따라 두 명의 청의인이 나타나 섬전검 유창의 좌우에서 다가왔다.

"……."

섬전검 유창의 이마에 땀방울이 맺혔다.

이대로 끌려간다면 그대로 끝일 것 같았다. 하지만 반항을 해도 이 자리를 벗어날 수가 없다. 일권차천 신대형만 하더라도 그가 상대할 수 있는 사람이 아니었다.

그런데 그때였다.

"모용세가로 간다면 당신은 죽을 것이오."

난데없는 음성이 들려온 것은.

"누구냐?"

일권차천 신대형이 눈살을 찌푸리면서 소리쳤다.

한 사람이 섬전검 유창의 뒤쪽에서 모습을 드러냈다.

섬전검 유창은 물론, 일권차천 신대형의 눈빛도 굳어졌다.

유창과 신대형의 거리는 불과 삼 장여.

그런데 섬전검 유창이 등을 댄 나무 뒤에서 사람이 나타나도록 알지 못했다는 것은 심상한 일이 아닌 것이다. 그 놀라움은 섬전검 유창보다 일권차천 신대형이 더했다.

"너는 누군가?"

일권차천 신대형의 음성이 싸늘해졌다.

스스스—

무형 중에 사람들의 기척이 새로 나타난 회의인 주변으로 이동함이 느껴졌다.

그것을 아는지 모르는지 나타난 회의인의 표정에는 미동도 없다. 살펴보니 나이가 서른도 되지 않아 보였다. 약관이라고 해야 할까? 말 그대로 애송이 티가 역력한 모습이다.

회의청년은 싱긋, 웃으며 입을 열었다.

"나? 내 이름은 백리용아라 하오만, 들어본 적이 있으시오?"

"백리용아?"

일권차천 신대형이 되뇌어보지만 들어본 적이 있을 리가 없다. 그가 세상에 나온 것은 몇 개월 되지 않았을뿐더러, 실제로 움직이기 시작한 것은 암중인지라 누구도 그가 소림사 출신임을 알 리가 없는 것이다.

"세, 세가로 간다면 죽는다는 것이 무슨 소리요?"

섬전검 유창이 떨리는 음성으로 물었다.

"모용세가로 간 사람들의 발작이 점점 심해져서 차례로 살해되고 있소. 사방에서 일어나는 살인사건들이 점점 많아져서 이젠 모용세가로서도 통제가 힘들 지경에 도달한 상태요. 일권차천이라고 했던가? 구천위대의 섬서 지부장에게 물어보시오. 그가 모용세가로 보낸 사람 중 몇이나 살아 있는지."

"그런……?"

섬전검 유창의 시선이 자신의 앞에 선 일권차천 신대형 쪽으로 향했다. 눈에 의혹을 가득 담고서.

"말도 안 되는 소리! 모용세가의 가훈은 공평무사함이다!! 어디서 감히 되지도 않는 소리를……."

싸늘한 웃음이 회의무복을 입은 청년, 백리용아의 얼굴에 떠올랐다.

"당신은 저 청년에게 죄가 있다고 생각하시오?"

"그건……."

"그에게는 아무런 죄가 없소. 그가 저지른 일은 그가 원해서 한 일이 아니니까."

"원한 것인지 아닌지는 조사를 해보면 나올 것이다. 설마하니 그런 잔혹한 살인은 한 사람을 그냥 버려두란 말인가!"

"조사? 하하하하…… 그래, 그간 모용세가에서 조사를 해서 어떤 결과가 나왔소? 밝혀진 것이 있었소?"

"너는 누군가?"

대답 대신 일권차천 신대형이 다시 물었다.

"내 이름은 백리용아. 아, 이름만 말해서는 잘 모를지도 모르겠군. 하지만 이 이름은 알는지도…… 혹시, 고월(孤月)이라는 이름을 들어본 적이 있으시오?"

"고월?"

그 말을 되뇌이던 일권차천 신대형의 전신에서 일진 진동이 일어났다. 눈에서 신광이 폭죽처럼 뻗어 나왔다.
"네, 네놈이 그럼 고월에 속해 있단 말이냐?"
"난감하게도 고월의 대외총순(對外總巡)이 현재 내가 맡고 있는 직책이지. 모용……."
"놈을 잡아라!"
일권차천 신대형이 소리쳤다.
고월은 근래에 나타난 조직이다. 정말 실체가 있는지조차 명확하지 않다는 조직이라 아는 사람도 그리 많지 않았다. 하지만 그들은 천하 각지에서 무림인들의 발작이 시작된 이후부터 모습을 보이기 시작하여 모용세가에서는 고월이 그 사건의 배후가 아닌가 의심하고 있었다.
그런데 그 고월의 고위 간부가 이 자리에 나타난 것이다.
그 자리에 있던 구천위대의 고수 전체가 한꺼번에 백리용아를 덮쳐 갔다. 얼핏 보아도 십여 명이 넘었다. 하긴 그 정도라도 섬서 지부장이 직접 나선 마당에 섬전검 유창을 상대하기에는 넘치는 인력이었다.
펑!
차차차, 차앙! 창!!
요란한 격돌음과 함께 싸움이 시작되었다.
그러나 정작 백리용아는 미동도 하지 않았다.
그의 좌우에서 날아든 회의인들이 구천위대를 막았기 때문이다.
"현재 무림 중에 퍼지는 발작은 괴질이 아니오. 모용세가가 펼쳐 놓은 금제의 부작용이지."
"금, 금제라니?"

"무림 중에 이름있는 사람들, 특히 모용세가에 다녀온 모든 사람들은 금제를 받게 되오. 자신들도 알지 못하는 사이에…… 환혼탈백대법이라는 금제에 걸려 모용세가를 거역할 수가 없게 되는 것이오. 하지만 그 금제에는 치명적인 부작용이 있소. 바로 당신처럼 어느 정도 시간이 지나면 스스로를 통제하는 힘이 무너지고 보이는 모든 것을 죽이고 싶은 충동에 빠지게 되는 것이오."

백리용아는 섬전검 유창을 바라보았다.

"당신에게는 잘못이 없소. 당신 또한 그 금제의 희생자……."

"닥치지 못할까! 어디서 그런 말도 안 되는 소리를 지껄인단 말이냐!"

노호와 함께 일권차천 신대형이 백리용아에게 덮쳐 왔다.

백리용아는 그를 돌아보았다.

"당신 또한 그 금제에서 자유로울 수는 없소."

말과 함께 그는 발을 들어 땅을 쾅, 밟았다.

콰―앙!

산천초목이 혼비백산할 굉음이 백리용아의 발밑에서 일어났다. 강렬한 지진이 일어난 것만 같았다. 땅이 뒤집어지며, 주변 십여 장 내의 나무들에게서 폭포수처럼 나뭇잎들이 떨어져 내리고 아름드리 나무들이 춤을 추듯 뒤흔들렸다.

옆에 있던 섬전검 유창의 입이 떡 벌어졌다.

진각(震脚)도 저런 진각은 본 적이 없다. 더구나 옆에 있는 자신은 아무렇지도 않은데 달려들던 일권차천 신대형의 신형이 흔들리는 것은 더욱 놀라운 능력.

일권차천, 한주먹으로 하늘을 가린다는 말처럼 신대형의 권세는 가히 절정(絕頂)! 첩첩의 권세는 그가 이 일격에 전력을 경주했음을 의미했다.

하지만 그 가공할 권세 속으로 불쑥 백리용아의 손이 들어가는 것을 본 순간, 섬전검 유창은 눈을 부릅떠야 했다.

가공할 권세가 그대로 있음에도 백리용아는 일권차천 신대형을 장난감처럼 집어던져 버렸던 것이다.

쾅!

찰나간에 칠팔 장이나 날아가 거대한 바위에 틀어박히듯 내동댕이쳐진 일권차천 신대형은 울컥, 선혈을 토해내며 부르짖었다.

"서, 설마…… 모니척상경(牟尼擲象勁)?!"

그런 그를 보면서 백리용아는 싱긋, 웃었다.

"당신의 안목이 놀랍군. 모니척상경이 강호상에 모습을 드러내지 않은 지 이미 오래인데……."

소림칠십이예 가운데에서도 손짓 하나로 코끼리를 던져 버린다는 이미 전설화된 최강의 내가경이 바로 모니척상경이었다.

…….

장내는 백리용아의 신위로 인해 침묵으로 빠져들었다.

백리용아의 등 뒤로 아득히 들릴 듯 말 듯 북소리가 들려오는 것 같았다.

새 세상을 알리는 북소리…….

第十五章

풍운.고월.조천하(風雲.孤月.照天下)
―풍운 속의 홀로 뜬 달 천하를 비추도다…….

풍운고월
조천하

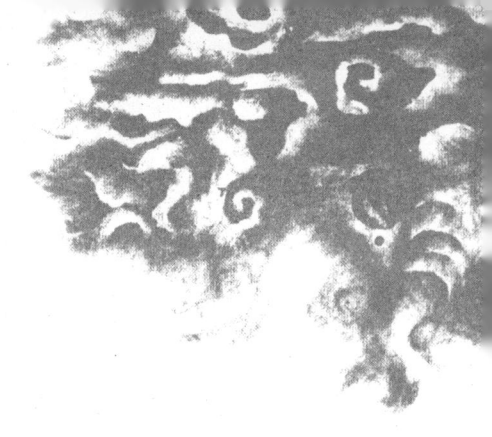

려산 천하제일가!

봉황곡 절세모용가는 이제 그 이름만으로도 천하를 대표한다 할 수 있었다.

아니, 무림 그 자체가 바로 여기에 있었다.

신주대협 모용중경은 그 절세모용가의 내부 봉황원(鳳凰院)에서 거처하고 있었다.

봉황원 하나만 하더라도 거대한 장원과 같았다.

숲이 있고 거기에는 기진이수들이 저마다 뛰놀고 있다.

화원에서는 철철이 아름다운 꽃들이 피어 향기를 흐드러지게 흘려내고 있었다.

그 가운데 위치한 봉황원의 주 건물인 무극전(無極殿)은 오히려 단아하고 검박하다.

신주대협 모용중경은 원래 사치를 별로 즐기는 사람이 아니었던지라 기실 이 일대의 조경 또한 무림인들 스스로가 해주었다고 해도 과언이 아니었다.

삼월의 바람은 차갑다기보다는 시원하게 느껴진다.

남방에 위치한 려산이라 겨울에도 눈이 오지 않을 정도이니 당연한 일이리라.

신주대협 모용중경은 뒷짐을 진 채 묵묵히 멀리 구름과 아침안개 사이로 어깨를 마주 대고 있는 오로봉을 바라보고 있었다.

"정신분열에 걸린 듯 보이는 자들의 수효는 시간이 갈수록 늘어나고 있으며, 이제는 구천위대에 속한 고수들의 사이에서도 나타나고 있습니다······."

모용중경의 뒤에서는 침중한 음성이 들리고 있었다.

넓게 펼쳐진 화원의 가운데 서 있는 모용중경, 그 뒤에 서 있는 심의를 걸친 사람은 놀랍게도 천기노인 고영창이었다. 신주대협 모용중경을 대하는 그의 태도는 정중하고도 공손하여 진심으로 그를 대하고 있음을 알 수 있었다.

모용중경은 그를 자신 아래 제이인자로 두고 천하를 총괄하게 하고 있었다.

그런 사람은 천기노인 혼자뿐만이 아니었다.

천기수사 구양범이 그러했고, 개방 방주 신주일검 고욱양이 그러했다. 성모궁주 모용운지와 모용아경도 예외는 아니었다.

다른 사람이 있다면 노태태 우문기영일 뿐······.

"사태는 점점 더 확산되고 있으며, 구천위대가 그들을 무조건 나포, 사형에 처하는 데에 대한 불만이 차츰 나타나고 있습니다. 고월(孤月)은 바로 그러한 자들의 불만을 업고 나타난 세력입니다."

천기노인 고영창의 말에 신주대협 모용중경은 여전히 뒷짐을 진 채 말하였다.

"그간 고월에 대해 조사한 결과는 어떠한가?"

"고월의 조직은 지난날 구중천을 방불케 하는 점조직으로 되어 있어 상상 이상으로 막강한 것으로 평가되었습니다. 더구나, 그들을 이루고 있는 구성원들이 모두 절세고수들이라…… 구천위대의 힘으로마저도 상대하기 쉽지 않습니다."

"개개인이 절세고수라고?"

천기노인 고영창이 고개를 끄덕였다.

"그렇습니다. 그들 모두는 절세의 무공을 구사하는데, 각자의 보고를 종합하여 판단하건대…… 바로 무개옥합상에 남아 있던 도가(道家)의 무상신공(無上神功)으로 보여집니다."

그 말에 신주대협 모용중경이 몸을 홱 돌렸다.

"무개옥합이라고 했나?"

"그렇습니다."

신주대협 모용중경의 안색이 괴이하게 변했다.

"그렇다면…… 그 고월이라는 것이 구양…… 천상 그 녀석이 조직한 것이란 말인가?"

"그런 것 같습니다. 조사에 따르면 고월을 움직이고 있는 인물은 양운비와 백리용아, 두 사람이라고 하는데……."

"양운비? 백리용아? 그들이 누군가? 나로서는 한 번도 들어보지 못한 이름인데?"

"양운비는 구양천상의 친구이고 백리용아는 소림 후배인 뇌공의 진전을 이은 아이입니다. 모든 작전은 양운비가 총지휘하며 백리용아가 행동대를 이끌고 있다고 하는데, 젊은 아이들만이 아니고 상당수의 늙은이들이 그들을 도와주고 있는 것 같습니다. 예를 들면 묘강의 독왕이나 무림일괴, 천하조수, 종횡무영 등……."

신주대협 모용중경은 어이없다는 빛이 되었다.

"그 어린 녀석이 언제 그러한 조직을 귀신도 모르게 만들어놓았더란 말인가? 놀라운 놈이로군! 녀석이 그날 그처럼 무모하게 나에게 달려들지 않았었더라면 실로 무서운 적이 될 뻔하였구나……."

중얼거리는 그의 얼굴에는 그럼에도 다행이라는 빛은 떠오르지 않고 있었다.

구양천상을 공격하여 무협으로 처박을 당시의 그는 구양천상이 자신의 사대 손자임을 미처 몰랐던 것이다. 그날 이후, 구양천상의 신분을 알게 된 그는 두고두고 후회를 했다 하여도 과언이 아니었다.

천하를 얻은들 물려줄 후대가 없다면 어찌 허망하지 아니할 것인가.

그때다.

둥둥…… 둥…….

어디선가 들릴 듯 말 듯한 아주 가느다란 북소리가 신비한 여운을 담고 은은히 들려왔다.

"이게 무슨 소리인가?"

모용중경의 물음에 천기노인 고영창의 얼굴에도 의문의 빛이 떠올랐다.

그는 모용중경에게 허리를 굽혔다.

"가서 조사하여 보고를 드리겠습니다."

모용중경은 고개를 끄덕였다.

"고월에 대한 일은 이제 더 이상 늦출 수 없는 상태로 보여지네. 마무리 조사가 완료되는 대로 나에게 결과를 보고해 주게. 내가 나서는 한이 있더라도 이 평화를 깨뜨리려는 힘은 용납지 않을 테니까!"

천기노인 고영창이 물러남을 보고 모용중경은 잠시 화원을 거닐다가 천천히 걸음을 옮겨 한곳으로 향하였다.

〈봉황거(鳳凰居)〉

그렇듯 이름 붙은 한 채의 날아갈 듯한 누각은 아무도 살고 있지 않은 듯 고요하기만 하였다.

모용중경은 조금도 망설이지 않고서 그 안으로 들어섰다.

단목향(檀木香)이 피어오르고 있었다.

가운데에는 불상이 일좌 모셔져 있고 그 앞에는 한 사람의 노파가 무릎을 꿇은 채 기도를 올리고 있음이 보였다.

"기영……."

모용중경이 이름을 불렀으나 물들인 검은 옷을 입은 노파는 등을 보인 채 대답을 하지 않았다.

"화가 난 것이오? 하긴 당연하지……. 하지만 이 일은 만부득이한 일이오. 당신의 무공이 이미 최고의 마경(魔境)에 진입하고 있어서 당신을 그대로 방치할 수가 없어서 여기에 유폐한 것이오. 만약 당신을 여기에 유폐치 않으려면 당신의 전신 공력을 모조리 전폐시켜야 하는데, 그렇게 된다면 노령의 당신은 그 충격을 견디지 못하고 죽게 될 것이오."

그의 말에 등을 돌리고서 염불을 하고 있던 노파는 머리를 돌려 그를 보았다. 그 검은 옷의 노파야말로 바로 모용세가의 노태태, 바로 모용중경의 조강지처인 우문기영이었다.

그날 이후, 그녀는 바로 이 자리에 유폐를 당하여 외부와의 접촉이 단절돼 있는 상태였다.

그녀는 지난날과 비교할 수 없이 안정된 눈빛으로 모용중경을 바라보더니 이내 탄식하며 천천히 말했다.

"당신을 기다리고 있는 사람이 있어요."

"……?"

무슨 소리인가 하여 모용중경의 안색이 굳어졌다.

그러고 보니 오늘 이 봉황거의 분위기는 지난날과는 전혀 다르다. 우문기영을 시중하던, 그녀를 감시하던 모든 사람들은 다 어디로 갔을까?

그는 우문기영의 눈길이 바깥으로 향하고 있음을 보고 자신도 모르게 그 눈길을 따라 바깥을 보았다.

화원의 가운데에 한 사람의 백의인이 우뚝 서 이쪽을 바라보고 있었다.

"네가……?"

그의 얼굴을 확인하는 순간, 모용중경의 전신에 격렬한 진동이 일어났다.

구양천상!

바로 그가 나타난 것이다.

구양천상은 그가 자신을 돌아보자 그를 향해 깊숙이 허리를 굽혀 보였다.

그가 아무 말 없이 허리를 굽힘을 보고 모용중경은 우문기영을 한 번 쳐다보고는 천천히 누각의 계단을 내려가 구양천상에게로 다가갔다.

"다행이로구나."

그는 말했다.

"감사합니다. 정식으로 예를 차리지 못함을 용서하십시오."

구양천상은 그의 말에 다시 한 번 허리를 굽혀 보였다.

그의 말이 자신이 살아 돌아왔음을 의미함을 알기에 하는 행동과 말이었다.

문득 한 가닥 웃음이 모용중경의 얼굴에 떠올랐다.

"불과 이 년이 되지 않아서 네가 내 앞에 나타났음은 자신이 있다는 뜻이냐?"

"……"

구양천상은 담담히 웃어 보일 뿐 아무 말도 하지 않았다.

모용중경은 그의 조용한 태도가 전과는 비교도 할 수 없이 거대함을 알 수 있었다.

"고월을 네가 이끌고 있느냐?"

"소손의 친구들과 여러분들이 소손이 없는 동안 운영하고 있었습니다. 소손은 다만 그들이 출발할 수 있는 준비를 조금 해두었을 뿐입니다."

모용중경은 고개를 끄덕였다.

"그 와중에 대단한 일이지……. 네 말의 뜻은 네가 강호에 나온 것이 얼마 되지 않음을 의미하는 것 같은데……?"

"그렇습니다."

모용중경은 다시 말했다.

"그렇다고는 하더라도 네 능력이라면 당금 천하의 어느 누구보다도 세상을 더 잘 보았을 것이다! 너는 지금의 무림을 어떻게 보느냐?"

"역대의 무림, 어떤 시대보다 비교적 평화롭다고 할 수 있습니다."

"비교적이라고?"

"그렇습니다. 무림은 평화로운 듯하지만 기실 그것은 겉보기일 따름입니다. 현재의 무림은 언제 폭발할지 모르는 화약고와 같은 상태입니다."

"화약고라고? 이 무림이? 근래에 일어난 겨우 몇 건의 소요로 말이냐?"

모용중경의 반문에 구양천상은 조용히 고개를 흔들었다.

"할아버님께서 사용하신 한세도왕의 정신 금제에는 치명적인 결함이 있기 때문에 금제에 걸린 사람은 시간이 지나게 되면 발작을 하게 됩니다. 정신착란이 일어나게 되는 거지요. 그리고 조금의 시간이 더 지나게 된다면 그는 미치게 됩니다. 이것이 몇 건의 소요로 보이십니까?"

모용중경의 눈빛이 굳었다.

"네가 그것을 어찌 안단 말이냐?"

구양천상은 담담히 말했다.

"소손은 천고지궐에 들었을 때, 한세도왕이 그의 무덤에 남긴 기록들을 보고 알게 되었습니다."

"한세도왕의 무덤? 그가 남긴 기록이라고?"

모용중경의 안색이 심각해졌다. 상황이 간단치 않음을 느끼게 된 것이다.

"한세도왕은 자신의 환혼탈백대법에 결정적인 흠이 있음을 죽기 전에 알고 그것을 파괴할 수 있는 방법을 자신의 무덤에 남겨두었습니다. 그것이 바로 무명천고를 울리는 방법입니다."

둥둥둥…….

그의 말과 함께 멀고 가깝게 북이 울리는 소리가 은은히 들려왔다. 그 소리는 바로 모용중경이 얼마 전 화원에서 천기노인과 같이 들었던 그 소리였다.

그 소리가 신호이기라도 한 듯이 그들의 주위로 몇 사람이 걸어나왔다.

그들을 본 모용중경의 안색이 대변했다.

천기노인 고영창이 앞장을 서고 있었으며, 그의 좌우로 구양범과 고욱양이 있었다. 모용운지와 모용아경이, 구양천수가 그 뒤를 따랐다.

북소리는 천기노인 고영창의 손에 들린 무명천고에서 울려 퍼지고 있었다.

"자네……"

돌변한 사태에 입이 벌어지는 모용중경을 보고 천기노인은 두드리던 무명천고를 그치며 조용히 말하였다.

"이사형…… 당신의 금제는 이제 어디에도 존재하지 않소. 이 북소리를 들은 사람이라면 누구라도 환혼탈백대법의 금제에서 벗어날 수 있는데, 상아는 이 무명천고를 요 몇 달간 쉼없이 두드리고 다닌 것 같소."

"……"

모용중경은 어이가 없는 듯 아무 말이 없었다.

단 한 순간에 모든 것이 무너져 내리는 소리가 들리고 있었다.

이윽고 그는 신음하듯 말했다.

"이렇게 해야겠더냐? 악인들마저 교화시켜 무림 평화를 유지코자 하는 이 일을…… 피를 흘리지 않게끔 하자는 이 일을 이렇게 막아야 하겠더냐?"

"사람에게는 저마다 살아가고자 하는 길이 다르며, 그들은 자신이 스스로의 길을 선택할 권리가 있다고 생각합니다. 그것을 임의로 조종함은 목적이 어디에 있다 하더라도 결국은 옳은 일이 되지 못합니다. 소손은 처음 무림에 나와 할아버님께서 다스리고 있는 무림을 보고 어쩌면…… 하고 많은 망설임을 가졌었습니다. 하지만, 결국 인위적인 방법에 의한 이 일은 부작용만을 초래한다는 결론을 내리게 되었습니다."

"어리석은 놈! 네가 감히 이 일을 망치려 하다니!"

모용중경이 두 눈을 부릅떴다.

그의 전신 백발이 곤두서며 옷자락이 절로 펄럭였다.

하지만 구양천상의 태도는 아무것도 느끼지 못한 듯 담담할 뿐이었다.

"진정한 평화란 인(仁)과 덕(德)으로써 하려고 하지 않아도 자연히 이루어지는 것입니다. 지금과 같이 힘으로 이루어진 평화는…… 언젠가 다시 힘으로 깨질 것이며, 다시 피를 부르게 될 것입니다."

그는 여전히 담담한 어조로 말을 계속했다.

"피를 막기 위해서 피를 흘린다면…… 거기에 어떤 가치와 의미가 있습니까? 힘이 아닌…… 진정한 도량으로써 할아버님께서 천하무림을 다스리겠다면, 소손은 물러날 용의가 있습니다."

"으하하하!"

모용중경이 앙천대소하였다.

"네가 지금 나를 훈계하려는 것이냐?"

그가 웃음을 그치며 싸늘한 어조로 꾸짖자 구양천상은 여전한 어조로 대답했다.

"제가 감히 그럴 리가…… 다만 소손의 생각을 말씀드렸을 뿐입니다. 가납(嘉納)하고 안 하심은 오로지 할아버님의 의중에 달렸습니다."

"너는 한세도왕이 남긴 금제 파괴의 북소리 하나로써 나의 힘을 모두 괴멸시켰다고, 이제 내가 홀로 되었다고 생각하느냐? 어림도 없는 소리다! 나의 호령 한마디라면 당장 나를 위해 목숨을 바칠 심복들이 구름과 같이 이 일대로 몰려들 것이다!"

구양천상은 다시 말했다.

"그렇다고는 하지만 그들은 여기까지 이를 수 없을 겁니다."

싸늘한 웃음이 모용중경의 얼굴에 떠올랐다.

"네가 만들어낸 그 고월로 말이냐?"

구양천상은 나직이 탄식했다.

그는 아무런 말도 없이 품에서 한 자루의 검을 꺼내 받쳐 들었다. 찬란한 검광이 주위로 뻗어 나갔다.

"금검(金劍)……! 설마 네가?"

구양천상의 손에 들린 금검을 본 모용중경의 전신이 벼락을 맞은 듯이 흔들렸다. 그의 얼굴이 그처럼 흔들릴 수 있음을 상상한 사람은 아마도 없었으리라.

"신검…… 환…… 룡…… 대사형을 만났더냐?"

구양천상은 말없이 고개만을 끄덕였다.

"……"

그는 갑자기 입을 다물고서 아무 말도 하지 않았다.

모용중경은 잠시 하늘을 우러러보더니 구양천상에게 시선을 주었다.

"환룡 대사형께서 네게 무엇이라 하시더냐?"

"뿌린 대로 거둘 것이라고 전하라 하셨습니다."

"뿌린 대로? 그렇군…… 아직 세상에 계시느냐?"

모용중경은 의미 모를 소리를 중얼거리더니 물었다.

"그것이 마지막 남기신 말씀이셨습니다."

그 말이 의미함은 명백하다.

다시 침묵이 흘렀다.

한참 눈을 감고 생각에 잠겨 있던 모용중경은 천기노인 고영창을 보았다.

"삼제, 뒤를 부탁하네. 만에 하나라도 내가 돌아오지 않는다면 녀석을 도와 무림을 안정시켜 주게. 물론…… 내가 돌아오게 된다면, 나는 지금까지 했던 일을 계속할 것이네."

그는 구양천상을 보았다.

"따라오겠느냐?"

"모시겠습니다."

구양천상은 허리를 가볍게 굽혀 보였다.

그의 말이나 언동, 어디에서도 망설임의 흔적을 찾아볼 수가 없다.

'하늘은 나를 내리고 환룡 대사형을 내려 나의 전도(前途)를 막더니…… 이제는 내 외손자가 나의 앞을 막는단 말인가? 과연 나의 이 방법이 잘못이란 말인가…….'

가만히 구양천상을 바라보고 있던 모용중경은 땅으로부터 떠올라 날아가기 시작했다.

구양천상이 그 뒤를 따랐다.

그들이 날아가는 곳은 봉황곡이 위치하고 있는 오로봉 정상인 듯 보였다. 아마도 그들은 그 위에서 무림의 운명을 건 한판의 대결을 벌이게 될 것이다.

"사부님…… 승부가 어떻게 될 것 같습니까?"

신주일검 고욱양이 오로봉을 올려다보고 있다가 천기노인 고영창을 보며 물었다.

천기노인은 담담히 말하였다.

"금검문의 무공은 천하의 어떤 무공과도 그 유를 달리한다. 지고 이김을 따질 수 있는 무공이 아니다……. 돌아온다면 구양천상이겠지."

그의 말에 모용운지의 안색이 묘하게 변했다.

"그것은 무슨 뜻인가요? 설마 두 사람이 다 돌아오지 않을 수도 있다는 말입니까?"

천기노인이 고개를 끄덕였다.

"상아가 이긴다면…… 그 아이는 이미 세속의 영리를 초월한 상태라서 다시 무슨 일이 있기 전에는 굳이 무림 중에 그 모습을 드러내고자 하지 않을 것일세."

그의 말에 구양범과 구양천수, 그리고 모용운지와 모용아경 등의 얼굴에 동시에 다급한 빛이 떠올랐다.

'어쩌지? 나는 이미 그에게 할아버님을 살려달라고 요구를 하였었는데…… 그가 만약 그대로 어디론가 떠나가 버린다면…….'

구양천상에게 한 가지 요구할 권리가 남아 있던 모용아경은 그 말을 듣고는 다급함을 참지 못하여 슬그머니 그 자리를 빠져나갔다.

그날 오로봉에서의 일전이 과연 어떻게 되었는지를 아는 사람은 아무도 없었다.

천기노인의 예측대로 돌아온 사람은 아무도 없었기 때문이다.

대신 그날로 모용세가 내에서는 두 사람이 사라졌다.

노태태인 우문기영과 모용아경이었다.

그날 이후, 무림의 모든 것은 제자리로 돌아갔다.

봉황곡 모용가는 여전히 천하제일가로서 남았다.
그것이 천하무림을 위해서 좋기 때문이다.
극소수의 사람을 제외한 모든 사람들이 정신 금제에 대한 일을 알지 못하고 그 일은 그렇게 묻혀져 가는 것이다.
풍운은 그렇게 자고 있었다.

구양천상과 모용중경이 려산 오로봉에서 무림의 명운을 건 대격전을 벌이던 날, 오로봉을 오르거나 내려갈 때엔 필연코 지나야 하는 곳에 한 여인이 흰 옷자락을 바람에 펄럭이며 서 있었다.
거대한 굉음이 들려오고 있는 오로봉을 쳐다보고 있는 그녀의 얼굴에는 미소가 어리고 있었다.
"그는 홀로 편안하려 하겠지만, 결코 그렇게는 되지 않을걸? 세상 끝까지라도 쫓아가고 말 테니까!"
중얼거리는 그녀는 지난날 천하에서 가장 무서운 여인 중 하나였던 태음천주 임옥병이었다. 하지만 지금의 그녀는 사랑하는 사람을 기다리는, 천하에서 가장 사랑스러운 여인일 따름이다.
그리고 얼마 후…….
그 자리에는 모용아경의 모습이 나타났다.
어색한 모습의 두 여인은 이내 마주 웃을 수밖에 없었다.
그것은 그녀들이 평생 마주해야 할 웃음이었다.
이제 기다림은 지루하지 않게 되었다.
사랑이라는 이름이 거기 있으므로…….

* * *

歸去來兮

天棄我志 胡不歸

旣自以心爲形役 奚惆悵而獨悲

悟已往之不諫 知來者之可追

實迷塗其未遠 覺今是而昨非

돌아가노라.

하늘이 나의 뜻을 버리거늘, 어찌 돌아가지 않을 거나.

내 스스로의 잘못으로 몸과 마음을 괴롭혔거늘 어찌 혼자 한탄하고 슬퍼만 하랴.

지난날 탓해도 소용없으니, 바른 길을 쫓아야 함을 비로소 알겠노라.

내 비록 길을 헤매이기는 했으되 아직은 천만 리 벗어나지 않았거니, 이제야 전날의 잘못을 깨달았노라.

歸去來兮

請息交以絶游

世與我而相違 復駕言兮焉求

善萬物之得時 感吾生之行休

已矣乎

寓形宇內復幾時

胡爲乎遑遑欲何之

富貴非吾願 帝鄕不可期

聊乘化以歸盡…

曷不委心任去留

돌아왔노라!

이제부터는 세상과 등지고 나 홀로 살아가리라.

천하와 나는 서로가 어긋나고 맞지 않거늘, 내 무엇을 구하러 다시 세상에 나서랴.

천하만물에는 다 때가 있거니, 나의 생이 다 되었음을 내 이제 아노라.

이제 다 왔는가?

하늘 아래 이내 몸 남아 있을 날 얼마나 될 것인가.

이제 새삼 초조하고 황망한 마음으로 욕심내고 바랄 것이 무에 있으랴.

부귀는 내 바라는 바 아니며, 천당 또한 기대하지 않노라.

만물이 귀원(歸元)하여 돌아가나니…….

어찌 내 마음 대자연의 섭리에 맡기지 않으랴.

〈全書完〉

後記

　풍운고월조천하는 처음 고월이란 이름으로 출간되었다.
　너무 긴 이름이라는 말 때문에 줄여서 출간했다가 재간하면서 본래의 이름을 되찾았지만 시간으로 인해 줄였던 뒷부분은 다 살리지 못한 채였다.
　해서 이번 글에서는 가장 마음에 걸렸던 백리용아 부분을 조금 추가하기로 했다. 사실 이렇게 추가하고 또 다듬으려고 한다면 여러 가지 구양천수와 다른 사람들, 특히 아버지와의 해후 등이 하나하나 보여져야만 한다.
　그러나 그렇게 하자면 사실상 1권 분량을 추가해야 하지만, 출판 일정이 어느 정도 여유가 있었음에도 다른 일들이 너무 많아서 도저히 소화를 할 만한 시간을 낼 수가 없었다. 실제로는 그 여유 시간 동안 열심히 일을 했더라도 가능했을지는 잘 모르겠지만……
　검토해 본 결과, 그래도 백리용아는 한 번 나왔어야 할 걸로 보여서 추가를 했고 다른 부분들은 설사 추가를 하더라도 기대한 이상의 지면을 할애하기가 쉽지 않을 듯하여 차라리 예전대로 독자의 상상으로 맡겨둠이 낫다고 판단을 하였다.
　이 글은 기정(奇情)과 정통(正統)의 분류를 결정지을 수 있는 무협 중 하나이고 기정과 정통이 어떻게 다른가를 보여줄 수 있는 글 중 하나이기도 하다.

   이미 본 분들에게는 추억을, 보지 못한 분들에게는 새로운 의미로 다가설 수 있기를.

단기4342년 여름 蓮花精舍에서 金剛.

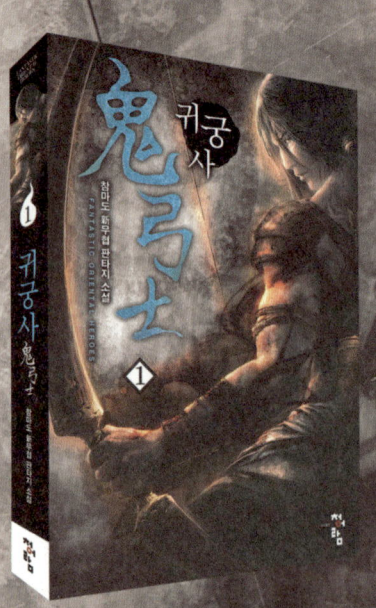

鬼弓士 귀궁사

참마도 新무협 판타지 소설

**참마도 작가!! 그가 『무사 곽우』에 이어
다섯 번째 강호 이야기를 새롭게 풀어내다!!**

"길의 중앙에서 멋지게 서서 당당히 걸어가래.
사람으로 태어난 이상 그 누구도 당당하게 살아갈 권리는 있다고 말이야."

단야의 오른손이 꽉 쥐어졌다. 별것도 아닌 말이다.
하나 이토록 마음에 남는 소리는 없었다.
사람으로 태어나서……

요물, 괴물.
나이를 먹지 않는 월홍과 얼굴이 징그럽게 망가진 단야.
그들 앞에 펼쳐진 강호란……!

유행이 아닌 자유추구 -
WWW.chungeoram.com
BOOK Publishing CHUNGEORAM

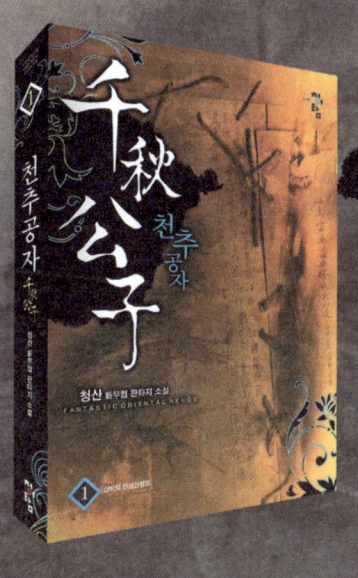

운명을 뛰어넘는 담대한 도전!

황제마저 농락한 숭문세가의 공자 문천추(文千秋).
용문에 이르기 전까지 그는 시문과 서화를 즐기며 대하를 누비는
한 마리 커다란 잉어였다.
그러나 운명은 그를 용문(龍門) 앞으로 이끌었다.
용문의 드센 물살을 거슬러 올라 용(龍)이 될 것인가,
아니면 용문점액의 상처를 입고 추락할 것인가.

죽음의 하늘 사중천(死重天)!
오로지 파괴와 살육만을 일삼는 사마악(邪魔惡)의 결집체.
사중천의 어둠은 태양마저 가리며 천하를 뒤덮는다.
마침내 죽음의 하늘과 맞서는 용 울음소리.

천추(千秋)에 빛날 문무제일공자의 호쾌한 행보가 시작되었다.

 유행이 아닌 자유추구 -
WWW.chungeoram.com
BOOK Publishing CHUNGEORAM

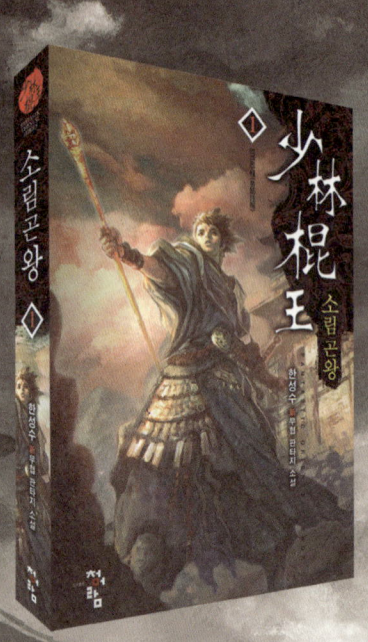

감동의 행진을 멈추지 않는 작가 한성수!

구대문파 시리즈의 두 번째 이야기 『소림곤왕』!!
그 화려한 무림행이 펼쳐진다

"너는 지금부터 날 사부님이라 불러야만 하느니라.
소림사의 파문제자인 나, 보종의 제자가 되어서 앞으로 군소리없이 수발을 들고
모진 고통을 이겨내며 무공 수련을 해야만 한다."

잡극계의 천금공자 엽자건!
소림의 파문제자 보종의 제자가 되다!!

역사와 가상.
실존의 천하제일인과 가상의 천하제일인에 도전하는 주인공!
이제부터 들어갑니다. 부디 마음껏 즐겨주시기 바랍니다.
- 작가 서문 中에서.

 유행이 아닌 자유추구 -
WWW.chungeoram.com
BOOK Publishing CHUNGEORAM